U0501789

建党百年云南重点文学选题

七日

○苏钰琁 著

云南出版集团

云南人民出版社

图书在版编目（CIP）数据

七日 / 苏钰琁著. -- 昆明 : 云南人民出版社,
2022.6
　　ISBN 978-7-222-20763-9

　　Ⅰ. ①七⋯ Ⅱ. ①苏⋯ Ⅲ. ①长篇小说—中国—当代
Ⅳ. ①I247.5

　　中国版本图书馆CIP数据核字(2022)第014414号

责任编辑：朱　颖
封面设计：马　滨
版式设计：周永刚
责任校对：董郎文清　李　红　何　娜
责任印制：窦雪松

七日 QI RI

苏钰琁　著

出　　版　云南出版集团　云南人民出版社
发　　行　云南人民出版社
社　　址　昆明市环城西路609号
邮　　编　650034
网　　址　www.ynpph.com.cn
E-mail　　ynrms@sina.com
开　　本　720mm×1010mm　1/16
印　　张　14.5
字　　数　200千
版　　次　2022年6月第1版第1次印刷
印　　刷　昆明精妙印务有限公司
书　　号　ISBN 978-7-222-20763-9
定　　价　48.00元

云南人民出版社微信公众号

如需购买图书、反馈意见，请与我社联系
总编室：0871-64109126　发行部：0871-64108507　审校部：0871-64164626　印制部：0871-64191534

目 录

第一日
罗网

1

"舒炳忠，你可真是我的好兄弟。"

李保看着眼前老实巴交的舒炳忠，只觉得讽刺。倘若他此刻没有被麻绳捆得结结实实，他做梦也想不到，舒炳忠竟还能露出这样的神情。

舒炳忠向来寡言，常年着黑衣，裹黑包头，个子又小，背着媳妇给做的织锦挎包，衬着一脸比土地还黑的肤色，任谁见了，都觉得他是澜沧县里再正宗、再朴实不过的拉祜族小老头。远远看去，这个小老头如同最常见的白蜡树，褶皱又粗糙，什么土都能生根，风吹日晒也依旧站立。春来发枝，秋去落木，任凭村寨里垂髫变鹤发，也全然不会有人注意这棵树到底经历了几个世纪。舒炳忠眉目和善，狭长的眼睛里从来只带笑，不带怒；虽然是李通明的爱婿，先后做过西盟土司代办、帮办，又统管着西盟山全部汉族以及西盟、班哲、玉体、他郎、约罕、戈果、芒东、拉巴、永别烈等地，是个高高在上的人物，但村村寨寨说起来，都要赞他一声亲民大老爷。

就是这样的舒炳忠，将李保端端正正绑在主位上，自己坐在客位。他沏了一杯上好的清茶，仍然笑眯眯地双手端到李保嘴巴前，甚至因为察觉到水温烫了些，还轻轻吹了吹，比平日待客更加恭谨。

"我的好哥哥，喝完这杯茶，咱们就走。虽说礼仪差了点，但世上都是

1

先苦后甜的道理，兄弟我也是为了你好。"

李保听着舒炳忠如常的语气，看他眼神真诚不似作伪，不觉也跟着笑起来。舒炳忠见李保露出笑意，脸上的笑纹又加深了几分。

1951年5月14日，澜沧县西盟区力所乡。

李保刚去几个寨子视察回来，心情大好。进屋摘了草帽，随手递给雅海。

雅海一边接了草帽，一边递上毛巾，待李保擦过热汗，又将毛巾接过，换上一杯清茶。

5月是西盟日头最盛的时候，尽管还不到中午，高原的太阳却已显露出非同寻常的热度。李保穿着地道的拉祜族黑衣，最吸暑热，现下刚流了汗，衣服湿答答黏在背脊上。李保扬起脖子，一口气将茶喝完，来回晃着衣领，想散去一些热气。

雅海见李保的一只裤脚随意翻卷着，露出精瘦的小腿肚，蹲下帮他轻轻将裤脚放好："老爷这几天累坏了，小心受风腿又疼。"

李保浑不在意："六十多的人，黄土都埋半截了，毛病多点很正常，也不知道还有几天寿数。"

雅海把李保手中的茶杯抢过来，生气地重重放到桌上："老爷你生了一副好心肠，却是长了一张臭嘴巴。"

李保哈哈大笑："你说你一个大小伙子，脾气这么冲，以后谁家姑娘敢嫁你？"

"老爷手下这么多傈僳寨和拉祜寨，好不容易不受欺负，有衣穿，有粮吃，都盼着共产呢。如今到处还窜着黄皮兵，你要是死了，谁来护着我们？"雅海说着，眼圈就红了。

李保担任西盟土司代办多年，管着西盟整个南部地区，力所、阿佤莱、王雅、王不龙、班同、图地、打洛、王拱、戈克、南约、那良、永禾、柯莱、衣冷、袍约、佐扩、龙坎、永不龙、永宋、神糯、衣拉、锅斗一带四五十万亩的地盘全在他的治下，是整个西盟响当当的大人物。以前做长爷、帮办的时候，也几乎一直待在力所，哪座山的泉水最甜，哪条路的石头最多，李保恐怕比山神土地公还要清楚几分。下辖的傈僳寨子之所以战乱时能保全性命且昌盛至今，全靠李保斡旋得宜。

在雅海眼中，不管天下是从前姓国，还是如今姓共，李保代办的位置始终是无人可替的。李保在这位置上一天，他就追随一天，他完全无法想象，倘若有一天傈僳寨子没了李保，将会是什么天地。他将李保看得比自己的命还重，此时听到李保自嘲，他心里可是痛死了！

李保知道雅海这是又犯小孩子脾气，也不接话茬，只感叹着："这几天看下来，王雅和班同两个地方，水田开得不错，又有唐煌书记派来的技术指导员，想来今年能丰收了。不容易啊……"

雅海一听，眼睛都亮了："老爷，你说这些红汉人，怎就这么厉害？我以前只见过种旱谷的，竟不知水里也能长出米来。"

李保见雅海一副呆样，浑然不知自己眼泪还挂在鼻梁上，笑得弯下腰去："傻小子，你没见过的事还多呢。唐书记他们是好人，以后跟着他们好好学。"

"大爹，什么事这样高兴？"舒云聪踏进门，笑眯眯地看着李保和雅海。

雅海刚打开话头，正兴奋地准备竹筒倒豆子痛痛快快大说特说一番，这下被打断，真是比吃饭噎着还难受，不由撅嘴瞪了舒云聪一眼。

舒云聪也不恼，好脾气地笑笑，一双狭长的眼睛眯着，跟父亲舒炳忠如出一辙。

"云聪来了，你爹呢？"李保见到舒云聪，心情更好了。

要说西盟此地，原为孟连宣抚司管辖，清同治年间，"三佛祖"朱阿霞率拉祜族、汉族武装数百人进占西盟，以佛教号召群众，实行"政教合一"的统治。"三佛祖"死后，其徒弟兼女婿李通明继承统治权，后投靠清王朝镇边厅，被封为"西盟土目"。民国十二年（1923），李通明的继任者扎谢去世，便由亲戚僚属张开科、李长、李保、舒炳忠几人先后任西盟土司代办、帮办，将西盟地区分割统治。虽然民国十九年（1930）时国民党政府设西盟县佐，民国二十二年（1933）又划分为澜沧第七区，委有县佐、区长，然而当地的土司制度并未改变。1949年新中国成立后，由于民族工作的特殊性，李保等人仍以"土司代办"的身份参与新时代的工作。1950年12月，西盟区政府成立，属澜沧县人民政府管辖。

李保父亲扎拉八生前在李通明手下做事，李保从小就跟着父亲到各个寨子串门。一日，李保撞见几个顽童欺负一个瘦弱的拉祜族小孩。那小孩身上乌青，却一声不吭，眼神凶狠得像个小豹子，好一副铮铮傲骨。李保仗义出手，将顽童尽数驱散，从那以后，小孩便对他哥哥长、哥哥短地叫开了。这个被欺负的小孩，就是舒炳忠。长大之后，李保子承父业，舒炳忠则渐渐显露能力，引得李通明将女儿下嫁给他。李保和舒炳忠二人幼年相识，一同长大，既是兄弟，又是同僚，几十年风雨共担，比起其他人来，关系当然要亲厚得多。

李保打量着眼前同样瘦弱斯文的舒云聪，实在是像足了舒炳忠年轻时候，暗自慨叹时间不饶人。

"今天区政府临时通知开会，原本我爹要亲自来喊你，结果才走到班神就被老乡拦下了。只好遣我这个虾兵蟹将先过来，一会儿再到班神跟我爹会合。"舒云聪一边说，一边唱戏似的作个揖，配着一身干练的麻布短衣，显得十分滑稽。

"上礼拜才开过，怎么又开？今天是个什么会，竟这样急？"李保疑惑。

舒云聪摇头："不知，听我爹说是个什么紧急秘密会议，不让打听。"

雅海见不惯舒云聪装模作样，故意将端来的茶杯"咚"地放在桌上，眼睛瞥到另一边："喝茶！"

李保不悦："雅海，平常怎么教你待客的？"

雅海皱起眉，不情愿地冲舒云聪做了个"请"的手势，语气仍然硬邦邦的："请喝茶！"

舒云聪自如地走上前，仿佛根本看不见雅海的臭脸，端起茶抿了一口，笑眯眯地看着李保："还以为喝不上我们小雅海的茶了呢。"

"别跟他一般见识，你来之前正犯牛脾气呢。先坐一会儿，我换身干净衣服就走。"李保站起身，腰间的银柄长刀磕在椅子上，发出"噔"的脆响。

舒云聪点点头，没有说话，盯着桌上的两个茶杯出神，脸上的笑意渐渐淡下来。

李保走进卧房，雅海亦步亦趋，熟练地从衣柜里拿出李保惯穿的蓝灰色长袍马褂，服侍李保穿上，又将老花镜装好。

"老爷……"

雅海脸上鲜见地没有调笑，而是带着一种与年龄不相符的严肃。

李保将银刀挂在腰间，通身打扮土不土、洋不洋，脸上虽是沟壑沧桑，但略显白净的肤色衬得他文气十足。见雅海吞吞吐吐，不禁问："怎么？"

"老爷……我听其他寨子的人说，舒云聪心黑着呢。"雅海怕李保气他乱嚼舌根，小心翼翼说道。

李保哈哈笑着："莫乱说。我那个老兄弟教出来的儿子，心能黑到哪去？云聪从小就能干，现在帮着他爹，管那么多寨子，有人说几句闲话也是正常。"

雅海不赞同："老爷，不是我乱说，更实在的话我还没敢说呢！"

李保不解地看着雅海。

雅海见李保不信，急忙道："其他寨子的人说他爹是……是笑面虎，喜欢背后咬人。"

"又听这些胡言。"李保无奈地摇摇头，显然是没有将话当真，"好了，我会防着的。你去我家里一趟，跟大家报个平安，说我晚点再回去。"

雅海愣住："老爷，你不要我跟你去？"

李保安抚他："云聪说了秘密会议，就是不让带人的意思，你好好守着寨子，不许出乱子。"

雅海只好乖乖应声，手按在腰间的刀鞘上："知道了，谁敢闹事，我就给他两刀。"

李保既无语又想笑，好在他心里清楚，雅海遇上大事时不是个冲动的人，便没有再多说什么。

"云聪，云聪。"

李保径直来到前厅。舒云聪坐在原处，盯着茶杯，用一根手指顺着杯沿画圈，不知沉浸在什么思绪里，叫了好几声才有反应。

舒云聪猛地站起身，脸上的尴尬立刻换成了熟悉的笑容："对不住了，大爹，昨晚没睡好，精神头有点差。"

"走吧。"

李保拍拍舒云聪的肩膀，表示理解，率先迈出门，利落地跨上马背。

舒云聪跟在李保身后，看到李保腰间的长刀晃晃悠悠，大声玩笑道："大爹，你这个长衫配大刀，实在是不好看嘛，换成布包多好，像个秀才！"

李保抿嘴笑，答非所问："云聪，平日开会，你不是都穿中山装吗？自从见了毛主席给大爹我的那身，你就一直仿着穿，怎么今日不穿了？"

舒云聪一愣，没想到李保会突然问起衣服的事，连忙解释道："这……不是……唉！领子都磨烂了，只能拿去让裁缝重新做一身，新的还没送来。"说着还抻抻身上的短衣，"大爹，我不说你了，我穿得更土。"

李保低低地笑，眼睛炯炯地盯着舒云聪。

舒云聪却有些笑不出来，仿佛被那道眼神射穿了，心底的妖魔鬼怪无处遁形，冷汗顿时洇湿了衣背。李保不愧是见惯生死的大头人。饶是舒云聪在外多么长袖善舞，此刻在李保面前，仍像个初出茅庐的青涩小子，根本无法与其争锋。他毫不怀疑，倘若他是李保的敌人、仇人，恐怕早已身首异处。

"驾！"

李保双腿一夹马腹，身下毛色鲜亮的黑马就"嘚嘚"小跑向前。

舒云聪这才呼出一口气，渐渐加速。麻布衣服透气透风，不一会儿，他身上的冷汗就被吹干了，衣服上没留下一丝痕迹。

西盟地处滇西南的群山中，属中高山丘陵深切割峡谷地带，山峦重叠，地形复杂，气候多变，佤族、拉祜族、傈僳族、傣族、汉族等民族在这里世代生活。西盟南接孟连，东临澜沧，西面则与缅甸一衣带水，两地以山为界、以河为界，交往频繁。中缅边界线曾几经勘定，边民们的国籍被国界分割，但很多人语言相通、血脉相连，这些都是无法割断的。倘若在和平年代，这可视作两国友好的证据，然而自20世纪30年代英国殖民者入侵开始，再历经抗日战争、解放战争，国家大义面前的抉择，总是充斥着无数小家的血和泪。新中国成立至今，整片佤山看似迎来了新春，一派欣欣向荣，其实暗地里的波涛仍然汹涌动荡。各方势力还在角逐，式微者还在挣扎，企图分食最后一滴羹汤。

西盟的雨季一般始于5月中旬，今年也不例外。刚出门时碧空朗朗，硕大的太阳顶在头上，还没走到班神，天空已经滚起了沉云。

李保和舒云聪二人一路向北，马匹时而并行，时而相错。

出了寨子，顺着公路，人迹渐少。公路都是黄泥铺地，一侧斜上山去，另一侧斜下山去。偶有几条小道岔进山林，随着山形地貌又弯又绕，远远地，像羊肠，也像老妈妈绣花的线。沿着一段起伏到了顶，放眼望去，才发现自己仍置身山中，人仿若只是那广阔延绵的苍翠里的一片草叶。土黄的小道盘亘蜿蜒，看似把山切割开，其实是将无数山水缝了起来，将远近寨子连了起来。

伴着草木湿气，李保环顾大山，只觉心旷神怡，连日奔波的疲惫一扫而空。舒云聪却不复往日的能言善道，一副心事重重的模样，掉队了也没有察觉。

"云聪，可是遇到了什么难事？"

李保停下马，等舒云聪近前，关切问道。

7

李保骑的黑马不耐烦地打了个响鼻。舒云聪回过神，抬头看到李保放大的身形，吓了一跳。

　　"是不是身体不舒服？要不要歇歇？"李保又问。

　　舒云聪脸色发白："头有些昏，骑马倒无事。"

　　李保担忧地说："罢了，再坚持一会儿。等见到你爹，我跟他说，送你回家休息。"

　　舒云聪连忙摆手："不用不用。大爹，你又不是不知道我爹那个人，若是耽误了正事，我可要被他扒下一层皮来。"

　　李保也想到舒炳忠的性子，好笑极了："是了，你爹那是豹子脾气，要吃人的。"

　　舒云聪也跟着嘿嘿赔笑，加快了脚程。

　　李保刻意落后半步，以便时时看顾着舒云聪。舒云聪感受到身后一如既往温暖的目光，心中五味杂陈。

　　快到班神时，舒云聪正拿着李保递过来的水囊。他实在是渴得厉害，自己带的两罐水，全都已喝得精光。

　　舒云聪看起来十分忧心，犹豫半晌，才开口："大爹，我心中有件事，压得我难喘气。"

　　李保也不催促，静静看着舒云聪。

　　两匹马的蹄子踩在泥地里，"噗噗"作响，仿佛是搅拌了空气中愈加湿润的水汽，直叫人听得心情也黏着起来。

　　"我骗了个人，不知到底是对是错……大爹，你说，如果是善意的谎话，那人会原谅我吗？"

　　李保思索片刻，说道："我们拉祜族有句话，饭不熟吃不得，话不真听不得。但是云聪，你要知道，这世上的骗术，并不在于骗子的谎话有多高明，而是在于被骗的那个人，他愿意相信你，才会被你骗。"

　　舒云聪听了李保的话，大受震动，嘴唇颤抖着张了张，却什么声音也发不出来。

李保接着问："对这件事，你爹怎么说？"

舒云聪沙哑着："他说，这是好事，让我不要多想。"

"那便是了，你要相信你爹。"李保鼓励地看着舒云聪。

"可是……"舒云聪一句话就要冲出口，却又生生停住。

李保望着班神的方向，似乎在望着某个人，喃喃道："我知道的那个人，正直、仗义、通晓事理，看着脾气好，却有碰不得的原则和底线。如果他要骗人，那一定是有难言之隐。"

说完，也没有再等舒云聪，直奔班神而去。

很快，来到班神的岔路，进寨子要沿小路岔进去，此时只在路边，房屋都掩在山中，无法得见。

舒炳忠端坐在一匹枣红马上，背靠一丛挺拔的大龙竹，更显得他孤零零的。他身下的红马似乎等得急了，烦躁地跺着蹄子。

李保和舒云聪二人刚刚近前，舒炳忠便迎上来："你们可算来了！"

李保见舒炳忠面露急色，脑门上也密密铺着一层细汗，心中大为诧异。还未等询问，舒炳忠使劲在马背上刺了一下，激得马双蹄一扬，疾奔而去："走！"

李保和舒云聪连忙松了缰绳，夹紧马腹，紧跟上前。心底的疑问在声声赶马的催促中，暂时随着尘土飘散开了。

此时的班箐大寨，佤族颇有威望的大头人拉勐正坐在火塘面前打盹。三脚铁架上煨着土罐茶，水还未沸腾，但热气已经按捺不住，裹挟着茶香往外溢。突然，拉勐坐直身子，耳朵紧张地动了动；良久，又紧锁眉头靠回椅背。

"奇怪，今日的小雀怎么叫得让人如此心慌？想细听又没了音信，不知哪位朋友要被鬼问一问了……"

眼看着周遭的山逐渐矮下去，街道逐渐变得宽阔平坦，商贩的叫卖声越来越高，往来的百姓越来越多，西盟便到了。

近日接连视察水田，李保已十分劳顿，时下又跟着舒炳忠在马背上颠簸了几个小时，午饭也没能吃上一口，只就着清水啃了点干粮，更觉疲累。他转转肩周活动一圈，一把老骨头咔咔直响，再用力些恐怕就要散架了。一路上，李保几次想问到底出了什么事，竟叫一个见惯了世面的土司代办大老爷这样的神色惊惶，失了风度。可舒炳忠是谁？是他李保从小到大的好兄弟、亲兄弟，熟得不能再熟。他动动小指头，舒炳忠也能知道这位老哥哥是饿了还是渴了，是高兴了还是生气了。所以每当他想要起话头，舒炳忠就打断他。

"先到我那里去，十万火急，哥哥你先别问了。"

舒炳忠素来镇静的脸上，一双眼睛透出哀求的眼神，叫李保心软，可也叫李保担忧。

"要不要我叫人来帮忙？"

舒炳忠感动地摆手："不慌，不慌。哥哥你且旁观着，遇见什么不寻常的，也千万莫作声，我心里有数。若是需要帮忙，就用老办法。"

李保点点头，表示明白，可是看着舒炳忠久未舒展的眉头，他心头也堵得硬邦邦的。

舒炳忠走在前面，李保跟在中间，舒云聪殿后。这样的队形，倒像是舒家父子二人将李保护在中间。三人来到舒炳忠在西盟办公的地方，一座气派的三重檐歇山顶房子，汉族建筑的斗拱、飞檐、雕花和佤族建筑的竹编栅栏墙结合，这是正厅。周围绿植蓊蔚，花枝葱茏，都修剪得整整齐齐，环绕在议事厅、后厅、厢房、门堂前后，严肃方正却不失情趣。看得出，舒炳忠是个懂得生活的人。

李保刚提脚踏进门槛，就瞥见阴影里有一团棕黑色的芙蓉膏。

佤山素来种着不少罂粟，头人和百姓也习惯靠鸦片换银钱、布匹、盐巴。只不过佤族部落有拉勐坐镇，拉勐严令禁止族人吸食，所以极少有人以身试毒。所谓芙蓉膏、富贵膏，都是汉人的叫法，其实就是用罂粟果的浆液熬成的膏，供给有钱有势的人享用。将烟膏子搓成小丸，用火烤软，塞进烟枪里，再用火烤烟枪，烤出烟来，便可吸了。吸了烟膏子的人，就会沉浸到如梦似幻的欣然快感中，迷蒙间"眼色暗相钩，秋波横欲流"，仿若到了那富贵乡，进了那芙蓉帐，叫人醉生梦死、欲罢不能。醒来好梦成空，魂迷不知何处，心中怅然，遂又复吸，如此循环。

因吸大烟坏了身体、败了家业的人数不胜数。舒炳忠亦深知鸦片害人，一向对这黑黢黢、臭烘烘的东西深恶痛绝，从不准手下沾染，更别说带到正厅里。

李保心下存了疑，再看四周时，便觉得有种说不出的古怪。偌大的庭院，竟似个鬼屋，没有丝毫人声，风也不敢吹过，叫人莫名紧张。院中的石榴树刚刚开花，血一样的红花一点一点，夹在青叶里。那些血滴在李保心上，针扎火烧一般，让他心慌，让他感觉血管里爬满蚂蚁似的痒。直觉告诉李保，这里不同寻常。他下意识地握住腰间的刀柄，明明没出声音，却把舒云聪吓得短促地"啊"了一声。

舒炳忠不悦地回头，接收到了舒云聪的眼神示意，注意到李保的动作，于是不露声色地放慢脚步。待李保走到面前时，舒炳忠放松姿态，将李保握刀的手拉住，在他手心轻轻挠了一下，豪爽地大声道："哥哥好久不来，叫我想念得紧，上茶！"

李保被舒炳忠一挠，随即放了心。这是他们老哥俩多年来的暗号，表示此地安全，不要轻举妄动。若是有危险，舒炳忠必然会用指甲使劲掐他。

"哈哈，必须上好茶——"

正当他准备配合舒炳忠演戏时，舒炳忠脸色急变。

李保感觉腰后一凉，一只手枪抵住了他，方才他心中的那团火，瞬间被武器的冰冷浇熄了。

夏侯渊打扮真不错，
黑面长髯赛阎罗。
你好比蛟龙才离水，
你好比猛虎下山坡。
劝你马前归顺我，
少若迟延命难活！
…………

鑫副官穿着拉祜族衣服，手里摆弄着枪，骑在马上摇摇晃晃。可有的人吧，就是这么奇怪，哪怕披着人皮、长着人样，走在人堆里，你也能从他身上闻到一股子格格不入的羊膻味儿。

舒炳忠依旧骑着枣红马，跟在一侧。

鑫副官哼哼唧唧地唱着《定军山》。舒炳忠越听脸越黑，再看他一身跟拉祜族格格不入的气质，额上更是青筋暴跳，心里压着火，低声道："鑫副官，可别再唱了。"

鑫副官却收不住似的，手腕翻了个花，继续唱："三国大将就是我，乌鸦敢夺凤凰窝？"

舒炳忠努力无视鑫副官手里的枪："让李保听到，可要翻了天的。"

鑫副官不屑地冷哼一声："舒乡长，都说新官上任三把火，这把火，你若不想烧，多的是人替你。西盟乡长，可不是人人都坐得稳的。"

舒炳忠听出了威胁，只好默不作声。

"鑫副官，说好去做客，去商量，怎么要将人捆了？"舒云聪年轻，不如舒炳忠沉得住气，质问道。

舒炳忠来不及制止，果然见鑫副官变了脸："小子，以前朝臣进殿，都得卸掉装备武器。要不是你们啰里啰唆，我早把他的刀给缴了，哪至于这么麻烦！"

哼！拉祜族的长刀何其重要，更何况是李保身上这把，那可是陪他多年征战的生死伙伴。若是缴了长刀，李保与俘虏何异？舒炳忠在心里破口大骂。

报仇不晚，大事要紧！舒炳忠默念。将怨气暂且压下。

舒云聪不敢再言，转头看去，缚住双手的李保端坐马背，被持枪的人前后围得密不透风。

原本众人都很紧张，毕竟李保是远近闻名的大头人，战场上的杀人债也背了不少，百姓信服其威名，敌人畏惧其凶名。万一他突然长出三头六臂，挣脱绳索将众人砍瓜切菜一般杀了，再回神，恐怕已是在阎罗殿中聚首了。老鹰被剪了翼，爪子和嘴巴可还锋利着呢。

一路上，李保神态自若、目不斜视，仿佛真的是到亲朋家做客去。鑫副官盯了半道，发现李保不动作、不说话，心里愈发得意。什么大头人小头人，就算是天上的龙，到了他手上，不也得乖乖盘着！

李保表面没有波澜，心中却是翻滚着滔天巨浪。鑫副官几人虽然说话不多，但提到了所谓的"副官""西盟乡长"。恐怕舒炳忠私下答应了鑫副官什么条件，被封了官。鑫副官的几个手下，都背着美国黄油枪，因此这几人绝不会是鸟枪火铳都当宝贝的土匪和杂牌士兵。再看鑫副官眼神浑浊、面色蜡黄、坐没坐相，过不了几分钟就要打个哈欠，一副大烟瘾犯了的样子，跟共产党也绝对沾不上边。然而到底是国民党，还是境外捣乱的美英敌特分子，李保心中拿不准。

眼看天就要黑了，照着行进方向，勐冒就在不远处。一旦出了国界，谅他李保再是个什么威风人物，也无人识得。到那时，一个耳目闭塞的头人就真成了案板上的鱼肉，只能任人宰割了。李保心中焦急不已，他也想长出三头六臂，也想被哪个巡查的部落撞见，但有谨慎多谋的舒炳忠当军师，鑫副官显然早就侦查好了路况。否则，他们也不敢如此招摇，让李保这张脸大刺刺地露在外面。

"鑫副官，我要小解。"李保喊道。

鑫副官微愣，继而翘个兰花指，做作地捂住嘴，笑得前仰后合。

几个手下不明所以，面面相觑，也有人谄媚地跟着尬笑。

"李代办看着是个斯文人，说话怎么不知羞呢？"

听到鑫副官说出缘由，一个手下也大着胆子拍马屁，酸讽说："蛮子就是蛮子，原始人似的。"

才说完，这个手下就感觉到一道凌厉的目光射向他，顺着那目光看过去，舒炳忠正阴鸷地盯着他，像要把他活剐了。

舒炳忠也是拉祜族，跟李保同根同源，说李保是蛮子，可不是也侮辱了他舒炳忠！

舒炳忠皮笑肉不笑地抱了拳："鑫副官，人有三急。你将人捆得像个灌肠，还不准屙尿，真是好手段。"

鑫副官见舒炳忠动了真火，也怕惹他翻脸，大手一挥："去，把人放下来。也别去什么草棵子里，就当着人。"

当着人屙尿，他们做官老爷的，何时干过这种臊人的事？真是将人的脸面按在地上踩！舒炳忠不禁眉头一跳，又要说话。

"小心驶得万年船，别临门出岔子才好。"

鑫副官抬了手，表情变得严肃。

舒炳忠这才不再多嘴，就是架不住眼睛仍喷着火，骨碌碌在李保周围转，看哪个不长眼的还要说浑话。

鑫副官的几个手下冒着冷汗，服侍大老爷一般，将李保搀着扶着，走到路边。

李保在路边停住，看着刚刚说话的手下。

手下冷汗直流，结结巴巴问："代……代办大人，有何吩……吩咐？"

李保笑得极为平静，晃晃肩膀："捆成这样，是要我尿在裤子里？"

手下试探地说："那我……我帮代办脱？"

"你要想让我自己脱，我也没意见。"

手下只好哆哆嗦嗦上前，艰难地给李保解裤带，由于太过紧张，中间差点把裤带绕成死结。

　　鑫副官见李保光了屁股，嫌弃地用手捂住鼻子。

　　舒炳忠面色铁青，这么多年来，倒是第一次有人敢嫌弃他的兄弟。

　　李保尿完，舒爽地喊了一串话。

　　鑫副官不解地问："这是说什么？"

　　舒炳忠摇摇头，表示听不清。

　　李保头也不回："我们原始人的习惯，副官大可不必知道。"

　　鑫副官又问："李保屙尿还有这习惯？"

　　舒炳忠面露尴尬："我又不跟他屙一处！"

　　很快，李保又安静地坐回马上。

　　鑫副官不住地用余光瞟着李保，就好像刚刚李保不是去小解，而是去挖了地道准备逃跑。但很快，鑫副官又放下心来：眼下早已出了李保的势力范围，他若真能逃，岂会忍到现在？

　　李保看起来一副目不斜视的样子，其实他也在暗暗观察着鑫副官。原本见鑫副官有些紧张，他心中还存着侥幸，揣测着莫不是遇到了什么棘手的事。倘若真有意外，他也许能寻到什么破绽。可当鑫副官又愉快地哼起小曲，李保自觉无望了。鑫副官那烦人的嗓音又尖又细，一会儿像只蹭吃蹭喝的苍蝇在嗡鸣，一会儿又像陈旧的唢呐在奏着哀乐，没有一处音调是让人舒坦的。

　　荒郊野外的光明，全部都要仰仗太阳。当最后一丝天光散尽，黑夜便像浓雾一样将人包裹起来，从身到心，统统纳入暗世界的管辖范围。深浅不一的山色，在这一刻，也全都与黑暗融为一体，无法分辨。极目远眺，李保只觉视线中仍有黄昏的残影，延绵无边的山与广阔的天空混沌一体，一点一点变暗，一点一点蚕食着他渺小的身躯。他仿佛还看得见光亮，可事实是，他什么也看不见了。即使他用力张着眼睛，任凭风在眼角拉锯，也什么都看不见；哪怕是锯出血来，也只看得到血，看不见光。猎猎的风裹挟着寒气，吹得李保胸中悲凉无尽。

　　天上有三颗星星连成一排，像一条金腰带，让李保想到自己的腰带，以及腰间的银柄长刀。长刀是拉祜人最重要的伙伴，"对朋友要掏出心来，对敌人要掏出刀来"，这祖祖辈辈传下的道理，刻在每一个拉祜人的骨头里。可是今夜的银刀，就像天上的那三颗星星，能照亮李保的心，却无法照亮眼前的路。

前方忽然出现了一点光，又倏地隐没了。虽然对于周遭浓郁的黑暗而言，那点光实在微不足道，但李保坚信不会看错——目的地到了。

营帐外火光跳动，一根草、一枝叶都被投射在壁上。巨大的影子摇曳着，虚虚实实，令人悚然。树枝上趴着一只竹节虫，虽然形状和树枝没什么两样，可晃动之下，受惊的触角让李保一下就将它认了出来。营帐门口有两个人持枪把守，影子同样杵在那里。

鑫副官几人将李保扔下便走了，应该是去交差。

营帐很简陋，但隐蔽性极好。帐篷的绿色帆布和山林颜色十分相近，加上被原始森林的大树遮挡着，眼神再好的人也很容易将它忽略。李保进门前匆匆扫了一眼，实在没能看出什么。关他的营帐孤零零单独在一处，没有点灯，如果不是帐外生了一堆火，他甚至都没有瞧见营帐就在眼前。这样小的一堆火，隐在原始丛林里，还没有天上细碎的星子明亮，有谁会注意呢？他努力地扩张着耳朵，巴不得像竹节虫似的，长一对触角，伸出去探探风声。然而，他只能听到一点隐约的人声，那些人偶尔的高声和大笑，像极了寨子里宴客的氛围。

李保环视一圈，除了他坐着的一把椅子，营帐里空空如也。此时，他反倒平静下来。有舒炳忠在，鑫副官一路也没有灭口的意思，想来是还有目的没达到；那么，今晚他只需小心应对，定不会有性命之忧。

"这可如何使得哟——"

一连串脚步声急切地传来。未见其人，先闻其声，中气十足，威严却让人感到亲切。是个人物。

李保未应声，只见一团黑影忽地一闪，一个身量高大的男子匆匆进来，后面跟着鑫副官和几个手下。

鑫副官提着几盏煤油灯，进门后一一放在角落，将营帐照得明晃晃的。

"手下的兵不懂事，怠慢您了！"

男子说着话，就来替李保解手上的绳子。

鑫副官大惊失色，抢着上前："司令，使不得，使不得，让小的来将功赎罪吧！"

被唤作"司令"的男子恨铁不成钢："让你请人来，你倒好，把客人绑成个粽子，不知道的，还以为我屈洪斋不懂规矩！等会儿再收拾你，酒菜赶紧端来！"

李保看清了司令，此人浓眉大眼，鼻直口方，是个豁达赤诚的面相。这位司令胡子刮得只剩青茬，鬓角也修得精致，衬衣领打开两扣，两只手袖都卷了两圈，一模一样的高低，看得出是个讲究人。

"李代办。"

屈洪斋麻利地解开绳索，却不见李保动作，关切地喊了一声。

李保不疾不徐，上上下下将屈洪斋打量了个仔细，才僵硬地张开手指，摊在屈洪斋面前："抱歉，麻了，没知觉。"

屈洪斋看着李保手上勒出的红痕，一口气从鼻腔里重重呼出，似乎被鑫副官的"不懂规矩"气狠了。他快步来到布置妥当的桌前，躬身亲自斟上小红米酒，越过一桌子的大鱼大肉，双手将杯子放到李保面前。接着再倒一杯，豪爽地一饮而尽。

"第一杯，我干了，替我那个没长眼的副官赔罪。"

李保既不喝酒，也不说话，眼睛垂着，睫毛一扇一扇，像一对马上就要飞走的蝴蝶。

鑫副官见状，一个大跨步过来，抬手给了自己一记脆响的耳光，倒是打破了尴尬："代办大人大量，别跟小的计较。这是我们屈洪斋屈司令，今天请您来做客，是诚心诚意的。若是因为小的坏了心情，小的可真是罪该万死了！"说罢便倒了满满一杯小红米酒，闷声喝了，又给自己一耳光，力道之

17

大，扇得两边脸都肿了起来，"代办，小的得罪了您，与司令无关，您跟他犯不着。"说着又抬手，准备打第三个耳光。

"可以了。"

李保终于掀起眼帘，平静地看向屈洪斋。

屈洪斋看了鑫副官一眼，鑫副官立马识趣地退了出去。

"屈司令……想必是国民党的司令吧？"

李保两手交握，放在腿上，似在聊家常。

屈洪斋客气地笑着点头："不错。代办以前跟其他分部的弟兄打过交道，说起来也是老熟人了。"

李保也笑，气势丝毫不弱："如今共产党领导的新中国都成立两年了，国民党可没前途啊……"

屈洪斋眯了眯眼，也观察着李保。李保面色黝黑，高颧骨，大鼻头，眼下一对深深的眼袋，是个普普通通的拉祜族老头。唯有那双眼睛，平静看人时，茶色的瞳仁透出火光，跟眼窝一起深陷进去，像黑暗中海上的一点孤灯，叫人辨不清方向。可当他笑起来，鱼尾纹将外眼角划开，一双眼睛便十分锐利，哪怕配上轻快的语言，大头人的威严仍然不容忽视。李保此刻的笑又有些许不同，他眼中不起波澜，只微微抿着唇，嘴角的弧度被两道皮肤褶皱切断，唇下一道阴影长长地拖着，像一把刀子，斜着割向颈边，让人发冷。他实在是太瘦了，被皱巴巴的长衫罩着，像一株弱小的枯草。他脊背挺直，两肩将长衫撑起，脊柱的形状也透过衣料显出来；骨节分明的双手交握一处，像榫卯一样扣住，看似没有用力，实则难以分开。如若真是逆来顺受的枯草，会生长得这样野蛮吗？屈洪斋一直听闻李保为人处世十分谨慎，于是设想过不少寒暄场景。但他未曾料到，李保竟是不管不顾，一见面就朝他心窝子上捅刀子。

屈洪斋斟酌着说："也不全是。我们现在叫云南反共救国军，李弥司令是我们的总指挥。"

李保仿佛听了个什么笑话，笑得鱼尾纹都晃起来："反共？救国？"

屈洪斋坦然点头："没错，救国。"

"我看新中国挺好，不知你们想救什么？若是自救，倒是条明路。"李保一副认真建议的样子。

屈洪斋毫不动怒："我知道你不愿相信。现在表面上看，共军独大，党国式微，实则不然。蒋委员长在台湾已做好万全准备，武器弹药充足，只待他一声令下，反攻大陆那是易如反掌。届时共军覆灭，你说我们救谁？当然是救水深火热里的百姓。我想，李代办英明一世，自然看得清，懂得替你麾下十几个寨子着想。"

李保缓缓点头，看起来已经在认真思考。

屈洪斋心中一喜，面上丝毫不显，继续劝："党国看重你的威望，才特批让你进入第一批救国对象。作为功勋元老，党国自然会厚待于你。"

"厚待？"

李保露出感兴趣的神情。

"按照贵党历来的习惯，我若不从，恐怕是个株连九族的大罪过。"李保轻轻叹息，缓缓抬起右手，打量珍宝似的打量着手掌，"只可惜，我握了毛主席的手，听了共产党的话，喝了血酒，发过誓，如果反悔，岂不是自己打自己的脸吗？"

屈洪斋倾身向前，凑近李保，摆出诚意十足的姿态："我们既然改了名，就是要痛改前非的意思。以前党国确实有很多蛀虫，对你们造成过伤害，我深感痛心。我屈洪斋虽不是个十成的好人，但今天也能做主，给你足够服众的实力。鑫副官——"

屈洪斋话音刚落，鑫副官便带人搬来几个红木箱子。箱子半人来高，不知装了什么，四五个人一起，还搬得吭哧带喘。一连搬了几趟，鑫副官的手下个个面部充血，太阳穴上的青筋凸出来就消不下去。

屈洪斋叫李保起身，两人一起来到箱子前。

李保看着屈洪斋毫无防备的侧身，右手难耐地摸着腰带，心里简直想拔刀将此人砍杀了一了百了。可是他不能。营帐外的警卫军都端着枪，从影子来看，黑洞洞的枪口可都对着他呢。还有舒炳忠父子二人，总不能叫他们也一起陪葬。他这般想着，不甘心地将右手握成拳头，装作一副紧张的样子。

一个一个箱盖掀开，耀眼的金光简直能将人闪瞎。全是金条！整整齐齐的金条！那金光像蛇一样，悄无声息地游过来，缠在李保脚上，叫他魂飞天外，无法动弹。

国民党的残部而已，怎会有这样多的金条？晃人心神的财富，是李保从未见过的阵仗，是他穷极一生也拼不来的。

屈洪斋见李保震惊得呆住的样子，十分满意，随手拿起两根金条在手中一撞，发出"噌"的声响。那缠在李保脚上的金蛇，便立刻游到了他大脑的神经里，久久在耳膜中纠缠。

"代办可还满意？眼前这些金条、银圆，再加外面的几百条枪、上万发子弹，只要你点点头，都是你的。你仍旧是万人敬仰的土司代办，你的家人、寨子都可保平安，而你要做的，只是归顺党国。等你成为党国的人，土地、金银、枪支、女人，那是树叶一样多，数也数不过来。脸面，得靠自己挣啊……"

屈洪斋的声音像催眠似的，一点一点瓦解着李保的心防。

不可以，不可以……

李保紧守灵台，心中回响着曾经立下的誓词，口舌间涌荡着当初喝下的血酒的味道，脸上浮现出令屈洪斋无比满意的神情。

"什么共产？什么为了人民？人人生下来，都是一个脑袋、两只手，为何要为别人，不为自己……等你以后去了台湾，一个小小的代办算什么？到时候，别说是做乡长、县长、市长，就是做蒋委员长的左膀右臂，又有何不可呢？男人，就该志在天下。反攻大陆，只是党国小小的一步棋。待成事后，再对外扩张。李代办，成为蒋委员长反攻大陆的头号功臣，你不心动吗？"

屈洪斋十分自得，他不相信这世上有无私的人，更不相信这世上有无欲的人。若是有，那也一定是因为权势不够、财帛不足。尤其像李保这样，做了一辈子人上人，难道不想更上一层楼吗？更大的权势，更极致的享受，岂是做一个山大王能相比的？

李保喃喃，双眼迷离："为自己……"

屈洪斋充满磁性的声音钻进了李保的脑袋，钻进了李保的骨头缝，让他浑身酥麻。他想抓一抓，却又说不上来哪里痒。

"这个国家的旧主人，就像你身上的旧东西，早就该换了，代办大人……"

不知何时，屈洪斋绕到了李保的一侧，慢慢将手伸向他腰间，眼看就要摸到长刀。李保猛然惊醒，右手抽出长刀，左手将不设防的屈洪斋推了个四仰八叉，砸翻了一桌好酒菜。盘中的烤鸡弹起两丈高，扑进了屈洪斋怀里。

李保咬紧牙根，脸上的肉不住地抖动，呼吸杂乱粗重，双目睁圆，活像准备上场拼命的斗牛。他有些不可置信，似乎大脑还没反应过来，手就已经条件反射地拿起了刀。李保持刀的手微微颤抖着，看得出他的内心有多么不平静。被鲜血长期滋养的刀刃以及那寒霜逼人的刀尖，反射着灼热的金光，此刻如此真实地、坚定地对准了屈洪斋。

营帐外的警卫军闻声而动，立刻就有几支枪从四面八方出现，黑洞洞地指向李保，随时准备扣下扳机。

屈洪斋狼狈地挣扎起身，赤诚斯文的面具碎裂一地，顾不得衣服上的油渍，咬碎了牙齿："好！好！好！拉出去——"

鑫副官押着李保到营帐外，那里有个一人深的土坑，李保被扔了进去，手被反绑在木桩子上。看着鑫副官等人熟练地操作，李保目瞪口呆，良久，自嘲地笑出声：这个土坑，恐怕一早就为他准备好了。要怪就怪自己演技太差，刀比身体更诚实。

风一吹，方才的功名利禄尽皆散去，就好似睁着眼做了一场黄粱美梦。

只可惜那地上打翻的小红米酒，多么醇香啊……

2

1950年6月，班箐大寨佤族部落。

酸笋烂饭已经煮好了。铁锅刚从火塘的三脚架上端下来，滚烫。烂饭咕嘟咕嘟冒着泡，绽放着一个又一个圆孔，像幼蜂正要从蜂蛹里钻出来。急于面世的浓稠米香，在每个人饥饿的胃里拱着、催促着，放着烟花。

"咕——"

岩三布龙的肚子先放了烟花，他只有六岁。

"咕——"

妮轰的肚子也紧随其后，可她已经十五岁，是个大姑娘了。

女主人娜蓝用一双乌梅似的大眼睛巡逻着，不让人先动筷，尽管岩三布龙和妮轰都要管她叫一声妈妈，她也毫不心软。

儿媳叶哼用手背轻轻贴着岩三布龙的额头，露出苦思的神情。岩三布龙半靠在叶哼怀里，萎靡极了。

娜蓝拿起木勺，搅动着烂饭，她不能让烂饭粘在锅底。可是这样一搅动，酸笋的气味就钻进了每个人的鼻腔，勾得人口水直流。

妮轰看看自己面前的木碗，又看看别人面前的木碗，全都只盛着空气，实在是气馁。可是家里的男主人——她的父亲拉勐还没回来，母亲是不会给他们盛饭的，佤族家家户户的规矩都如此，更不用说拉勐还是佤寨威望颇高的大头人。

"妈妈，你看岩三，再不吃饭，他就饿死了。"

妮轰可怜兮兮地望着娜蓝，湿漉漉的眼睛嵌在眼窝里，像汪着两潭又清又凉的水。这是她最擅长的表情，每当她用这样的眼神看着谁，再小声说点乞求的话，不管有什么要求，准能达成。

娜蓝果然心软了，暗暗叹了口气，把木勺伸进锅底，舀起满满一大勺烂饭。

妮轰眼睛唰地亮了，锅底的烂饭最稠最香，还有许多沉底的酸笋。她已经准备好一堆甜言蜜语，只等勺子落进碗里，她就会把母亲夸得像神仙一样。她舔着嘴唇，急不可耐地捧起面前的木碗，向母亲伸过去。可是母亲的木勺经过她之后，径直去到了岩三布龙那儿，把烂饭一股脑倒进了岩三布龙的碗中。

妮轰感觉心里有一幢大房子轰地倒了，碎裂的木头砸得她晕头转向，灰尘也噎在她嗓子眼，叫她一句话也说不出来。她瘪着嘴，一对深潭愁云密布，刚才演出来的可怜，这下子忽然成真了，还得加上十成十的错愕，简直委屈得想哭。

岩三布龙努力睁大迷蒙的双眼，像一只怯生生的小鹿。

叶哼也征询地看着娜菡，不知该如何动作。

同为女性，娜菡的眼睛却和妮轰、叶哼不同，神采里总带着母亲特有的温柔和悲悯。譬如此刻她一心牵挂岩三布龙，眼里暖烘烘的光就照了过去。沐浴在母亲眼神里的人，便不自觉地卸下防备，胸中充斥着倾吐一切心声的遐思。

"可怜的岩三，你身上的鬼会走的。你先吃吧，让叶哼喂给你。"

岩三布龙没有力气起身，只能将眼神依偎在娜菡身上，以此代替自己的肉身，从母亲那里汲取养分。

叶哼先挑出一勺烂饭撒在地上，敬献了鬼神，然后才小心翼翼地抱住岩三布龙，让他半坐起来。她端起碗，将烂饭一勺一勺吹凉了，耐心地喂给岩三布龙。

岩三布龙每吃一口，都要咀嚼很久，仿佛吃进去的不是煮得软烂的米饭，而是又硬又韧的牛筋。

叶哼安静地喂，目光只在岩三布龙和烂饭上停留。她浓密的睫毛垂着，乌黑的长发也垂着，显出十足的虔诚。可愈是这样安静，娜菡就愈忧心。

妮轰见自己的小心思被忽略了个彻底，就连往常活蹦乱跳的岩三布龙也蔫巴巴的，没有人同她耍闹，更觉气闷。她把头上半月形的银制发箍取下又戴上，重新拢了长发，气鼓鼓地把黑色麻布无领短衣脱在地上，袒露着乳房走出门去。

娜菇终于注意到了妮轰，见她又一副野姑娘的样子，操心地抚着额头："妮轰，说了多少遍，要学会穿衣服！"

"太热了！"

妮轰头也不回。

叶哼抿着嘴轻轻笑："还不适应呢。"

娜菇捡过地上的衣服，有些生气："被拉勐看见，又要挨说。"

"说什么？"

娜菇的话音刚落，门口的光线一暗，一尊黑熊似的高大身影风风火火进屋来。只见那身影急不可耐地脱光了上衣，卸下长刀放在手边，把浑身热气都散在屋里。

叶哼温顺地轻轻喊道："爹。"

拉勐点点头，问娜菇："哪个又惹事了？"

娜菇捡起拉勐扔在地上的衣服，无奈摇头道："我说，妮轰真是你亲生的丫头。"

拉勐得意地笑起来，脸颊上圆圆的两坨肉聚拢，嘴唇上一排修剪得整整齐齐的胡子翘着，显得憨厚又可爱，一点也没有大头人的威严。

妮轰听到父亲的声音，"哒哒哒"小跑进屋，一头钻进拉勐的怀里，像小猪似的拱着。

拉勐觉得痒，但很享受女儿的亲昵，笑着把妮轰扒拉开："皮猴子！"

妮轰仰着小脸，认真地跟父亲对比起来："黑皮肤，浓眉毛，长眼睛，大鼻子，圆下巴——爹，我确实是你亲生的姑娘！"

拉勐哈哈大笑："我亲眼看着你从你妈肚子里面生出来，这还能假？多吃点，以后长得跟你爹我一样高，就更像了。"

妮轰听到吃，立马眼巴巴地看向娜菇。娜菇终于成功接收到了妮轰眼神里的讯息，开始给每个人分餐。

拉勐也饿坏了，端起碗呼噜呼噜一口气扒拉个干净，又舀第二碗。

"岩三怎么样？"拉勐嘴里嚼着酸笋，心里却挂念着岩三布龙。

叶哼还在给岩三布龙喂饭，这么长时间了，岩三布龙连半碗饭都没吃完，甚至虚弱得连咀嚼的力气都没有了。

"早上我起来看他的时候，他在被子里发抖，一直喊冷，脸都白了。后来不喊冷了，就开始发热，说是心慌口渴。以前我见其他寨子有人也是这样，没几天就……"娜菡红着眼睛，说着说着竟放下碗，抹起了眼泪。

拉勐两条泥鳅似的浓眉毛，弯曲蜷缩着，心中的愁云使他面色逐渐凝重。他努力在回忆里搜索，试图找到某种解决之法。

妮轰长这么大，第一次见母亲哭，口中的酸笋顿时没了滋味。她挪到岩三布龙身边，抓住他的小手，发现岩三布龙的体温烫得吓人。

"爹，岩三是不是……被鬼害了？"

拉勐没有回答。他现在担心的，不仅仅是岩三布龙一个孩子的性命，他更害怕岩三布龙的病会像瘟疫一样传开，引起更多族人死亡。他的父亲以前就经历过这样的事。害了瘟疫的部落，人命像蒲公英一样，风轻轻一吹，人就一簇一簇地消逝。这种病没有任何法子可以治，一旦发生，整个部落的人都会死光。如果岩三布龙真的患上瘟疫，那将是整个佤山的灾难！

娜菡不知道拉勐的想法，但她无条件地相信着眼前的男人。拉勐宽厚的肩、有力的臂膀，挑起了佤寨几十年的强盛。此刻的岩三布龙生死难料，但娜菡坚信，如果世界上有人能想出救岩三布龙的方法，那个人一定是拉勐。

拉勐一看娜菡的表情，就知道娜菡在想什么。对于岩三布龙，他也是真心疼爱，可比起即将失去养子的悲伤，怎么将佤寨的损失降到最低，显然才是他这个大头人更该思考的。

"拉勐，拉勐，大事不好了——"

阿龙急切的声音从门外传来，打断了拉勐的思绪。

拉勐倏地起身，抓了衣服迅速穿上，沉稳着声音道："莫慌，慢慢说。"

阿龙满头大汗，嘴唇干裂，呼气都带着一串疾风烈火："布拉带着人，跟傈僳寨子打起来了！"

"年年都要争，这次又闹哪样？"

"傈僳寨今年换了个管事的，叫枝花扒，脾气大得很，说要动枪！"

"走！"

一听动枪，拉勐意识到事态的严重性，拾起长刀，急忙跟着阿龙出门了。

永不老附近一处草坪上，两班人马剑拔弩张，怒目相视。

北边是以布拉为首的佤族人，南边是以枝花扒为首的傈僳族人。一南一北几十个精壮男子乌泱泱一片，持刀的持刀，持枪的持枪，大有一言不合就要血流成河的意思。

布拉黑着一张方脸，嘴角和脸颊上的肉一道朝下垂着，眼袋鼓胀，黑洞洞的瞳仁凶光毕现，仿若一尊恶煞。他正值壮年，脑袋两侧头发剃光，只留中间马鬃似的一丛花白头发，显出他烈马般的气势。此刻他敞开衣襟，露出一身鼓胀胀的腱子肉，肚腩也大方袒着，右手握一把七八十公分的长刀，站在两队人中间，目不转睛地盯着枝花扒。他的身后，持刀的佤族汉子呈栅栏状围在前排，后排持枪的汉子则从中缝伸出枪口。

枝花扒恰恰相反，比起布拉这座濒临爆发的火山，他年纪稍长。他气定神闲地背着手，腰间别一把精巧的小弯刀，棕黑的牛皮刀鞘保养得细腻发亮，牛角制的刀柄处还镶了一圈金箍。枝花扒脸瘦下巴尖，蓄一撮山羊胡，皮肤像他的刀鞘一样，岁月非但没刻下多少痕迹，反倒赋予他一种内敛的质感。只不过此情此景，他的沉着镇静或许更应解释为嚣张。在他身后的傈僳人，不仅人手一支枪，还个个挎着弓弩和刀，远战近搏皆无不可。两相对比，布拉一方确实身处下风。

"枝花扒，地今年归我们种，明年才到你们。当年可是说得好好的，想反悔不成？"布拉中气十足，脸上带了几分不忿。

枝花扒故作委屈："老弟，你们佧佤人①砍人头祭谷，我不发表意见，但砍到我们傈僳人头上，我就不能不管了……"

布拉也软下语气："老哥，当年是我们砍错了，所以才说把那块地匀出来，两个寨子轮流种，当作赔偿，你们也同意了的。"

"同意？刀子都架在别人脖子上，谁敢不同意？我枝花扒不是以前寨子里那些滥好人，你说什么就是什么。今天把话跟你说明，要么把那块地永远划给我们，要么把当年砍人的交出来。"枝花扒慢条斯理地摊开手，一副不容商量的样子。

布拉身后一个高壮的佤族小伙被激怒了，忍不住吼道："蹬鼻子上脸的，有本事你自己砍回来！"

"信不信老子给你两枪！"

"谁躲谁是尿蛋！"

佤族人和傈僳人纷纷鼓起眼睛，等不及想近身肉搏，把尖刀插进对方的身体里。

"各位兄弟，有话好说，不要打打杀杀的，很伤和气的嘛！"

与周围充满阳刚气的声线不同，一道书生气十足的嗓音插进来，音量不大，却让每个人都听到了。

"人与人相处最重要的是什么？和平，是和平嘛！"

布拉和枝花扒之间，正站着一个干瘦男子，一席长衫，文质彬彬，鼻梁上架一副玳瑁色圆框眼镜。先前吵嚷一片，竟无人注意到他。

"黄先生，你初来乍到，又是个喝墨水的，还是站远点好。笔杆子不杀人，刀枪却是不长眼。"

枝花扒皮笑肉不笑，随意地一拱手，都不屑于给眼前这个弱鸡似的书生一个眼神。

黄先生果然吓了一跳，颤颤巍巍后退两步，但是很快，又鼓足勇气上前

---

①　佧佤人：佤族人旧称，一般为他称。该称呼1962年后已停止使用。

半步，转向布拉劝道："大头人，您大人大量，就不要动手了。傈僳寨子的诉求，听起来很合理嘛。动起手来难免损伤，一块地而已，给他们就好了。让兄弟们平平安安，这样才好嘛。"

"黄先生，我不晓得你是哪里跑来说和的，我只晓得，你这张嘴再讲话，很容易被打。"布拉看着黄先生开开合合的两片嘴皮，实在觉得脑壳痛。

黄先生像是没听懂，还一本正经地回答了起来："是在下唐突了，大头人见谅。在下黄世杰，效命于西盟共产党，此番前来，乃是为了共商和平之大计。你们这样动刀动枪，在共产党领导的新中国是不可以的呀！"

枝花扒笑嘻嘻瞅着黄世杰："你们共产党爱产哪里产哪里，我不管。你要和平，我也接受。现在看来嘛，是布拉头人不同意，你好好做做他的工作。"

"大善大善！"黄世杰从善如流，躬身朝着布拉作揖，正要开口，布拉却冲他扬起刀，他只好把嘴边的话尽数咽了回去。他顿了顿，又转到枝花扒这边，继续劝道："枝花扒大头人，您如此明理，黄某人十分钦佩！不若这般，您继续做个表率，原谅布拉头人，不要争这块地了。陈年旧账翻出来，伤的是新时代的兄弟感情。今天你打他，明天他打你，冤冤相报何时了？谁抢到就是谁的，那是国民党的坏道理，不能再搞了呀！"

谁都没有发现，就在黄世杰口若悬河的时候，队伍末尾悄悄跑来了个约莫十五六岁的少年，又悄悄跑走了。

不远处的灌木丛里，走来七八个身姿挺拔的年轻人。他们统一穿着浅黄绿色的军装，头戴红五星帽徽的解放帽，脚踩解放鞋，左胸的胸章上写着"中国人民解放军"。虽然没有口号，但走步、摆臂都十分齐整默契，是一支训练有素的队伍。

方才探听消息的少年兴奋地红着脸，跑回来报告："队长，有两个寨子在闹事，我们的一个同志正在做工作劝和呢！"

队长严春年纪大些，看起来四十多岁，听完很疑惑："我们的同志？"

少年捣蒜似的点头："是啊是啊！他人又瘦又小，被夹在一堆大汉中间，还能有理有据地说话，实在是太勇敢了！我听他亲口说，是我们的人。走啊，队长，我们去帮帮他！"

"不急。"

严春让少年回到队伍中，没有下令动作，把两只像射灯一样的眼睛，直直打在远处的黄世杰身上。

少年担心黄世杰陷入危险，面上不由露出担忧。这时，一只温柔的手拍了拍他。

"没事的，阿明，我们少数民族虽然常年在深山，文化程度不高，但人都是很淳朴善良的。"

被唤作阿明的少年一愣，随即傻呆呆地说："对哦，木香姐，这里是你的家。你人这么好，你的家人当然也是很好的。"

木香被阿明一番天真的话引得发笑。

突然，下面的草地上一阵哄闹。双方不知被什么事惹恼了，群情激奋，刀光晃动。

"拉勐？"

木香看到布拉队伍里多出一个熟悉的身影，正是他们佤寨的大头人拉勐，而另一方的枝花扒队伍，统管傈僳寨的土司代办李保也现了身。她一时拿不准两边的大头人究竟要战要和，只晓得事情一旦惊动大头人，必定是闹大了。

严春也很紧张，看得见拉勐和李保在说话，却听不到二人在说什么，他向身后打了个手势，一起上好了枪膛，做好了下场的准备。

"砰——砰！"

两声荡着回音的枪响震彻山野。布拉寨子的队伍里，有人抱着腿大声惨叫起来，旁边的人手忙脚乱按住他；血像喷泉一样，从大动脉里蹿在地上，很快血花就汇成一条蜿蜒的红蛇。

"枝花扒你个娘生没屁眼的尻货，背后开枪我日你妈——"

不知谁骂了一句糙话，枝花扒队伍应声倒下一人。那人肩膀外侧被子弹洞穿，只留几丝筋肉还连着大臂，整条胳膊像一根灌水大肠，软绵绵地在地上抽搐。瞬间，战争被点燃，双方像解开绳子的野狼一样，龇牙咧嘴蹿到中间去撕咬，喊杀声、枪声、哀号声混在一起。顷刻间，已有不少人被割麦子似的割倒在地。

"得阻止他们，这样打下去，要出大事的！"

木香心急如焚。

"可两边都是民族兄弟，都伤不得，这可怎么办？"

阿明也跟着团团转，但早在出发之前，他心里早就被种下了牢固的种子，这样危及的关头，他仍然牢记着党中央说的"团结第一，工作第二"。

严春很为难。是啊，难道他作为西盟地区民族工作队队长，带领队伍来到西盟的第一天，就要跟民族兄弟刀枪相向吗？但凡伤了人，都无异于为以后的工作垒砌起一座大山。可是，叫他眼睁睁地看着民族兄弟自相残杀，他也做不到。

枪声密密麻麻地响起来，比鞭炮声还要热闹，若是蒙上眼睛，大有过年过节的气氛。现在眼看着的那一片红，不是灯笼的红，不是春联的红，而是人血的红！

严春呼吸渐渐急促，怎么办呢？……哪里才是切入口呢？……

"队长，我看到了！开枪的是藏在山洼里的残匪，不是民族兄弟！"

侦察兵光宝跳将起来，指着东边的山洼。严春定睛细看，果然发现了开枪的火焰。

"会不会也是民族兄弟？"严春皱眉问道。

"不会！"木香十分肯定地说道，"佤族和傈僳族做事，最讲究光明正大，不然也不会扛着刀枪来这谈判，定是居心不良的残匪！"

严春是个顶聪明的人，稍微一想，就明白了其中的关窍。联想到黄世杰虽然口口声声说自己是共产党的同志，话里话外也一心劝和，但干的却是得罪民族兄弟并将祸水东引的事。

"好一出挑拨离间的戏码，打！"严春当机立断，带着工作队就冲了出去。

残匪本就是见不得光的老鼠，这下被人发现了，自然跑得比谁都快。只是李保和拉勐两方不明情况，以为外敌来袭，很快也带着族人跑得无影无踪。

"黄世杰……算他跑得快！"

光宝不忿地啐了一口。

"队长，你是说黄世杰……"

阿明目瞪口呆地看着眼前，要不是还有血迹和踩倒的青草，他都以为这里从未有人来过。让一个未经世事的少年来思考阴谋权斗，他的反射弧，怕是要到月亮上绕一圈才回得来。

严春望着远处，眉头紧锁，民族工作可比预想的要复杂太多。

他身后的树上，趴着一只竹节虫，似一条叶脉与绿色的叶子融为一体，风耸动着叶子时，竹节虫便隐匿其间。直到风渐平息，天色渐暗，树叶也不再警惕，它才一点一点进食，直到将整片树叶啃得一干二净。

苏钰琁

第二日
茶诱

七日

1

　　大地，才是西盟佤山①真正的主人。大山如何绵延，土地如何枯荣，亿万年来，从未因人类的朝代更迭而改变。大地的厚重，并非人类双肩所能背负，然而人和大地的密切联系，从生至死，始终难以割断。

　　拉祜语的"西盟"二字，意为产金子的地方，足见西盟之富饶。世代生活在这片土地的人们，婴孩呱呱坠地，幼年赤脚嬉闹，少年田间劳作，青年征伐守土，晚年播撒新种，死亡又回归地下，成为婴孩生根发芽的基底，就这样循环往复，周而复始。

　　怒山、西盟山、拉斯龙山、盘龙山，四条脊柱支起了西盟的头颅，库杏河、勐梭河、新厂河、南康河，将西盟的血脉向南卡江延伸而去，中间的勐梭像男人一样袒露胸脯，是整个西盟山唯一一块3000余亩的河谷川坝。西盟的各族寨子，就在山环水绕中，被大地上涌起的层层迷雾隐没。

　　李保的先祖们世代操劳，在西盟的土地上承星履草，不遑暇食，最后又回归土地，变成白骨与尘土，行流散徙。他们养育的后代，如同他们播撒的一粒粒种子；当种子生根发芽，就意味着他们与土地相依为命的一生开始

① 西盟佤山：即西盟。因西盟佤族众多，山川众多，遂当地习惯将西盟与佤山等同，佤山与西盟佤山皆指西盟。

了。自打李保来到这个世界，他的人生就已注定，他要在西盟这片大地上破土而出，拔节生长，直到成为参天大树。仿佛只是山水中隐坐的神仙一个弹指，忽然而已，他便老了，枝叶上不知不觉攀附了太多的寄生植物。幸好他的根系时刻在土壤和养分中淘金，才把周围的植物都养得葱茏蓊郁。他当然可以独善其身，只需一把刀，把那些外来的、后来的统统砍掉，他就能独占一方阳光雨露。可是这么多年，他俨然已经成为土地的一部分，每年换季的落叶，最终都与祖先的尘土归到一处去，逐渐成为新籽种的养料。再者说，倘若整片大地上，只有他孤零零的一棵树，那么，这片土地恐怕离变成荒漠也不远了。李保这样想着，便坦然地接受了大地赋予他的使命。

李保迷迷蒙蒙，潮湿的泥土味向他的汗毛根处渗透着，继而幽幽覆在他的每一处肌理上，令他浑身舒畅。血管里流淌着泥水，心脏在沼泽中搏动，生命是如此清晰地存在于他的体内，忽然，一股热流从他脚底袭来，酥酥麻麻地沸涌着，很快，他的腿消失了，手臂也消失了，全部变成了树干。他很确信，他一定不是一棵长满苔藓的树，因为并没有任何湿冷的感觉。他的皮肤仍是干燥粗糙的，这是属于一棵生长在阳光下、暴露在原野中的树的皮肤。

1951年5月15日，勐冒，国民党营帐。

"咣当！"

银刀摔在地上，从刀鞘里挣脱出来。

就在李保伸展根系，徜徉在土地里时，强烈的太阳光竟透过他的叶脉，刺得他突突地痛。他费劲地睁开眼睛，只觉昏昏沉沉，肩颈酸胀，先前变成树干的手臂和小腿，此时毫无知觉。他不记得自己是何时陷入睡眠的，并且于他而言，于一个常年少觉的老头而言，睡到阳光刺目的时辰，亦是许多年没有发生过的事情了。

"大头人醒了！"

"谢天谢地！"

两个拉祜族女人激动得"扑通"跪倒在地，"咚咚咚"磕头。很快，两人的额头上迅速覆了一层豆面似的黄土，随着动作的起伏，簌簌往下掉；身上的银饰碰撞在一起，叮叮当当脆响，仿佛一群鸟在吵架。

"水……给大头人喝水……"

胖一点的拉祜族女人更机灵些，絮絮叨叨爬起来。

瘦一点的拉祜族女人还跪在原地疯魔似的作揖，黝黑的脸上透着潮红："救苦救难，谢谢大头人救命……救苦救难，谢谢大头人救命……"

李保适应片刻，眼神终于聚焦在眼前的两个女人身上。两个女人显然是精心打扮过的，虽然神情张皇，但也掩盖不住年轻女子的秀气。瘦女人目光楚楚，胖女人风韵成熟。两人皆穿着拉祜族的盛装，镶边的黑布长衣、长裤，彩布束腰带，满身银泡、银吊子、银纽扣，戴着银手镯、银项圈、银耳环，随着动作，银光闪烁，动人耀目。只不过方才一顿猛磕头，衣裤上沾了黄土，盘整妥帖的发丝也凌乱地散下一些，垂在额头和耳边。

胖女人颤抖着，跪在李保身边，然后战战兢兢地将一土碗清水，一寸一寸，再一毫厘一毫厘地凑近李保嘴边，用祈盼的眼睛哀求着。于是李保下意识地喝了一口水，实在清甜非常。

就这喝下的一口水，竟让两个女人如蒙大赦。

"谢谢大头人救命，谢谢大头人救命……"

瘦女人再次双手合十，将身体虔诚地伏在地上，额头埋进黄土里。胖女人端着水，没有作揖伏地，但一双黑葡萄似的眼睛，却也瞬间噙满了汁水，叫人心生怜爱。

李保虽然统管傈僳寨，但他是拉祜族出身，父母亲人也大多是拉祜族。如今两个亲族后辈在他面前如此卑微，一副犯了天大罪过的样子，让他如何不痛心！

这时，一双锃亮的皮鞋走到近前，瘦女人立刻噤了声，胖女人也忙不迭跪到瘦女人身边。两人缩着脖子，垂着眼皮，好似两只待宰的母鸡。李保徐徐抬头，看到皮鞋的主人西裤挺括，普普通通的白衬衣规整地扎在腰带里，但两只袖子上，分别用两个精巧的金色袖扣固定住，又显出此人的公子做派。再往上，李保就看不清了。面前这人身姿挺拔狭长，整个儿背身站在阳光里，脸都罩在阴影中，明明黑乎乎看不到表情，可令人想到的，却是寺院里的怒目金刚。

"不知屈司令今日准备将我埋到哪一截？"

李保语气如常，只不过嗓管里垫了砂纸似的，音色嘶哑又粗粝。

屈洪斋轻轻笑着，气定神闲地等着鑫副官布置好软凳，才悠悠落座。鑫副官目不斜视，两颊肿着，左脸上甚至还有昨夜留下的指印。

"代办说笑了。这两个女人，可是树尖上刚熟的水蜜桃，水灵灵的，我都没舍得……昨天失态，搅扰了贵客的雅兴，我属实过意不去，就当是我给你的赔礼。"

李保没有回话，心里打起了鼓。屈洪斋这厮，倘若是个只懂杀伐的粗人，那么与他周旋一二、忽悠几番，或许还能有什么奇效，而不是像现在这样。明明屈洪斋最最注重斯文脸皮，昨夜狼狈受辱，无异于一把刀子捅在了七寸，可今天呢，竟能又像没事人一样，云淡风轻揭过，主动道歉。要么是肚大能容人，要么是城府极深，跟这样的人打交道，心里的弦可得绷紧，不能松懈分毫。李保叱咤多年，靠的紧要一点就是识时务，在他看来，屈洪斋软硬难进，跪着求也好，站着骂也罢，除非能如他所愿，否则，全都无用。想清楚这个关窍，李保自然也就恣意许多，不耐烦花费自己宝贵的精力应付。

屈洪斋见李保不答，也不动怒，着人摆了茶盘，咕嘟咕嘟烧涨了水。

"我喝茶许多年，用电器煮的水泡过不少茶，却始终觉得，还是真火烧的水泡茶比较香。"

屈洪斋的手不算细嫩，关节也粗，一看就是常年在外做事的手，这跟他翩翩公子的做派，着实不太相称。就是这只手，现在端了水壶，一遍一遍将茶壶和茶碗冲净冲热，继而洗茶泡茶，做的仍是翩翩公子做的雅趣事。

"火的味道想必代办很清楚，不论傈僳还是拉祜，哪日家里没了火塘，就跟没了家、掉了魂似的。你我二人，虽为水火，实则相依，为的都是最后这碗茶。"

李保跟随话音，向那茶碗看去，这才觉察出矛盾来。泡茶的是一把鱼化龙紫砂壶，壶身上鱼、龙、云、浪浮雕浑然一体，哪怕李保不识货，也知道肯定是个名贵玩意儿。可是旁边的茶碗，跟紫砂壶的档次差了十万八千里不止，居然是个黄泥色的农家土碗。见屈洪斋全然觉不出怪异，仍然自得地斟着茶，李保不禁笑起来。

屈洪斋见李保盯着茶壶笑，有意显示一番国军的财力，佯装赞道："代办好眼光，这把紫砂壶，可是清朝制壶名家黄玉麟的真品，寸柄之壶，贵如金玉。泡出来的茶，香气远播，你若应了我，我将这壶也送与你。"

"应什么？"

"昨夜之事，代办应当还有印象吧？"

"自然。"

"加入我们反共救国军，带上你的亲族，我们共谋大事。"

屈洪斋将端着茶碗的手向前一伸，龟缩在旁边的胖女人立刻接过茶碗，跪倒在李保身侧。与先前喂水不同，此时的胖女人双手微微发颤，根本不敢朝李保多看一眼。

"哼！"

屈洪斋冷哼一声，乜斜着胖女人，眼中掠过一丝阴狠。

胖女人被这声冷哼猛然射中，双手筛糠似的抖起来，将一碗好茶全都洒在了李保衣服上。

李保未吭声，胖女人却见鬼一样冲李保磕头："饶命，饶命啊……"

"不碍事，不用磕了。"李保皱着眉，他当然知道，胖女人怕的并不是他。

屈洪斋听得李保发话，顿时露出笑容，大手一挥："起来吧，我不是豺狼，不会吃人。"

胖女人不敢多说，只在喉咙里嘤咛一声，连忙退到瘦女人旁边跪好。尽管低着头，额上也糊满黄土，可黄土中渗出的一缕血色，还是被李保看在了眼中。

"这世道，做女人很难的，谁有本事谁就能牵走。成大事者，莺燕环侍，这败寇嘛……"

屈洪斋一边把玩着他手中的茶壶，一边玩笑着，看似风轻云淡，话里话外却尽是锋芒。

接着，屈洪斋从鑫副官手中抽过一张纸，送到李保眼前。

"你只需要在这份《反共抗俄声明书》上签字按手印，出来当着大家讲几句，同意与我们国军合作。剩下的，什么都不用操心。"

李保反复看了声明，前半部分大论俄国帝国主义的侵略传统，再论"中共匪徒"的本质，将国内外情势一番妖魔剖析，最后振臂一呼，邀大陆人民群起抵抗之、灭杀之，还国以清明，还人民以自由。声明末尾，则是"有志明理"之士的签字处。李保完全能够想象，若他带头签了字，以自己在这片土地上的影响，他统辖的傈僳寨，甚至他亲族的拉祜寨，恐怕连屈洪斋都不用出面，大半的人心就会倒向国民党了。这也意味着，信任他、追随他的这帮人，就站到了共产党的对立面，站到了新中国政府的对立面。喝过血酒和咒水，发过誓要跟共产党一条心，这不是让他背信弃义吗？

"不知我算不算人民？"

李保没头没脑地问道。

"当然算。"

屈洪斋听得莫名其妙。

"既然算，何不先还我这个人民的自由？"

李保嘴角上扬，用眼睛的余光瞟着不远处那丢在地上的属于他的银刀。

屈洪斋一愣，哈哈大笑："不愧是李代办，哈哈哈，不显山不露水啊！"

李保也无声地咧着嘴笑，只不过他越笑，心中越气。我是人民，那跪着的两个拉祜族女人又何尝不是人民？这般的人民自由，未免也太可笑了。

笑着笑着，李保又悲从心来。边疆的少数民族兄弟，素来淳朴，守土御敌也十分英勇，可这样的赤胆忠心，换来的是什么？历朝历代，没有人真正看得起他们，全把他们视作野蛮人、原始人，烧杀抢掠，全看心情。国民党政府统管西盟多年，人民享受了几天太平日子？

"李代办，你的手伸得太长，兄弟我可不敢给你松绑啊。"

屈洪斋倏地换了脸色，给鑫副官一个眼神，便立即有一个佤族小男孩被拎了出来。小男孩六七岁模样，又黑又瘦，胳膊上青一块紫一块，脸上也脏兮兮地糊着血，像个断线木偶似的，手脚都不听使唤了。

李保见状，瞳孔剧震，别过头去，努力维持着表面的平静。

"我倒不知，李代办撒尿，还能撒个哨探出来。什么时候佤族人也归你派遣了？"

李保直愣愣地盯着屈洪斋，半点也不看小男孩："稚子无辜，他与我有何相干？"

"有何相干？"

李保点头，一副根本不认识眼前人的神情，大刺刺道："我要是找哨探，怎会找这么个嘴上没毛的小子？撒个尿还能撒出个好歹，鑫副官，你可真是屈司令的得力干将。我倒是想问问，这小子准备怎么救我？我也好配合配合。"

鑫副官气鼓鼓地想开口辩解，却被屈洪斋止住。

"真是不见棺材不掉泪。"屈洪斋怒极反笑，"这小子都已经说了，就是昨天你当着鑫副官几人撒尿的时候，听你用佤话求救的。难道……"

说着，屈洪斋阴恻恻地看向佤族小男孩。

小男孩猛地挣扎起来，嘴里喊着佤话，屈洪斋听不懂，又将头转向两个拉祜族女人。

瘦女人结结巴巴道："他说……他没有骗人，求求你放过他……"

"你——"

仿佛被一颗惊雷劈在脑袋上，李保终于变了脸。他双目血红，脸皮灰白，牙关紧咬也止不住地哆嗦。他不敢相信地看着瘦女人，胸中的岩浆沸涨着，却叫他多一个字也说不出来。他笃定屈洪斋听不懂佤话，并且他也了解，舒炳忠父子虽然听得懂，但绝没有连累幼小的作风，所以才咬定小男孩是无辜的，这样一来，或许能为小男孩换得一线生机。然而他万万没有想到，竟是同样身陷危困的同胞出卖了实情。

瘦女人哪里见过这样的阵仗，她被大头人眼里的怒火烧得惊叫起来，连滚带爬抱住屈洪斋的脚，急急哀求："大人，您说过，只要我们配合，您一定会放过我们的。求您了，我们不想死……"

胖女人没有去抱屈洪斋的脚，反倒扑过来李保跟前，涕泪俱下："大头人，我们也是逼不得已，您大人大量啊……"

屈洪斋一语不发地看着李保。只见李保恢复了如常的表情，可一双眼睛神采涣散，将心底的寒霜凝结成了眼睫上的阴云。

罢了！罢了！

人人畏死，何其寻常，不该苛责，不该苛求！

李保宽慰着自己，同时也十分自责，倘若他不畏死，又怎会出此下策，叫一个孩子来冒险？眼前这三人，多多少少都是受他连累。

小男孩被抓，意味着李保最后的希望破灭了，除非……除非谁能发现异常，共产党也好，家人也好，同僚也好。这些人当然有可能成为他的救命稻草，可是，会有这样的人出现吗？如果有，又会在何时出现？他已经交代雅海，自己出来开秘密会议，谁又会怀疑呢？……

李保的心乱了。他以为自己年事已高，早已看淡生死，然而当他真的面对死亡的这一刻，他才意识到，没有谁能真正从容，没有谁能甘死如饴！求生的本能是如此急迫地主导着，将他一颗心驱赶得四处乱窜。

屈洪斋人精一个，当然也看得出李保的强撑，于是他调整了策略："李代办，你要是点头，这两个女人随你享用；要是冥顽不化，我就将他们放到宿敌的寨子去。哦……我知道，佤族有砍人头的习惯，不知他们收不收女人的头啊……"

两个拉祜族女人尖声哭喊起来，凄厉而绝望。

"大人，求求你，求求你救救我们……"

"我才十六岁，我还不想死……"

"大人，您就签了吧，一个名字而已，我们就能活了呀……"

屈洪斋很满意两个女人的表现，将《反共抗俄声明书》扔在地上，任由两个女人争着抢着送到李保面前。

"忘了说，还有个好消息，你亲爱的唐煌书记、唐煌区长，连同西盟区政府以及他的十个好部下，随着一颗炸弹，砰！哈哈哈哈……所以，你也不必想着你的共产党了。"

屈洪斋一边兴奋地说着，一边将十指猛地甩开，做出爆炸的手势。说罢，他难掩心中狂喜，忘乎其形，仰天大笑而去。

李保被两个女人疯狂撕扯着，屈洪斋的笑声像刀子一样，声声切着他的肝肠。他的眼睛渐渐被泪水蓄满，使他再也无法看清眼前，亦看不清自己。

他闭上双眸，听见有人一脚踢在银刀上。银刀丁零当啷地滚了几米，发出的声音不似一把武器，而像一堆破铜烂铁。

2

1950年6月，班箐大寨佤族部落。

妮轰捡起地上的衣服，不情不愿地套在身上。

因为不喜欢穿衣服这件事，妮轰被母亲唠叨了无数次。妮轰无法理解，他们佤族人从小就是不穿衣服的，顶多在腰上系一块布，把害羞的部位遮起来。为什么突然就要学汉人一样穿上衣服裤子，还要定期洗澡呢？

"你尹溯涛叔叔说的话，你爹样样记在心头。他带头叫穿，你是拉勐的女儿，不能拖后腿。"

方才吃完饭，母亲娜葀又严肃地教育她，还下了最后通牒，说是再有下次，就让她最后一个吃饭。

哼，要不是看在酸笋的份上，她才不会妥协！妮轰嘟着嘴，心里愤愤地想。

妮轰来到门口，十分享受地看着寨子，双手交替着，一下一下梳理着她瀑布般的长发。她最喜欢太阳晒在身上的感觉，多晒一会儿，皮肤烧得滚烫，甚至有点儿疼，热辣辣的，更好不过。她皮肤黝黑，像头发一样黝黑，但又泛着光泽，好像是头上的银饰把光反射到她身上，又好像是她少女的气息荡漾开来了，总之，就是会让每一个看到她的人，都不由得被深深吸引。

中午的佤寨很安静，几十座草木屋像一把撒在山上的旱谷种，层层叠叠散落着，于是绵延的大山深处，就长出了一丛一丛的佤族人。佤寨的右上方是鬼林，木鼓房就建在那里。佤寨的房子是清一色的四壁落地房，一般分上下两层，上层住人，楼下堆放柴火，饲养猪鸡牛马。通常，房子以三根带长杈原木作柱梁，用平直的细木条作椽子，椽子上覆盖事先编好的茅草排，用藤条绑扎固定，四壁则用竹篾编成栅墙，向东面开一道门。房檐很斜，离地面也很近，几乎看不到墙壁，屋顶上开一扇老虎窗采光。房子外面紧接正门有个小楼梯，直通竹晒台，这里是平常休息和晾晒东西的地方。像这样的房子，冬暖夏凉，比起平顶的房子，斜顶房的茅草更不容易被风吹散，遇上暴雨也不会积水。风进不来，雨进不来，屋里便可以放心地支起火塘，昼夜不灭。

房内一般隔成里外两间，里间狭小，光线暗，是主人的卧室。外间宽大，靠近里屋的门处设一个火塘，火塘上放铁制三脚架，周围则铺着竹席或木板，是子女睡觉的地方。白天在这里生火煮饭、聚会待客，夜里和衣向火而眠，可以说，火塘和三脚架撑起了佤族人的全部生活。

勤劳的佤族人习惯日升而起，吃过早饭，就出去劳作了，直至日落。白天的佤寨，多留老幼妇孺，与鸡犬相伴，与火塘相伴，自有一派悠然南山下的惬意。

妮轰喜欢把自己家叫作"鸡笼罩"，而她就是住在罩子里的小鸡仔。这罩子帮她挡风遮雨，实在是威风得不得了。但她十分清楚，这些年多有动乱，寨内的祥和来之不易。她和族人之所以能平安住在威风的"鸡笼罩"

里，还要归功于父亲拉勐，以及部落里的勇士们。

寨子四周，生长多年的荆棘环环相扣，形成天然栅栏，尖刺密密麻麻，又粗又硬，根根都是铁血无情的把门将军。再加上数辈人都不曾修剪过的葱茏草木，普普通通一条路，就这样变成了迂回的迷宫。敌人若是硬闯，寨内的勇士便可躲在暗处，轻易将其夹击。

骨子里流着血，脖子上架着头，都是一个鼻子、两只眼，唯有佤族人的悍勇令其他民族尤为侧目。佤族人平日生活里，就有这么个习惯，会把动物头骨挂在房屋内外，譬如日常饲养用于宰杀或祭祀剽牛的牛头，再或是猎到的猛兽。一则显示家中财力，二则显示主人勇猛。尊崇勇士的佤族人，还有一个让人闻风丧胆的习俗——猎人头。

如果说荆棘尚且不够，那么，寨子下方，进入佤寨的必经路上，鬼林里一根根森然的人头桩，足以吓退绝大部分不请自来之人。

猎人头是部分佤族部落的风俗，其初衷并不是为了恫吓敌人，而是为了祭谷，是佤族最神圣的祭祀。有的佤族寨子，农历四五月播种前后，巴猜（佤族祭司）就要卜上一卦，选出指挥猎头的首领，让其带队外出猎头。猎到人头后带回寨子，先放在木鼓房下的人头桩上，杀猪宰牛祭献，并在人头上撒火灰，让火灰和人头血一起滴落，然后每家分血少许，在播种时，同旱谷种一起撒到地里。人头祭祀完毕，最终会放到圆形竹箩筐中，固定到鬼林的人头桩上。整个祭祀过程，一般需要十天，除一家或几家剽牛举祭外，全寨人都进入狂欢的时节，敲锣打鼓，唱歌跳舞。

妮羮还记得，寨子里最会讲故事的叶姆奶奶，说到猎人头的时候，眼神里总是火苗攒动。

"很久很久以前，旱谷收成不好，阿佤^①想尽各种办法，也还是长不出来。好多阿佤就这样饿死了。后来有一天，神仙托梦告诉当时的大头人，让他用人头祭祀神灵，旱谷就能长出来，还能消灾驱邪。这人头呢，一定要选

———————————

① 阿佤：指佤族。

男人的头，最好是年轻健壮、长相英俊、长着络腮胡的那种美男子。大头人照做以后，那一年果然风调雨顺，庄稼长得比人还高，收获的谷粒跟山果一样大……"

那时妮轰才五岁，蹲在叶姆奶奶家的火塘边，挂着小小的下巴。火星子从叶姆奶奶的眼睛里飞出来，在妮轰的小脑瓜里烙下了深深的印迹。妮轰没见过比人高的庄稼，也没见过山果一样大的谷粒，总觉得叶姆奶奶是讲来哄小孩的。后来她长大一点，懂得了更多的事情，就看到了小孩子看不到的东西。父亲拉勐统管范围内，有两个小部落，原本相安无事。可是偏巧其中的一个部落猎错了人头，误砍了另一个部落头人的养子，于是这个部落头人怀恨在心，带人躲在路上专砍另一个部落的人头。年复一年，两个部落你砍过来，我砍过去，砍成了世仇。直到前些年，两个部落人丁紧张，再砍下去，部落里不仅很快会没有猎人，还可能连收稻谷、干重活的男子都找不出了。这才闹到拉勐面前，请求主持公道。

原来猎人头祭谷，并不全是好事啊。妮轰默默在心里叹息。倘若人头血真的有用，这两个部落的旱谷地里，抛洒了比其他寨子多几十倍的人头血，理应种出比其他寨子多几十倍的粮食才对，可是，他们的庄稼仍旧时好时坏，谷粒时大时小，有时甚至也和其他寨子一样歉收。猎人头祭谷真的有用吗？

妮轰心里的疑问，父亲拉勐很快就回答了她。当着两个部落头人的面，拉勐一改往日的和善，阴沉着脸，将浑身气势蓄满，眼睛里的心痛和失望到达顶峰又消散，直至冰冷，才严肃开口。

"你们两个，都是当年跟我一起杀过英国人的好汉。我说过多少次，要团结、要心齐，外不逞强，内不争斗。现在倒好，你上树，我拉脚，捆在一起难掰断的蒿子棍，偏要拆成一根一根。别的寨子，勤勤恳恳养水牛、撒旱谷、种棉麻，小红米吃不完，洋烟卖不完，水酒也喝不完。你们呢？刀弩梭镖往自己人头上砍，换来的洋枪子弹朝自己人身上打，怕不是想把自己作死才罢休！"

两个头人老脸臊得通红，恨不能将脑袋垂进地里。被拉勐一提醒，他们都想起了当年拉勐抗英时的雄姿。像拉勐这样骁勇的人，是敌人的噩梦，也是佤寨的福音。可拉勐此时说这话是什么意思？难道……两个头人联想起刚才拉勐的眼神，小腿都软了，这拉勐不会真的把他们当成敌人了吧？

"拉勐"的本义，是头人、首领的意思，并不是人的名字。拉勐名叫岩松，接替父亲岩枕的拉勐位子，当上班箐部落的大头人后，被称作拉勐松。经多年经营，佤寨空前强大起来，拉勐松威望日盛，逐渐成了大家公认的、独一无二的拉勐。于是，岩松的原名被大家淡忘，世人大多只知拉勐而不知拉勐松，足以见得拉勐此人的手腕。

多年来，拉勐对内一直怀柔智取，很少使出铁血手腕。两个头人几乎快要忘记，拉勐骨子里流淌着的可是不折不扣的佤族勇士的血！想到拉勐可能变身杀神，将他二人当敌人砍了，两个头人的冷汗瞬间湿透了衣背。

"拉勐饶命，我们再也不敢了。"

"是啊是啊，今天就是来认错，来说和的！"

拉勐见两个头人诚惶诚恐，心中稍感安慰，只是嘴上仍旧敲打："认错？你们倒是说说，错在哪里？"

"错在他们寨子，不该砍我养子的头！"

"你后来砍了我们多少人？你养子的命，早就该抵消了！"

"多砍的人头，你敢说后来没砍够本？我们寨子最好的猎人，都被你们围着砍死了，让我们怎么过！"

"拿他的头来祭谷，已经是他的荣幸，一般人我们还看不上！"

两个头人争得脸红脖子粗，拉勐听得额上青筋暴起，这下，他是真的气狠了。两个人所谓的认错，就是将罪名往对方头上安，何来知错可言？

"够了！"

拉勐洪钟似的喊了一声。

两个头人立马噤声，嘴上不敢再吵，眼睛却都还瞪着对方。

"争来争去，我也听懂了，既不是你的错，也不是他的错。既然你们都没有错，那就是砍人头祭谷的错。"

拉勐讲的每个字，两个头人都听见了，但是连在一起到底是什么意思，又叫他们满头问号。

拉勐接着道："既然你们的矛盾是因为猎人头而起，那从今日始，你们两个部落就不要再猎人头祭谷了！"

两个头人懵了，他们做梦也想不到，拉勐竟能一脸如常地讲出这种惊天动地的话。

"拉勐，三思啊！要是不祭谷，旱谷长不出啊！"

"我们真的知道错了，砍几个人头事小，没有粮食万万不行！"

两个头人磕头作揖全套上阵，拉勐不为所动。

"我实话跟你们讲，我家的地去年就没有砍人头，只拿牛头祭祀，谷子照样长得跟往年一样好。"

拉勐的话，无异于一记重锤。

"我尹溯涛兄弟说了，种地的办法多得很，不是只有砍人头一条路。"

尹溯涛的大名，佤寨上下早有耳闻。此人精通佤话，拉勐一直夸他有文化、见识广、人品好、讲道理、信得过，不仅对他万分赏识，还掏心掏肺地同他拜了把子。这样的汉人，岂是普通角色？

两个头人很震惊，但他们又绝对相信，拉勐不可能说假话。

见二人脸色变幻，赤橙黄绿青蓝紫地走了一遭，拉勐心中不由暗爽。尹溯涛第一次跟他说，让他不要猎人头的时候，他的脸色也是这般精彩，如今把雷劈到别人头上，实在是太有趣了。

"你们猎人头，砍来砍去，收成没砍起来，人是越砍越少，再这样砍下去，明年还不知道有没有你们两个部落存在，到时候人没了，收一堆粮食，又有什么用？你们如果不信，今年也用牛头去祭，来年收成不好，我拿自己的谷子补给你们就是了！"

就这样，两个头人什么都没消化，懵里懵懂地点了头，就被拉勐安排人送回各自的部落去了。

"爹，真不让他们砍头啦？"

躲在墙角偷听的妮轰，忍不住伸出脑袋问。

拉勐向妮轰招了招手，等妮轰跑过来，就将她抱坐在自己腿上，然后语重心长地说："老祖宗的规矩，哪可能说变就变？我们阿佤人丁精贵，不能任由他们这样胡闹。再说两个部落，现在自保能力很弱，所以也不能让他们到外面去猎外族的人头。万一招惹外敌打上门来，更加得不偿失。暂时不让他们猎人头，这叫缓兵之计，相信木依吉①也会谅解的……"

妮轰听得云里雾里，她还是没听明白，这猎人头，到底是该还是不该呢？

妮轰梳完头，又回到她的"鸡笼罩"里。她家的房子是整个佤寨最大的，房子有主门、客门、鬼门三个门，以及主火塘、客火塘、鬼火塘三个火塘。主门是日常家里人进出的大门，客门设于楼侧，供客人出入，鬼门与主门相对，逢做鬼才用。主火塘是主人家做饭、烤火、睡觉的地方，是日常生活中常用的火塘，客火塘供客人烤火，鬼火塘要做大鬼或家里死人时才启用。

房子内部隔成两间，一间是客间，给客人住，客火塘和鬼火塘设在这里。客间的左墙壁上，插有一些小竹筒，供奉家神"勒依儿"，是神圣不可侵犯的神位。旁边挂有豹子、野猪、熊、猴的头骨，它们都是拉勐亲自猎获的。右板墙上，挂着今年新剽的三个牛头。另一间是主间，主人住。主火塘设在主间中央，火塘后是主位，主位上置有低矮的木床，两边是家人睡觉的地方。床头放着一顶红缨黑毡帽，是拉勐1934年抗击英军时，从英军首领的头上摘来的。拉勐平日里最宝贝这顶帽子，但凡有重要场合都要戴上，好叫每个见到他的人，都能领教他当年杀敌的英姿。客门外是她家的晒台，平常

---

① 木依吉：佤语音译，是云南佤族所崇拜的主宰万物的最大神灵。佤族认为木依吉掌握着人世间的一切，人如有触犯就会遭到不幸。过去佤族供奉人头等重大宗教活动都是为了祭祀木依吉，唱歌跳舞是为了让他娱乐，敲木鼓是为了使他听到鼓声后下来受人供奉。

母亲娜菈和叶哼背水或找柴回来，都会坐在那里，捻线、编篾器、舂米，总有干不完的活计。然而今天，晒台上除了阳光，什么也没有。

岩三布龙难以自抑的哼哼声一直断断续续传来，让妮轰想到家里的小黑羊。年初时小黑羊害病，死前也是这样，一直用虚弱的气声对她不安地倾诉着。小黑羊断气的时候，她也像今天一样，刚刚吃完酸笋烂饭，站在门外梳头。她不敢进屋去，主门那儿仿佛还有岩三布龙淘气的影子，她怕她一旦经过那道门，岩三布龙的影子就会被她冲散。可她实在应该做点什么，来抵消这难挨的时光。于是她来到晒台，左右看了看，见到墙角放着叶哼昨天未舂完的米，便将石杵握在手中"笃、笃、笃"地一下一下舂起米来。

不知不觉，太阳斜斜地走到山背后去了，天色渐渐暗下来，气温也渐渐变凉了。族人陆续劳作归家，四周的炊烟也相继升起。妮轰的肚子"咕"地放了烟花，但是母亲娜菈和叶哼仍然守在岩三布龙面前，似乎没有做饭的意思。正当妮轰按捺不住，准备进屋煮饭时，父亲拉勐带着一身阴雨雷鸣，急急忙忙掠过她进屋去了。

力所乡土司代办衙署。

衙署建在力所的一处高地上，远远便可看见两根金色门柱撑着一座二叠小歇山式飞檐斗拱门堂，门堂前十三级石阶，两旁各种一株高大浓密的棕榈，颇为气派。

李保带着几个弟兄下马，枝花扒也收敛了一身嚣张气焰，斯斯文文地跟在后边。

进得门去，三檐歇山顶干栏式的议事厅呈现在眼前，规制宏敞。一楼的褐红色木地板擦得很干净，透出檐外将隐的天光，似水浮动。刚踏上二楼，李保就被一群头人团团围住。头人们个个背着随身的长刀，此刻丁零当啷碰在一处，实在吵得厉害。

枝花扒吓了一跳，各寨头人齐聚一堂，面上都带了急色，可见必然不是小事。

"代办，您可算回来了！"

"出大事了！"

"代办您拿个主意啊！"

雅海见状，连忙上前，将李保前面勉强隔出一人空隙，招呼道："各位头人一个一个说，代办方才一路急奔，正是口干舌燥的时候，且留一杯茶的工夫，让代办喘息片刻。"

李保点点头，安抚道："大家先落座，你们七嘴八舌的，我什么也听不清。"

头人们这才安静下来，各自找地方坐下，一瞬不瞬地看着李保。

"裴阿欠，你来说。"

李保点了其中一个头人。

裴阿欠应身站起来，恭谨道："代办，您最近外出办公，是不晓得，大家寨子里发生了不得了的怪事啊！"

"怪事？闹鬼了？"李保不解。

"比闹鬼还怪！大概半个月前，每隔两三天，我的寨子外面就会放些东西，有时候是盐巴，有时候是布匹针线，有时候是大米。一开始，我以为是谁买东西回来忘记拿了，但是一问，人人都说不是自己买的。盐巴有多精贵，代办您是知道的，一张老虎皮，也才换得一两斤。但是这段时间，我们林林总总捡了好几袋，每袋都有两三斤，哪个大户也不可能任由盐巴这样乱丢啊！有人送盐巴来，我比哪个都高兴，就是心里面不踏实。前两天，普似夺寨子有人来串门，说起来才知道，他们寨子也有这种怪事，再去问其他寨子，大家都说在门口捡过东西。我们一合计，这事不可能简单，听说您今天回来，就赶紧跑来报告了。"

李保一边听着，眉头越皱越紧，手里的茶什么时候洒了出来，竟也浑然不知。

"你们可有派人蹲守过，看看是谁送来的？"

各头人你望望我，我望望你，都想从彼此的眼神里得到答案。

普似夺眨巴眨巴一双小豆眼，树皮一样的脸上满是无所谓："我们日盼夜盼，不就是盼白花花的盐巴和大米吗？不管是鬼送来，还是神送来，只要送来就是好事嘛！"

裴阿欠瞪了普似夺一眼，心里大为光火，也不知道这个老兄，一把年纪怎么心眼比裤腰带还大，一点都不担心。

从进门起就一声不吭的枝花扒，此时摸着下巴上的山羊胡说道："我也想起来了，先前我们寨子也有这样的事。有一天刚好我出门，遇到个穿得板板正正的年轻人，看着不像我们傈僳人，有点像个汉人。小伙子十五六岁，说他们是共产党，是领导让他来送盐巴。我问他为什么要送、想干什么，他说什么都不干，领导听说我们缺盐巴，就让他送来。"

李保听得更疑惑了："共产党？就这样没头没尾的，送完他就走了？"

枝花扒点点头："我也觉得奇怪，跟他讲我们傈僳人没有平白受人恩惠的道理，让他拿走，或者给他银钱。他也不同意，只说讨杯茶水喝。"

"你让他进寨子了？"裴阿欠着急地问。

"没有，我不放心，只让人拿了杯水出去，让他在门口喝的。"

裴阿欠松了口气："万一是来打探情报的，就糟糕了！"

"小伙子看起来倒不像有坏心的，喝完水还感谢我半天，嘴里说什么果然少数民族兄弟跟他们一样，都是兄弟。只是这盐巴……我始终收得不放心。"枝花扒对自己识人的能力很是自信，但他又偏偏无法解释，怎么有人平白无故送来好处。

"人心隔肚皮，不好说，不好说啊……"裴阿欠忧心忡忡。

李保常年在外行走，自然比头人们见多识广，共产党的名头，他曾听人讲过。数月前他到募乃办事，遇到一个昆明来的汉人，说去年改朝换代，现在已是共产党的天下了。澜沧地界，包括西盟地区在内，土司势力和国民党势力交织。他李保作为土司代办，兼任国民政府澜沧县第七区力所乡乡长，顶的是国民党的名，维护的却是土司老爷的权威。不管是清政府、中华民国，还是现如今的中华人民共和国，谁管天下他并不在意，只要不欺到他头上，他也乐得清闲。只是这几年，战乱纷繁，多方势力互相倾轧，苛捐杂税收了一重又一重。最近几个月，国民党军队更是流窜得厉害，频频出入缅甸，还有不少英国人和法国人掺杂其中。今天这支部队路过，寨子的鸡没了，明天那支部队路过，寨子的米没了。百姓苦不堪言。李保不清楚共产党的到来究竟是福是祸，但事出反常必有妖，天下何来白煮的苞米、白捡的盐巴？

正当李保一筹莫展时，雅海从外面进来，挨到他耳边说："老爷，高副县长来了。"

李保眉头一跳："谁？"

"澜沧高强武副县长，只带了两个秘书，马上驮了不少米面油盐。"显然雅海也不知内情。

话音刚落，高强武就迈着他六亲不认的步伐，将一个比箩筐还大的肚腩顶到前方，"咔嚓咔嚓"走到大厅里。高强武中等个头，却是顶级宽度，走路时皮鞋后跟爱在地上拖行，总要在泥土路上走出一条轨道来。眼前大厅里的砖石地板，委实限制了他的发挥，只能发出"咔嚓咔嚓"的声音以提醒诸位，县长大老爷来了。

有几个头人没见过高强武，见过的呢，包括李保在内，心里也在打鼓，高强武可是个无事不登三宝殿的人，这是又有什么新动作了？

李保脑子里上了陀螺，手脚也不怠慢。他迅速而不显慌忙地起身，脸上拿捏了一个惊喜的笑容，满面春风地迎上去："不知高县长大驾光临，有失远迎，还望不要见怪！"

高强武气还喘不匀，艰难地摆摆手，两个秘书便机灵地就近搬了个凳子，让高强武先坐下。不用李保吩咐，雅海就已经将沏的好茶端上，递到高强武手中。高强武接过茶杯，"咕"地一口干了，雅海又倒一杯。一屋子头人，就这么直愣愣地看着县长大老爷，像没喝过水一样地鲸吸牛饮，心中直叹海量。

高强武连喝了五杯茶，才稍微缓过劲来。见一双双眼睛都盯着他，仰头

"吭吭吭"地大笑几声："见笑见笑。"

高强武嘴上说着"见笑"，脸上却没有丝毫羞赧。两个秘书也是一副司空见惯的模样，正经八百地站在高强武身后。

"李代办，你这银刀多年未变，我又想起你我第一次相见，竟是十余年前啊。岁月不饶人，李代办脸上也添了不少风霜。"高强武玩笑地伸手，摸了摸李保挎在腰间的刀，以示亲昵。

李保心中不悦，面上不露声色，也伸手摸向银刀，实则将高强武隔开："刀旧了，我老了，高县长却英姿不减，让人羡慕。"

高强武听得舒坦，又喝了一口茶。

"高县长一路风尘，可是有什么急事要吩咐我等？"

李保躬身作揖，礼数周全。

"说急也不急，说小却不小。"高强武伸出两根手指，举在空中向前勾了勾，两个秘书便着人卸货，将一堆米面油盐和布匹针线抬到大厅里。

"高县长这是……"

高强武原本兴奋地等着李保的深度"解说"，听李保没再继续，不由败兴。

一个秘书上前道："李代办，我们尊敬的蒋委员长，最最团结爱护各民族兄弟。高县长此行，就是向蒋委员长学习，把物资送到诸位兄弟手中，把温暖送到诸位兄弟心中。"

另一个秘书无缝衔接："鼓掌！"然后带头卖力拍着巴掌。

头人们一头雾水，只跟着稀稀拉拉拍了几声。高强武倒也满意，微笑着四下点头。

"瞧我，真是老了！"李保懊恼地一拍脑门，受宠若惊，"高县长关心属下、关心人民，当属我辈楷模。是我境界太低，小人之心了！"

李保的这几句马屁，高强武相当受用，立即"吭吭吭"地笑了。

"李老弟，原本今天我不用来这么急，但是路上听说你们跟佤族寨子发生冲突，还有兄弟受伤。我那叫一个心急如焚！伤在你身，痛在我心啊……"

一边说着，高强武一边唉声叹气，变脸速度堪称一绝。

李保心头一紧，感到高强武消息灵通过了头，嘴上却道："是在下管教不力，让县长大人跟着忧心了。"

"兄弟之间没有解不开的仇，傈僳族和佤族，都是生在这里、长在这里，应当以和为贵。你说是不是？"高强武耐心地开解。

"高县长，今天您已经派了黄世杰来劝，我们很感激，但是布拉不地道，使人开暗枪。要不是他们先动手，我们也不至于冲动，还请您不要怪罪代办。"

枝花扒适时开口将原委道出，为李保鸣不平。他故意隐瞒了黄世杰自称的共产党身份，也存了几分试探。

高强武不相信道："今天我收到消息，佤族兄弟也说是你们先开的暗枪。"

大厅里的头人纷纷炸开了锅，有几个同枝花扒亲厚的，甚至冲动起身抄了家伙，嚷着要去讨个说法。

"肃静！肃静！"秘书出来喊，头人们却听不见似的，闹嚷嚷乱作一团。

"听高县长说完！"李保抬起手，头人们立刻噤声。

"我心痛啊，是我的错！"高强武抚着心口，张口号哭，就是不见眼泪，"黄世杰说他看到，山上藏着共产党，是他们开的枪。他是被蒙蔽，错信了共产党，正在我那里哭得伤心呢！如果我早点知道，就能派人保护你们了……我心痛啊……"

"共产党？"

"怎么又是共产党……"

"这共产党到底想干什么？"

头人们议论纷纷。

"我还听说，最近有共产党给大家悄悄送米送盐，这还了得！"高强武神情紧张起来，"你们想想，要是真的问心无愧，何必偷偷摸摸？"

裴阿欠忍不住问："那他们到底图啥？"

"图啥？骗取你们的信任，让你们把他们当好人、当朋友，然后，进到你们家里，抢你们的女人，烧你们的房子，占你们的地盘！"

高福成两手摊开，气得发抖，仿佛他的女人已经被抢、他的房子已经被烧了一样。

"好歹毒！"

"我就说，哪有天上掉馅饼的事！"

"那些米和盐里，不会下了毒吧？"

头人们像一堆被点燃的柴火，完全陷入了激愤中。

"我们党国执政多年，一直把大家当作这片土地的主人，是多么地开明！现在摆在你们面前的，是考验，也是机会。为党国效忠，就是守护你们自己的土地。选对了，继续花前美人月下酒，选错了，来日就是做牛做马的阶下囚。言尽于此，我还要去佤寨，就不留了！"

高强武起身，带着两个秘书匆匆离去，留下大厅里被天雷劈得一片狼藉的头人们。

李保送别后良久，仍然盯着高强武离去的方向，陷入深刻的沉思中，耳中的嘈杂渐渐被思绪隔绝。

同样的夜晚，注定要被同一片深沉的黑暗笼罩。力所的阴云尚未消散，班箐亦下起了大雨。

拉勐坐在火塘边，三脚架上放着他惯常煮茶的土罐。茶水"嗞嗞"往外冒着，前仆后继跳进柴火里，溅起点点火星。在他身后，放着两堆大米和盐巴，左边少一些，是今天他回来时在寨门口捡的；右边多一些，是方才高强武送来的。

大雨一瓢一瓢地泼在房子上，火塘被护在屋里，正散发着柔光，愈发显得珍贵。娜蓝轻轻拿起火钳扒拉柴火，将火拢得更旺了。

"今晚就把岩三送走吧。"

　　听到拉勐没有起伏的声音，娜菈怔愣片刻，同样平静地点点头，回答说："好。"

　　角落里的叶哼却突然落下泪来，泪珠才滑过脸颊，就被她抬手擦掉，可是泪珠越来越多、越来越急，渐渐地，她抑制不住地抽泣起来。

　　"爹，你是说……"

　　妮轰不敢相信自己的猜测，她看向父亲，父亲没有回应，再看向母亲，母亲也不说话，只伸出手来摸摸她的头发，眸中满是悲苦。

　　"布拉！"

　　拉勐朝外面喊了一声，很快，浑身湿透的布拉从门口钻进来，抹了一把脸上的水。

　　"怎么样，还能救吗？"

　　布拉马鬃似的白发此刻都贴在头上，早已没了白天的气势："有两个死了。还有三个被枪打烂了手脚的，血止不住，快不行了。"

　　"死了的送到鬼林去，其他的，抬到山顶上，请木依吉天神拿主意吧。"

　　拉勐下达指令时，声音极淡，连胡茬子上都带着冷硬。

　　布拉领了命，立马就要去办，又被拉勐叫住。

　　拉勐进到里间，把岩三布龙抱出来，亲手交到布拉怀里。

　　布拉能感觉到，自己抱着的这个孩子，生命正在流失，无力的肢体，滚烫的体温，昏沉的神志，无不透露着四个字——命不久矣。

　　"把岩三也一起带上，记得，送远一些。"

　　说到"远"字时，拉勐特意加重了语气，在这个瞬间，拉勐不仅仅是一个父亲。

　　"爹，不要啊！"妮轰惊鸟似的冲过去，停在父亲的身旁，恐惧令她浑身羽毛战栗。

　　"妮轰，你要乖。越是这种时候，佤寨越不能出一点岔子，否则……"

拉勐的大手沉沉压在妮轰肩头，这份重量，让妮轰喘不过气。

布拉看到拉勐藏在眼底的疲惫，也感受到了房屋主人们浓郁的伤悲。他听懂了拉勐未说出口的话，郑重地点了下头："天神一定会保佑我们阿佤！"

说完，布拉抱着岩三布龙，三两步出了屋子，钻进滂沱大雨中。

妮轰看着岩三布龙就这样消失，惊惶不已。大人们的无能为力，深深刺痛了她。她大张着嘴，追到门口，却被一声闷雷吓得跌坐在地。

门外狂浪似的风雨，越过妮轰瘦小的身体渗进来，无声搅动着火塘。天上黑蓝色的云层电光熊熊，屋里的火苗却一闪一闪，不知将熄还是将燃。

高强武走后，李保被头人们闹得那叫一个心慌头疼，只能单手撑着头，一手握住银刀摩挲，一言不发地坐在上首，茶也不喝，端来的吃食也不用，把雅海急得在一旁心神不宁地团团转圈。别人急的是傈僳寨的前途命运，雅海急的是李保再不吃东西，可真就饿坏了。

"老爷，吃点吧，您要是身体撑不住，我们就没有主心骨了呀！"

雅海这话已经说了五六遍，李保仍是当耳旁风一样挥挥手，示意他不用再管。

大厅里，头人们大致分成了三派，吵得不可开交，争得面红耳赤。

裴阿欠为首的一派，认为共产党居心叵测，理应当成大敌对之。

"当面和和善善的，背地里又挑拨离间。菩萨面孔、蛇蝎心肠，共产党怎么这样阴险？小人送来的大米，让我吃都恶心，我回去就把东西丢了！"

"天上掉馅饼，这饼越大，掉下来砸出的坑也越大，伸手接之前，好歹掂量掂量自己有没有那个能耐！"

"白花花的大米和盐巴，发了傈僳寨，又去发佤寨，说不定整片西盟山都发了个遍，所图太大，野心太盛，不是我们小小几杆枪就能对付的。还是早做准备为好啊！"

"没错没错，要我说，还是维持现状比较好。国民党的脾气，这么多年我们已经摸透了，知道怎么应付。这共产党嘛，也没打过交道，万一比国民党还不如，到时候好处没捞着，又得罪了国民党，我们岂不是亏大了！眼前都是蝇头小利，贪图不得，贪图不得啊！……"

"高强武的话，虽不知几分真假，但宁可信其有，不可信其无。我小老儿一个人死了不要紧，寨子里那么多兄弟姊妹，不能冒险。代办，早做决断吧，大不了，我们从今天开始闭寨，全部警戒起来！"

普似夺为首的一派，认为共产党野心未明，高强武也不是什么好人，最好是哪边都不靠，只收好处不办事。

"我们西盟的长官，历来是又狡猾、又凶残，早就习惯了。管他什么党，目的还不是一样，争地盘嘛。"

"高强武这个人，假得很！上任好几年，每回进寨子，我看他不是嫌脏，就是嫌破。他嘴上不说，屁股是从来不落座的。今天一口一个傈僳兄弟、佤族兄弟，演着也不嫌累。反正我们傈僳寨铁板一块，不是谁想啃就啃得动的，急什么？"

"现在两边都对我们示好，争着抢着来送好处，收着就是了，怕啥？人是要防，大米和盐巴又没毒。"

"是啊是啊，我们哪边都不帮，等他们争出结果来再说嘛，何必去蹚浑水！"

以枝花扒为首的一派，大多被国民党抢过寨子，如今见共产党释放善意，自然希望局势有所改变。搏一搏，万一纸片变金箔了呢？

"枝花扒老哥看人，眼光毒辣得很，不管怎么说，来送东西的共产党肯定没什么坏心。我们要不要悄悄跟他们接触一下，看看是不是真的好人？"

"去年我们收成本来就差，县上收一道税，区里面又收一道税，还有个不知道的什么长官又来收了一道。跟他说粮食快没有了，求他宽限一下，结果把我抓去关了好几天，回来的时候，寨子里连鸡都被拉光了，苦啊！"

"我们也差不多，要不是代办把他的私粮拿来救济我们，我们怕是要饿死不少人呢！"

别看枝花扒白天一副嚣张做派，实际上，他也十分无奈。如果不是形势逼迫，谁愿意平白无故去挑衅佤族寨子？但若是成功把地争到手，今年多点粮食，就能多养活几个人，实在是不想争也得争。

只不过他们几人的意见，夹杂在其他强势头人的缝隙里，早就被更洪亮的声音淹没了。对他们而言，亲近共产党或许是一条生路，但对其他寨子而言，显然是一种极大的冒险。

"雅海，去请毕扒①过来。"

李保突然出声，像一把剑搠进了人群。大厅里方才激荡的几股大浪，立即被施了噤声咒，恢复成一汪无波无澜的深潭。

显然，头人们虽然吵作一团，其实都是想把话说给李保听，注意力也一直都放在李保身上；毕竟除了这位李代办，可再没有谁能把现场二十几个傈僳寨的头人管下来。此刻李保发话，头人们自然是屏住呼吸，巴巴地等着下文。

枝花扒当上头人的时间不长，没怎么同李保近距离打过交道。人人都道李保代办好，从头人到奴隶伢子，个个都知晓"李保代办"的大名，他也不例外。白日里和佤寨的纠纷，不仅没打赢，还死伤不少兄弟，惹得李保前来相救，委实丢脸。李保救他时临危不乱，马技纯熟，战力非凡。现下他就更加期待了：这威望素著的李保代办，究竟还能办成什么大事？

很快，毕扒迈着大步急匆匆进来，雅海跟在后面一路小跑，手里拎着一只毛色鲜亮的公鸡。

毕扒年逾古稀，个子不高，一身瘦骨头。此刻他头发乱七八糟，衣袍扣子颠三倒四拧着，和平常的端庄打扮大相径庭，把李保和一众头人吓了一跳。

"代办啊，今天你不找我，我也要找你！"

毕扒举起双手，将两对鸡股骨递到李保面前。

"中午吃完饭，我这个胸膛里啊，就像有一个马场的马在跑，心脏嘟嘟

---

① 毕扒：傈僳族祭司。

嘚抖得厉害。我怕寨子里有什么事，赶紧杀鸡卜了一卦。这一看，不得了，大凶啊！再看方位，是四面八方，无处遁形啊！"

毕扒将左手的鸡股骨向前一推，声音嘶哑，字字泣血。

头人们"哄"地炸开来，全都不淡定了。

李保眉上青筋暴跳，纵使他见惯大风大浪，杀人也无须眨眼，可唯独这个毕扒，叫他又爱又恨又无奈。毕扒给人看病叫魂、测日祭祀，样样都熟稔，十里八乡都敬重他，遇到问题也听得进他一句劝，就是一旦卜测吉凶，不管什么事，到他嘴里都是天要塌了一样。原本想让他来帮忙，可是现在，看看这些头人，都被他吓成什么样了！

李保深吸了口气，把怒火暂且咽下，指着毕扒右手的鸡股骨问道："这怎么还有一对？"

"代办英明！"毕扒献宝似的，将右手的鸡股骨也向前一推，"我又宰了第二只鸡，又卜了一卦，大吉！大吉啊，吉位在北！"

李保哭笑不得，头人们也都懵了。

裴阿欠等不及地问："毕扒，到底是凶还是吉啊？我们到底有没有灾祸临头？"

"是凶是吉……"毕扒两只油乎乎的手都忘了放下，就开始认真地思考起来。

"好了，重新再卜一卦吧。"李保打断他。

毕扒立刻回神，笑眯眯地冲雅海招招手："我就知道，你肯定要重新看，鸡都准备好了。"

雅海把公鸡提过来，嘟囔着解释："代办这叫严谨。"

毕扒也不答话，在腰上一摸，手里就多了一把刀。

李保倏地站起身，走近毕扒，肃容拱手："劳烦帮我算一算，如果明天我去找共产党，是吉是凶。"

毕扒继续擦了两下手中的刀，似乎毫不意外，只问："代办想好了？"

李保既没有点头，也没有摇头，唯有眼神坚定地望着毕扒。

毕扒举着公鸡，虔诚地祈求了神灵，再麻利地给鸡放了血，然后交给雅海拿去煮。雅海原本想说点什么，但出于对李保的绝对信任，他又忍住没开口，决定先把这只重要的公鸡煮好。

头人们以为自己听错了，四下相觑一番，终于确定李保不是说笑。

这下不仅仅是裴阿欠急着要说话，就连鲜少管事的普似夺，也忍不住担心道："代办大人，这种事哪能冒险啊！使不得，万万使不得！"

裴阿欠好不容易捋顺了舌头："代办，您这一去，高强武若是知道了，我们……我们可就是公然与他作对了！"

李保不在意地一笑，用眼珠子将头人们挨个轮了一遍："你们不是既担心国民党，又担心共产党吗？高强武的德性大家都清楚，尤其从去年开始，不晓得他到底要供几人饭食，将整个西盟都搜刮得底朝天。今天送来的米面，焉知不是出自各位的口袋？"

枝花扒还沉浸在方才的震惊里，这会儿听到李保为他们鸣不平，激动得嘴皮都发抖了。

"年初我听人说，现在的朝廷已经不是国民党汉人的朝廷，而是共产党红汉人的朝廷了，治所就设在拉巴①。前几天在募乃，我又听到了同样的说法，传得有鼻子有眼。国民党政府则下令封锁消息，不准传谣。倘若消息是真，西盟乃至澜沧都少不了动荡。裴阿欠和普似夺你们说的，是明哲保身的法子，得在大势未变的前提下才有用。"

李保的话，就像点燃了一门炮，轰得头人们耳鸣眼晕，一时竟不知该做什么反应。

裴阿欠浑身精气神都漏光了，呆滞着喃喃："如果全是谣传，政府不会这般紧张。完了，完了……天又要变了……"

李保看了他一眼，接着说："共产党来争权，高强武不可能不知道。我

---

① 拉巴：地名，在今云南省普洱市澜沧县城西南部。东接东朗乡，南连东回乡，西和西盟、孟连两县交界，北和竹塘乡毗邻。距澜沧县城勐朗坝72公里，距西盟21公里，距孟连30公里。

担心的不是他赢，而是担心他争不赢。他若争赢了，无非是维持现状，继续搜刮，但不会做杀鸡取卵的丧心事。相反，若是争不赢，败走之前，像他这种喂不饱的狼，恐怕要大贪特贪，烧杀抢掠，不择手段。到那时，我们才是真的大祸临头了！"

枝花扒和一干饱受欺压的寨子头人纷纷想起自己的遭遇，不住地点头赞同，头都快点掉了。

"伸头一刀，缩头一刀，逃避是没有用的。先发制人，尚且还有一线生机。诸位安心，我明天去，自然会想好说辞；成与不成，皆由我一力承担。能活，大家一起活；若死，只会死我一个。不论结局好坏，你们都可知道共产党的真心。赢得先机，便可早做打算。"

雅海端着煮好的鸡，一出来就听到李保的话，急得眼泪止不住地流，慌忙跪到李保面前求道："老爷，您这是说的什么傻话！大道理我雅海不懂，但求您让我陪着您去，就算死了，我们的魂也能一起走回厄莎①天神身边……"

听到"厄莎天神"，李保古井无波的眼底多了一丝裂痕，心海中涌起无限酸楚。他虽是拉祜族出身，但却做了一辈子傈僳族，穿衣行事，卜卦做鬼，种种都是傈僳人的样子，他也早已将自己当成了傈僳族。午夜梦回，他无数次想过，应该多给拉祜亲族一些照拂，然而实在有心无力。如今跪在地上的雅海，这个心如赤子的少年，却一直记挂着他的心事，脱口道出了他的灵魂去处，叫他如何不想哭？是啊，人活着总有太多身不由己，死后终于能够回到自己初来的地方了。

李保缓缓伸出手，微颤着将雅海扶起来，同时也将眼中的泪意强忍住，又恢复成那个钢筋铁骨的李保代办。

"我意已决，不必再劝。你才是棵冒芽的嫩树，这不是你该走的路。我走后，寨子上下少不得你，就当帮帮我，你好好留在家里。"

---

① 厄莎：拉祜族的最高神灵。拉祜族认为，人死后，灵魂会回到祖地，即"回归厄莎"。

雅海听着李保的话，哭得愈发伤心。

李保转过头去，对毕扒道："开始吧。"

毕扒郑重地应了，开始剔骨看卦。

看卦的时间是如此漫长。夜越来越深，却没有人感觉到困；门外风雷滚滚，却没有人感觉到冷。每个人的视线都牢牢拴在毕扒的一双手上，看那双手剥皮、剔肉，在骨孔上仔细地插上竹签，再将股骨倒置，左手持卦。

"其法有一十八变，直而正或附骨者多吉，曲而斜或远骨者多凶，这竹签左直右斜，人无性命之忧，事却求不得。可是直边远骨，斜边附骨，又是个正正相反的卦象。"毕扒眉头紧蹙，竟算不准其中关窍。

头人们伸长脖子来看，果真如毕扒所说。

李保提议："再看鸡舌。"

毕扒把鸡股骨放下，又拿起鸡头，仔细剥了鸡舌，翻来覆去地看："奇哉怪哉！舌中细筋既不向前弯曲，又不朝后倒卷，吉凶难辨，还是我看卦这么多年头次遇到！"

普似夺关切道："毕扒啊毕扒，你把我们都搞糊涂了。难道说，一点偏向都看不出吗？"

雅海也急了："毕扒老爹，您只用告诉我，代办明天到底能不能平安回来？"

毕扒长叹一声，无奈摇头："看不出，看不出，看来天神另有指引啊！"

裴阿欠问："什么意思？"

毕扒的眼瞳蓦地一缩，似有灵光迸出，肃穆而立："事在人为，生死之道不在于天，而在于代办您手中的刀。"

"刀？"李保不解。

"利刃在手，砍向谁，命运便向何处去……"

李保一愣，抽出银刀握在手中，冰冷的刀光将一屋子人都冻得僵住了。李保垂头，刀面上映出他模糊的面容，那人影轻轻开口，叹道：

"命运啊……"

苏钰琁

第三日

犬杀

1

"噗"的一声，是镖枪没入肉体的声音。再"噗"的一声，镖枪又从肉体里拔了出来。

血柱喷起半人高，一头健硕的黄牛轰然倾倒。血从下腹的伤口处汩汩流淌出来，越挣扎血流得越凶，黄牛片刻便没了动静。

拉勐收起镖枪，气运丹田，与众人同饮血酒，扬声道："今日我阿佤山十七头目联防协会成立，遵《大中华民国云南省接缅边区佤山十七头目联防协会立盟书》，组建抗日游击队，共阻外敌，卫我阿佤！"

其余佤族头人亦激昂回应："共阻外敌，卫我阿佤！"

李保不知自己站在何处，他高高在空中看着，心中却疑惑，这拉勐怎么年轻许多，白发也变黑了？

1943年的抗日，他也参与了，组织傈僳寨子运送了不少后勤物资。其间有日本人来攻心游说，称远征军是"汉族兵"，帮不得，他并未听信。听闻佤族人肩挑手挖，修通了滇缅公路，全力支援抗日，自发阻击从缅甸入侵的日军。如今看了剽牛，他更确信，拉勐与他果真是一条路上的好汉。

李保再抬眼时，面前竟又成了另外一番天地。

脚下飘来一张血书，遒劲的毛笔字将书写者的汹涌内心倾泻而出。

告全国同胞书

……我阿佤山……自昔远祖，世受中国抚绥，固守边疆，迄今数百年，世及弗替，不但载诸史册，即现尚存历朝颁给印信，可资凭证……英帝国……劲军千余，新式武器均备，明则探矿调查，遮盖我祖国人之耳目，淆乱世界之公论；暗则占领我班洪、炉房等处银矿，以逞其野心。步步压迫，种种手腕，无所不用其极，必得我全阿佤山地，奴我阿佤山民而后已。

……吾阿佤山……数十万户之民……宁血流成河，断不做英帝国之奴隶……若以……我阿佤山让与英人，则虽我委员大人迫于威势，隐忍退让，然我全阿佤山民众，决不愿伈伈伣伣以听英帝国之驱使……愿断头颅，不愿为英帝国之牛马……今者，中英会勘滇缅界务，我全阿佤山头目百姓，请愿我方委员……保全我阿佤地……宁血流成河，断不作英帝国之奴隶；即剩一枪一弩，一妇一孺，头颅可碎，此心不渝！

班洪王胡玉山振臂一呼：“英军武力进犯班洪、班老，占领茂隆银厂旧地的矿区，该当如何？”

拉勐一枪将牛镖倒，抹掉溅到脸上的牛血，义愤填膺：“把英帝国主义赶过滚弄江，到江边洗刀！”

众人皆喊：“头颅可碎，此心不渝！”

李保也忍不住在空中跟着喊：“头颅可碎，此心不渝！”

他一边喊，一边向人群跑去，血脉偾张，不能自已。可是无论他怎样喊，似乎也没有人听得见；无论他怎样跑，始终只在原地，靠近不了。

远处的拉勐明显比刚才还要年轻得多，看起来刚过五旬，神龙马壮，气吞牛斗，站在一众壮汉里突兀得像头老熊，让人一眼就认得出来。

拉勐似乎感应到什么，朝李保看了一眼。正当李保以为拉勐发现了自己，激动地想要招呼时，拉勐却决绝地扭过头去，奋身加入了激战的人群。

只见他高高举起剽牛的镖枪，一梭镖就射中了骑在马上的英军首领，然后趁英军溃逃，毅然追去，摘下英军首领头上的军帽，大笑着扣在自己头上。

"杀得好！"

李保也被感染了，不自觉地跟着拉勐笑出声来。只是这一笑，他又莫名其妙地来到了勐冒山上。

山梁的一横绿色，让毒辣的日光照得煊赫，此时绿横上冒出一穗橙红，正一颤一颤地往上升。

不远处的山鞍，整个西盟的泰半精英麇集于此。二十多个区镇要员、富户、乡绅，锦衣贵色，肩并肩簇在一处，周围还有四五十个来自西盟各民族寨子的头人，也都身着盛装。李保见着人群里不仅站着五十岁的拉勐，还站着四十出头的自己。全部人都张望着缅甸方向的那抹橙红，屏息凝气。

不一会儿，一顶喜气洋洋的轿子终于露出全貌，停在他们面前。轿子里没有声响，倒是随轿的一个中国长官高傲地扬着鼻孔，御前大太监一般扯开嗓子："史密斯大人到，还不行礼？"

要员们带了头，诚惶诚恐地正要躬身，头人们却闹了起来。

拉勐站出来讥讽："好大的官威，面都不露，就要行礼。知道的，说我们拜了史大人，不知道的，还以为我们拜了屎大人呢！"

边说还边粗鲁地拍拍屁股，引得头人们哄堂大笑。

随轿长官出奇地没有动怒，反而笑着掀开了轿帘。众人这才看清，里面坐着的竟是一条哈巴狗。

年轻的李保做出恍然大悟的样子："没想到，史密斯大人竟是一条狗！"

随轿长官哼了一声："大胆！"

要员们大惊失色："长官，不是说好要谈判吗？这是何意啊？"

随轿长官得意扬扬："这是史密斯大人的爱犬，代表的就是他本人。见犬如见人，大家行礼便是……"

这赤裸裸的羞辱，让众人恨得咬牙切齿。

"不能冲动啊！"年轻的高强武这时还只是个富绅，出来和稀泥，"英国人有意挑起矛盾，我们要是先动手，日后他们就有借口打过来了……"

拉勐最听不得这种尿包话，提着刀上前，一把将哈巴狗揪出来，直接砍死在轿前，惊呆了所有人。

随轿长官吓得说不出话，指着哈巴狗，嘴里"你……你……"半天，实则脑子一片空白。

"今日受了辱，给一条狗下跪，我倒想问，你们是打算做人还是做狗？"

拉勐逼视着周围。

年轻的李保虽对惨死的哈巴狗多有不忍，但他懂得事有轻重，于是同拉勐并肩站到一起，附和道："就算今天认了栽，他日该打的仗就当真躲得掉？英国人蠢蠢欲动，是因为我们阿佤山有银矿、有土地，而不是因为一条狗。不想被人骑到头上，就得把这些人撵出阿佤山，撵出中国界！"

年轻的李保说完，坚定地抬头，望向天上的李保。

手上突然传来一阵湿热，李保猛地一惊，连连退步，眼前景象尽皆陷入黑暗。

一颗星光从宇宙深处急速逼近，待到眼睛能够看清，火焰已经洞穿了心脏，火势瞬间蔓延，一发不可收拾，肝胆脾肺剧烈地灼痛起来，身体的水分霎时蒸发，皮肤变成龟裂的旱土，寸草难活。

大火顺着气管向上蹿，烧到喉咙，烧到舌头，烧到鼻腔……整颗头便像装了一炉炭火。熊熊热气不断膨胀，眼球突突直跳，蓄势准备像子弹一样发射……

睫毛似乎被眼垢糊住了，好不容易撕开一条缝，求生的本能促使李保张开了嘴，但只能发出蛇吐信子一样的"嘶嘶"声。他已经两天没吃饭了，肠胃像一头饿虎，此刻正在吞噬他体内的脏器，每啃一下，他的胃就撕裂地剧痛一下，令他忍不住发出闷哼。

他脑海中还残余着方才的梦，他的魂魄还在十七年前的佤山混沌行走。

65

即便他睁开了眼睛艰涩转动，一时也难以分清，眼前的他将要走向何处？

黎明的空气总是泛着微微的蓝色，使得那初初降临的阳光，仍带着一丝清冷。他的眼睛终于转到了左边，凝在睫毛上的水滴冷不丁灌进瞳孔，眼球瑟缩一下，又震得那滴水赶快顺着脸颊流走了。微风适宜地吹来，脸上凉冰冰的水迹终于让李保恢复了神志，魂魄又回到了1951年5月16日的勐冒。

一胖一瘦的两个拉祜族女人，像一对死去的河虾，侧身弯着躺在黄土里，双手虔诚地交握在胸前，面容愁苦。

"嗬嗬……"

李保喊不出声，埋他的黄土不知何时已经到了膝盖，他想挣扎，但整块土地的分量都焊死在他腿上，让他无法动弹。

胖女人"呼"地抽搐一下，蹬腿翻坐起来，身上的土灰扑簌簌落下，瘦女人被呛得一阵猛烈地咳嗽。

"老爷，您醒了，我给您端水！"

胖女人失去了昨日那般活力，声音和动作都异常平静，仿佛一夜间长大了二十岁。

李保心中是欢喜的，他想喝水，他太想喝水了！听到水，他的每一个毛孔都在大叫，给我，给我！

胖女人端来水，正要像昨日一样跪下，服侍李保喝水，却被惊叫着的瘦女人一掌拍翻。

一碗水"噗"地进了黄土，碗也碎了，激起高高的一层灰。水还在地上，近在眼前，李保伸长了脖子想凑过去，渴望舔到一滴水，哪怕半滴，都能够解救他干涸的身体。可是手脚都被困住，他虽这样想，也极力地这样做，仍旧丁点靠近不了。他只能眼睁睁地看着水洇进地里，尔后消失得无影无踪。

"你——"李保出离地愤怒，虎目圆睁，眼底血丝暴出，用吃人一般的眼神凌迟着瘦女人。

瘦女人被吓得魂飞魄散，想站站不住，想坐坐不稳，但仍用不知哪来的一股力气，抓住地上的《反共抗俄声明书》，抻着脖子道："签了……就给你水！"说完这句话，顿时被抽空似的瘫软在地，眼泪止不住地流着，身体也不听使唤地打摆子。

"老爷饶命，老爷饶命！"胖女人大惊失色，爬过去跪在瘦女人前面，替她拼命磕头。胖女人一看就是自小生活在尊卑森严的寨子，从未忤逆过头人的，即便李保动弹不得，她也丝毫不敢越雷池一步。

"别……别怕……"瘦女人不知是安慰自己，还是安慰胖女人，只是她连自己的牙齿都控制不住，抖得咯咯作响，实在没有说服力。

眼前的两个女人，哪里还有初见的精致，蓬头跣足，衣襟散乱，满面污垢，与街边讨钱的乞丐无异。不，她们连乞丐都不如，乞丐求财，她们却是在卑微求生。

李保泄气地闭上眼，无声地表明了态度。

胖女人拾过皱巴巴的《反共抗俄声明书》，用手轻轻抚摸。也许是想到自己比纸还薄的命，不禁绝望地将一张纸蒙在脸上，抽泣起来。瘦女人受到感染，爬过来与胖女人抱在一起，疯疯癫癫地号哭着。

李保的心被两个女人哭得又酸又苦。或许他签了字，两个女人就能活呢？或许他签了字，他自己也能活呢？

正当他这样想着，手上又传来一阵湿热。他的手早已麻木，这阵湿热唤醒了他久违的知觉，这知觉经过整条手臂，又痒又麻，一直将涟漪荡漾到他的胸中。

"汪！"

一条白毛小哈巴狗绕到李保前面，欢快地摇着尾巴。

"汪汪汪！"

小哈巴见李保望向它，兴奋地晃着四条小短腿，在原地滴溜溜打圈，边打圈边叫唤。一身纤尘不染的白绒绒长毛，此刻在土中滚来滚去，就像一块崭新的墩布刚用来拖地，实在让人忍不住想将它扔到水池子里搓洗干净。

"宝宝，来。"

屈洪斋跷着二郎腿，好整以暇地坐在摇椅上，等小哈巴跑到跟前，他就伸手揪住它的后颈皮，将它高高拎起来。

鑫副官拿出早已准备好的湿毛巾，立刻走上前，仔仔细细将小哈巴擦拭白净，满脸爱怜地夸道："宝宝真乖，宝宝真棒！"

这两人一口一个"宝宝"，一副爱狗如命的样子，让李保放松了神情。

对拉祜族而言，狗是将谷种带到人间的神使，也有传言，远古时狗领养了一对拉祜族先人，并用自己的乳汁抚养他们长大，是拉祜人的"奶娘"。所以平日里，拉祜人十分爱狗，从不杀狗、吃狗。屈洪斋和鑫副官此举，触动了李保心中的柔软。加之方才被两个女人哭了一通，李保不禁有些动摇，或许屈洪斋只不过与他道不同呢？或许他并不是一个大奸大恶之人呢？

屈洪斋一直观察着李保，自然也第一时间发现了李保神情的变化。他缓缓起身，将小哈巴环在臂弯里，一人一狗蹲到李保面前。

"李代办，可有决断了？"

李保的反应已不似平常那样灵敏，直愣愣地等着屈洪斋的下文。

"我多希望，天下人皆能够和平共处，而不是你杀过来，我杀过去。这只狗，我捡到它的时候，瘦得皮包骨，满身都是大狗咬的伤，你看现在，毛光水亮，夜里还能同我一起睡在锦缎被窝里。"

屈洪斋边说边摸着小哈巴，恰好太阳又在他轮廓上打了层柔光，竟将他映衬得格外温润，像个漂浮乱世的羸弱贵公子。

"天下兴，百姓苦；天下亡，百姓苦……"

李保的声音像砂纸磨过齿轮，充满铁锈味。

"代办心怀百姓，乃鸿鹄之志。想我屈某人幼时，常被权贵欺辱，于是我发誓，迟早有一天，我定要主宰自己的命运，现在，我郑重邀请代办与我同行。你护你的百姓，我护我的党国，都是为天地立命，为生民立命，为往圣继绝学，为万世开太平，代办以为如何？"

屈洪斋说到激昂处，倏地站起，一手托着小哈巴，就像托着他的家国天下。

李保逐渐清醒过来，理智地问道："如何太平？共产党城邦万里，四万万人心所向，你们既要争，难道不打仗？"

屈洪斋恨铁不成钢："代办啊代办，你归顺我，不就没有仗打了吗？我不正是在争取和平解决争端吗？我想过了，哪怕你不愿签字，也行；只要你点个头，同意党国自由进出你的领地，让百姓供点粮食，我也放过你。"

李保不再说话了，似乎在认真思考。

两个拉祜族女人听到这里，紧张得指甲都抠进了肉里，恨不能当即就替李保点下他那颗高贵倔强的头颅。

"汪！"

小哈巴催促他。

李保听到狗叫，忽然心中有了主意，眼睑一开一合，换上满面邪气，看向小哈巴。

"既然要重新做人，我可不想再像前半生一样操劳。屈司令，这狗，你养了多少年？"

屈洪斋感应到李保体内的恶魔，顿觉大喜，下意识回答："八年。"

"每日同吃同睡地养了八年？"

"不错。"

李保嘴角的弧度越来越大，眼眸却如一片极地，透出深不见底的冰寒："倘若我归顺，你能不能把这巴儿狗杀来我吃？"

屈洪斋奇道："我记得代办是拉祜族，不吃狗肉吧？"

李保疯魔似的哈哈大笑，用极其温和的语气说出残忍的话："吃了这狗，我就不是过去的李保代办了。"

"哈哈哈，好说，好说！"

屈洪斋毫不留恋，当即抓起小哈巴的后颈皮就甩给鑫副官。小哈巴吃痛，受惊地四爪乱挠，屈洪斋手上登时见了血。

"嘶——"

屈洪斋捂着手，眼里闪过一瞬暴戾，冷哼一声："为表诚意，我亲自操刀。"

说着，顺手捡起地上原属于李保的那把银刀，谁都没有看清，小哈巴的头就像血馒头一样滚进了土里，留下半截身子，在鑫副官怀里抽搐。

两个女人被血溅到，害怕得叫都叫不出，傻呆呆地望着屈洪斋。片刻之后，似乎陡然想到了什么恐怖场景，两人忙不迭紧紧抱到一起，"嗬嗬"喘着粗气，惊恐万状。

鑫副官恍若未见，只是不耐烦地瞪着两个聒噪的女人。

李保看到屈洪斋这样"重视"他，愿意亲手把养了八年的狗都杀来款待他，适才他心中的那道光，顿时灭了个一干二净。

这鑫副官，李保记得初见面时还是个拈着兰花指唱戏、娇气懒怠、犯着烟瘾的男人，此刻目睹一切却毫无波澜，平静得宛如杀狗只是家常便饭。这样的人，究竟是受了怎样的长官教导！

如此冷血，如此暴虐，倘若真的听信于他们，恐怕迟早要被啃得骨头都不剩。

如此狡猾，心机如此之深，自己一生审慎，临了竟也差点栽在这两人的面具上。唐煌书记和一众好同志，被他们用炮火炸得尸骨无存，这样的人，又岂会真正向往和平？

大意了，大意了！

屈洪斋不知，他一时忘形，居然在李保的试探下露了马脚。他随意将刀一扔，难掩满腔快活，吩咐道："鑫副官，煮好端上来，不要怠慢了！"

鑫副官领了命，抄起地上的狗头利落带走。

小哈巴的血，就这样一路流，一路淌，滴滴答答渗进土坑。

李保哀恸不已，梦中的哈巴狗和眼前的血迹慢慢重叠，时隔十七年，这历史，怎么就是绕不开狗呢？

2

1950年6月，班箐大寨后山。

风一阵紧似一阵，雨也一阵紧似一阵，夜幕中只能听到"哗哗"的响声。雪亮的闪电之后，是一记闷雷，天空顿时被炸出无数道口子，瀑布似的大雨狂泄而下。山里仿佛长出了一群巨兽，嘶吼着，咆哮着，东一头西一头乱撞，暴躁地把密林草木毁得狼藉一片。

这样的天气，人是不该站在雨中的，过于强烈的风雨劈头盖脸，会剥夺呼吸所需的空气。雨点砸下来，犹如一个个拳头狠砸下来，也是会将人砸死的。

可是，漆黑的山林里，却有一个影子正在艰难地行走。他倔强地抵抗着，一路搏斗，即便没有光，也仍旧循着记忆中的方向，迎难而上。

出门时点的火把，此刻早已熄灭了，手中的松明柴杆子，变成了支撑他的拐杖。大雨瓢泼一般浇在他头上，让他几乎睁不开眼睛。一脚踏空，骨碌碌滚进一堆纠缠的树杈里，摔得他晕头转向。再起身时，树杈成了牢笼，他成了困兽。左手大臂上被划出一道深深的口子，血无声地流出来，但立刻就被雨水冲刷干净。他浑不在意地甩了甩，伸出右手在腰间摸索一番，抽出随身的长刀，三下五除二砍出一条路来，接着前进。

一路上，神挡杀神，佛挡杀佛，山间竟没有任何阻碍能拦住他。明明他是那样渺小，冰冷的闪电照不到他，滚烫的雷声打不到他，在狂怒的山间，无论他如何急奔，也留不下风雨巨兽那般的一个脚印。然而，就是这样渺小的他，在自然霸主争权的夹缝中，依然一往无前。

"等我……等我……"

风雨打在身上越用力，他焦急的心就烧得越痛。没有人知道，是怎样一股信念支撑着他；也没有人知道，这世上究竟有什么事能叫他不顾性命也要去做。

终于登上山顶，他胡乱抹掉眼皮上的雨水，睁大他宛若鹰隼的双眼，用力张望。远处的一株大树下，有几团模模糊糊的影子，看不分明。他惊喜欲狂，一身激动化作内劲，飞奔而去。

到了近前，树下果然斜躺着三个佤族男子，还有一个佤族小男孩，这四人正是拉勐吩咐布拉抬到后山的那四人。看得出来，三个男子已经尽力为岩三布龙撑起避雨的天地，但地上蜿蜒的水流，以及身上被雨水泡白的豁口，足以说明三个男子已力不从心。四人被大雨不分青红皂白地浇了许久，早已不知死活。

方才登顶的男子看到这一幕，肝肠寸断，"扑通"跪到岩三布龙身前，一边颤抖着用手去探岩三布龙的鼻息，一边带着哭腔喊道："岩三，岩三，醒醒！我是岩火龙哥哥，我来救你了！"

岩三布龙没有回应，鼻息若有似无。岩火龙只好又摸了摸他的脸，终于摸到了一丝希望——岩三布龙还有体温！

岩火龙当即脱下薄薄的衣服，将岩三布龙包裹起来，小心翼翼地抱在怀中。他依稀有印象，附近有一个山洞，可以到那避雨。

雨幕中，岩火龙的身体显得那样单薄，可是他的脚程极快，不一会儿就把四周转了个遍，成功找到了山洞。山洞是他几年前追野猪时发现的，无意间踩空摔了进去，跌得鼻青脸肿，没想到现在竟成了救命的地方。

山洞因为长时间没有人迹，洞口被藤草遮得严严实实，洞里坍塌了不少碎石，只有紧巴巴的一点容身之处。

岩火龙把岩三布龙轻轻放在平坦的地方，又出去把三个男子也拖了进来。几个来回，累得他肺管子都要喘出来了。平日里不觉得人有多重，但三个男子不省人事，半点力气也帮不上，活脱脱三滩烂泥，岩火龙背着扛着拖着，用不了巧劲，简直比搬三尊石雕塑还累。安顿好这几人，岩火龙又闪身出去了，他要去找木头来生点火。

在周围绕了一圈，哪里灌木最密，岩火龙就往哪里钻，若是哪块岩石长得伸出来，下面可能有一点点干燥的地方，简直再好不过。原本山已经够大了，可是雨比山还要大，雨点子拨开每一根树枝，劈开每一条石缝，深深扎进每一寸地里。被浇灌得这样透彻，山是很欢畅的，草木被里里外外地润泽一番，将会长得更加葱茏。岩火龙却欢畅不起来，雨下得太大，一切都太湿，干燥易燃的柴火太难找到了。

好不容易收集了一把干树枝，又从山洞深处找到一堆枯叶。岩火龙把这些拢在一起，掏出用油纸包着的火柴，点起火来。虽然不少树枝带着潮气，狠狠冒了一阵呛人的烟，让他费了些周折，但火苗出现之后，慢慢地也就成了气候。

岩火龙仔细检查了几人的伤病，都不容乐观。他很茫然，因为曾有人告诉他，流太多血的人救不活，被鬼害了没有好转的人也救不活。他比岩三布龙大了十多岁，也没有生活在同一个寨子，只是他们都没有父母，都做了各自头人的养子，平日里见面，境况相同的两人不由自主多了几分亲近。岩火龙把岩三布龙看作自己的亲弟弟一般，每每有了好吃的，都会省下来给岩三布龙送过去。岩三布龙大多数时候都很懂事，只有在他面前，会像个皮猴子一样挂在他身上。长此以往，岩火龙更是把这弟弟疼进了心坎里。前几日岩三布龙生病，他是知道的，开始他以为只是伤风感冒，不承想会如此严重，更未料到，岩三布龙突然就被送到了这么远的山上。

"咳……"

岩三布龙咳了一声。

岩火龙连忙摸了摸岩三布龙的小脸，轻声喊他："岩三，岩三……"

岩三布龙当然不会回答，小眉头拧作一把，看起来难受极了。

岩火龙把岩三布龙贴身的湿衣服剥下来，给他换上刚烤干的衣服。

做完一切，岩火龙呆呆地抱着岩三布龙，默默祈祷："天神啊，能不能告诉我，我到底该怎么做……"

他十八岁了，经历过很多生死，也知道被送到山上来，究竟意味着什么。同时他也很清楚，岩三布龙的病，很可能会传染给他，但他仍然放心不下。他不能让弟弟一个人面对死亡，最起码，他要亲自送走弟弟，看着弟弟的魂魄没有迷路、没有岔道地走到该去的地方。

小马蹦蹦跳得欢

小小铜铃响叮当

路边两个大水塘

一个浑来一个清

背上娃娃肉皮白

比清水塘的鱼还白

…………

　　岩火龙有一下没一下地拍着岩三布龙，嘴里用佤话哼着岩三布龙最喜欢的歌谣，好像正在哄孩子睡觉。恍惚间，他眼前出现了骑在马背上的岩三，又出现了帮拉勐牵马的岩三。岩三喜欢马，平时拉勐出门，也都是岩三帮忙牵马。岩三额上有一道疤，是小时候被拉勐的大红马踢伤留下的，自那以后，岩三就多了个浑号"岩三布龙"。所谓布龙，佤话里是马的意思，岩三布龙，就是指"被马踢到的岩三"。大家喊来喊去，时间长了，就连岩三也总介绍自己叫岩三布龙，名字也就渐渐定了型。

　　"岩三呀，等你醒过来，哥哥带你骑大马，好不好？……"

　　岩火龙温柔地对岩三布龙说话，想到自己描述的场景，笑得眼睛都弯成了月牙。可是笑着笑着，他忽然忍不住用双手紧紧捂住眼睛，肩膀也不受控地发起抖来，眼泪一股脑儿地顺着指缝滴到地上，打湿了岩石。明明他心里想的都是快乐的事，为何他会掉眼泪呢？为何他的心这样酸、这样痛呢？

　　不知过了多久，雨悄然停了，湿冷的风顺着洞口钻进来。岩火龙打了个寒战，把身上厚厚的鸡皮疙瘩也一道抖落。他的衣服都给了岩三布龙，一直光着身子；先前火旺时不觉得冷，现在火快烧尽了，就觉出了寒意。他走到洞口，看到山的远处有一道发白的天光，知道天就要亮了。

　　他轻脚轻手地走回来，也不知是怕吵醒了谁。半夜的时候，他给三个男子也烤干了衣服，但是，给其中两人换衣服时，他不小心触到了两人冰冷的体温。那种冷，他说不出来。总之，既不像他冬天被冻僵的时候，也不像他刚才被雨淋湿的时候，而是像他母亲死去时，他摸过一次，就永远忘不掉的那种冷。

又一道冷风缠住了岩火龙，猎人的直觉令他蓦地起身，抽出长刀。他警惕地埋伏在洞口拐角，这个地方，是进洞的视线盲点，不容易被发现。他扎好弓步，绷紧小腿，像一头准备捕食的猎豹，静静等待猎物靠近。

"有烟……"

岩火龙听到有人说话，这才注意到，原来是火堆将熄时的烟雾飘出去，暴露了位置。判断出不是野兽的动静，岩火龙先是松了口气，但几乎同时，他握刀的手比先前更用力了几分，因为那人讲的是汉话，而不是佤话。老一辈常言，石头不能做枕头，汉人不能做朋友，他深信不疑。老一辈又言，对朋友要掏出心来，对敌人要掏出刀来，他深以为然。

"有人吗？"

一个女人的声音响起，听起来二十多岁的样子，脚步随之越来越近。

"我们没有恶意……"那女人又说。

岩火龙当然不会回应。

"有血腥味。"

还有一个更年轻的男人的声音。不，准确地说，更像十四五岁还未变完声的男孩。

岩火龙十分犹豫，女人和孩子历来无辜，可他们又是汉人，到底该不该下手呢？

就在岩火龙晃神的当口，女人已经走进了洞里。岩火龙举起刀的瞬间，一个穿着军装的年轻女人恰好来到他面前。年轻女人吓了一跳，条件反射地抽出腰间的手枪，将枪口对准了岩火龙的脑袋。这一来，把岩火龙彻底搞蒙了——这不是普通汉族女人，这是一个会使枪的汉族女人！

后进来的少年也穿着军装，慌里慌张掏了半天，也没把枪掏出来，只在嘴里底气不足地喊："你……你别动，我们不是坏人，你别伤害木香姐！"

被唤作木香的年轻女人胆子倒是很大，镇静地上下打量岩火龙一番，看清了岩火龙脸上懵懂纠结的神情，便把枪收了起来，笑嘻嘻道："阿明，别掏了，这是我们佤族兄弟，没事的。"

岩火龙听得懂汉话，一时间，他举着刀砍也不是，收也不是，颇为尴尬。

"你把刀放下来吧，我们一个女人、一个小孩，做不了什么的。"木香觉得好笑，指指身后的阿明，示意岩火龙放松一些。

岩火龙垂下手，但依旧警惕地挡在洞口，故意凶神恶煞地问："你们是什么人？来做什么？"

阿明上前一步，立正敬了个军礼："我们是共产党，听说你们有人受了伤，来看看能不能帮上忙。"说完伸出手，想要和岩火龙握手。

岩火龙没见过这样怪异的礼仪，以为阿明又想做什么，连忙将刀提在胸前护住自己。

"小兄弟，我们在外面就闻到了很重的血腥味，想来有人受了重伤，能不能让我给他们看看？"木香诚恳地看着岩火龙的眼睛。

"没有人受伤，我也不需要帮忙，你们赶紧出去！"岩火龙怎么可能轻易相信两个陌生人，自然是一口拒绝。

阿明又白又瘦，像个没吃过苦的娃娃，心里想的什么全写在脸上。见岩火龙油盐不进，顿时脸上就带了气："你这人真是犟，都告诉你了，我们不是坏人，怎么就不相信人呢？你难道不想救他们吗？"

岩火龙也鼓起个大眼睛："别以为我不知道你们的诡计，你们是想把我们卖去当奴隶！"

"扑哧——"

木香忍不住笑出声。

"你笑什么？"岩火龙恼怒极了，"就算是天神显灵，也不会派你们来。一个女人，一个娃娃，当我好骗不成！"

木香听到这里，又不笑了，摊开手无奈道："那你祈祷了一晚上，他们的伤可有好转了？"

岩火龙哑口无言，是啊，不仅没有一点好转，还死了两个，这叫他怎么说得出口。

木香接着说："你说得很对，要是想抓你去当奴隶，怎么可能只派我们两个人来呢？"

岩火龙认真想了一会儿，这女人说的好像是没错，可他又总觉得哪里挸不顺。

阿明趁两人说话，悄悄贴着石壁溜了进去，伸手一摸，离他最近的男子身体又冷又硬，根本不是活人该有的样子。

"木……木香姐，死了……"

阿明咽了咽口水，满是震惊，这岩火龙，难道跟这些尸体待了一晚上？

未曾想，阿明的动作激怒了岩火龙。岩火龙一个箭步冲过去，把岩三布龙抱进怀里，疯了似的跑出山洞。

"不好，快追！"

木香来不及教育阿明，赶忙追了出去。

岩火龙不要命地疯跑着，往刺笼里钻，往无路处去，身体被树枝挂出一道道血口也没有知觉，被石头绊倒也能一骨碌就翻起身来。他只有一个念头：不能被追上，不能让任何人伤害岩三布龙！

如果有人看到岩火龙此刻的眼睛，就能清楚地知道，岩火龙心中正有一团乱烧的火，将他灼烤得心慌意乱、六神无主。

"停下，快停下！"

木香怎么也想不到，岩火龙竟会为了族人发疯，倘若跑出了事，她们的罪过可太大了！

阿明使出吃奶的力气，实在是追不上。岩火龙挑的线路，根本全是绝路，哪里草棵子、树藤子乱缠就往哪里钻，哪里石头又高又滑就往哪里爬。他跌跌撞撞地追了半天，抬眼一看，岩火龙早就没了踪影。

木香上气不接下气，指着前面一尊怪石："从那里绕，顶上是悬崖，千万别让他做傻事！"

阿明一听悬崖，急得又出了一头汗，什么也顾不上，提脚就跑，竟比刚才跑得还要快。

过了怪石，猎猎大风骤然扑面，悬崖边上，果然正站着岩火龙。

寒风在岩火龙耳边哭号，使他没有听到阿明的动静。他垂头望着悬崖，分不清下面飘的是云还是雾，判断不出到底有多高，但是，刚才着急停步时逼下去一块大石头，直到现在，也没有传回落地的响声。他转过身，正打算往回跑，就看到了堵住他唯一退路的阿明。

这一回，阿明不敢轻举妄动了。他举起双掌，让岩火龙知道他没有武器，然后选了个适中的音量，尽量平和地开口："我不动，你也别动。后面很危险，掉下去的话，你和怀里的孩子都会没命的。"

岩火龙的双眼被风刺得通红，一路疾奔，他的脑子还处于缺氧状态，所以阿明说了什么，他根本一个字都没听进去。此刻他只知道，他要紧紧抱着岩三布龙，他要好好护着岩三布龙。可是，眼前已经没有他们的活路了啊！

岩火龙不舍地看着怀里的岩三布龙，传递着他最后的温柔，以及他赴死的决心。

"岩三，今天是我岩火龙无用，不能护你周全。如果可以，下辈子我们做一对亲兄弟，我再疼你。天神，我把自己的命献给您，求你免去岩三的苦痛吧……"

岩火龙大声说着，带着不甘与绝望闭上眼睛，迈开脚向后退去。

"岩火龙，停下，是我，我是木香啊！"

赶来的木香听到岩火龙自报家门，急忙用佤话大喊。

"岩火龙，我是你木香阿姐，你还记得我吗？"

岩火龙听到熟悉的语言，脚步顿了一下，阿明见缝插针，飞身将岩火龙扑倒在平地上。

木香四脚四手地爬到岩火龙面前，一把将岩三布龙抢到怀里抱住，带着哭腔："岩火龙，十年不见，我没认出你，是我不好。你醒一醒，不能做傻事啊……"

岩火龙如同已经死去一般紧紧闭着眼睛。也许方才他的肉身虽未跳下，魂魄却早已落到了崖底。木香不断哭喊，过了七八分钟，岩火龙才徐徐睁眼，恢复了神智。

"木香阿姐……"

岩火龙看到木香扑簌簌的眼泪，也跟着呜呜哭了起来，"阿姐、阿姐"地不断喊着。

他当然记得他的木香阿姐，他怎么可能忘记呢？他小的时候，寨子里有一个窝朗①叫木贵，人称窝朗贵，木香就是他的女儿。木香身为贵族千金，不仅从来不会看不起他，还经常给他吃的，带他去玩，做他的"阿姐"。那时，他作为一个平民的孩子，能被木香小姐看重，是多么了不起的事。也正是因为有了木香，他才会被现在的养父岩顶收养，过上穿暖吃饱的日子。可是后来，木贵突然带着木香失踪了。有人说他们跟着汉人跑了，有人说他们被鬼害了。从那以后，岩火龙就再也没见过他的木香阿姐。记忆里的木香阿姐，一直是笑着的，何曾如此伤心地哭过。

岩火龙伸手为木香擦眼泪，心里狠狠地生着自己的气。这双眼睛和记忆里木香阿姐的眼睛一模一样，就连眼角的红痣也别无二致。自己究竟是蠢还是傻，怎会没能认出木香阿姐来，还让阿姐掉了眼泪！

"你怎么还跟小时候一样傻？我以前怎么教你的，你都忘了是不是？"木香不依不饶地发脾气。

岩火龙瘪着嘴，边哭边笑，这样的阿姐，他做梦也没想过能够再见。

木香知道岩火龙已经没了寻死的念头，便开始查看怀里的岩三布龙。岩三布龙经过一夜，仍然浑身滚烫，面色赤红。木香捏开岩三布龙的嘴，见他舌头也红，但舌苔薄白，心下已有了计较。

"这娃娃一开始是不是发抖喊冷，身上又没有力气？"木香问。

岩火龙记挂着岩三布龙，打挺坐起来："是啊，后来不冷了，就开始发

---

① 窝朗：佤语音译。窝朗一般从建寨最早的一姓人中选出，主要职责是管"鬼"与"阿佤理"（佤族道德规范），其他姓的头人协助其工作。

热，渴水。"

木香点点头："那应该没错。"

岩火龙不明就里："阿姐，岩三到底是被什么鬼害了？还有没有救？"

木香无奈道："不是鬼，是疟疾，是一种病。"

"病？"岩火龙听不懂。

"总之队里有药，可以治，但得尽快。"木香尽量把话说得简单些。

"队里？"岩火龙仍旧听不懂。

阿明是个没耐性的。虽然他不懂佤话，但"疟疾"是汉语发音，再看看两人的表情，他也猜得出在讲什么，当即打岔："我们是共产党解放军的民族工作队，你跟我们回住的地方，木香姐就能给你治。她是学医的，看病可有一套了！"

岩火龙这回搞明白了。但这什么工作队，一听就是汉人的地盘，到底去得去不得，他脑子里的线团又绕成了死结。

木香握住岩火龙的手，用她那双会说话的大眼睛，向岩火龙传递出温情与坚毅，问道："你信阿姐吗？"

岩火龙被木香的眼神摄住了心魂，良久，他轻轻点了下头。

力所乡土司代办衙署。

麻雀刚停到房檐边，抖落羽毛上的露水，房门"吱呀"一声开了。李保通身傈僳族盛装：上穿黑色麻布银扣对襟长袖，腰间系一条羊毛彩带，下穿大裆吊筒黑长裤，头上裹青布包头，左耳挂一串大红珊瑚，腰间仍是不离身的银刀，已经做好了出门的准备。

一夜未能安睡，李保眼下两团乌青，使他看起来有些疲惫。走到门槛处，李保深吸口气，将肩颈舒展开，关节发出"咔咔"的声音。

雅海左手拿着牛皮枪带，右手拿着麂皮箭袋，肩上挎着弩弓，腋下还夹着水囊。李保走一步，他就跟一步，什么话也不说，满脸写着"我不高兴"。

　　李保停在门口，雅海差点一头撞在李保背上，急急刹住脚步，全身上下的装备丁零当啷晃了起来，连带着雅海也左摇右摆。

　　"我都说了，什么也不带，你啊，真是头倔驴。"

　　李保无奈地扶住雅海。

　　雅海一撇嘴，嘟嘟囔囔："老爷您只知道自己做大事，根本不晓得我有多担心。"

　　李保实在跟雅海说不清，摇摇头朝外面走去。

　　雅海也不是个蠢人，他悄悄瞄着李保的反应，见李保不是真的生气，于是再次亦步亦趋地跟上前，把手里的东西攥得更紧了。

　　房檐上的麻雀扑棱一下刺进蓝天里去了。偌大的衙署又变得静悄悄的，就连大门外边也没有任何动静传来，显得格外肃穆。

　　李保蹙起眉头，狐疑地扫视一圈，步子有些沉重。

　　雅海机灵地快走两步，跨到李保面前："都在外边呢。一直着人守着，没有异动。"

　　"嗯。"李保这才放松神情，跨出了大门。

　　石阶两侧，傈僳寨头人整整齐齐站成两排，全都恭恭敬敬候着，大气也不敢出，听见李保的脚步，才纷纷抬起头来行礼。

　　李保对这些头人，那是熟得不能再熟，看似随意的一瞟，实际上已经确认清楚——昨夜的脸孔一个也不少。他很信任这些头人，但是利益当前，委实没有必要在生死攸关之际考校人性，小心方能驶得万年船。

　　雅海派人值夜，并未避讳众头人，头人们自然也都明白了李保代办的意思。

　　裴阿欠眼皮跳了跳，战战兢兢地掀起一缝眼帘，偷偷观察李保腰间的银刀，想知道李保究竟有没有拔刀的意思。

　　李保和往常一般无二，看起来和风细雨，但裴阿欠心里清楚，李保当年可是抗英抗日的杀伐好手。几年前有头人利欲熏心，勾结外寨妄想篡权，李保悄无声息就将那人捆了，在头人大会上亲手将其斩杀，用的正是这把刀！

杀人之后，李保擦着刀刃上的血，温文尔雅一如今日，用讨论吃饭睡觉那样的平常语气淡淡地说："遇事不来问我，那就去问刀。"那般魄力，令裴阿欠记忆犹新。

头人们都缩着脖子，害怕银刀会像凉风一样灌进衣领里来。

人群后，李保的黑马倒是相当威风，不可一世地呼噜呼噜打着响鼻。黑马后边，又拴着两头健硕的黄牛，正在那里事不关己地反刍。

雅海将装备一应挂到黑马上，黑马不耐烦地撂了撂蹄子。

"代办，这两头牛是枝花扒头人连夜让人送来的，牙口好，毛色亮，叫声也响，是两头好牛。"

被雅海点到名的枝花扒神色一凛，谦恭地上前一步："这是我们所有头人的心意，不敢居功。代办为我们出生入死，我们能做的只有这些，惭愧万分。"

枝花扒说话时，山羊胡子一翘一翘，李保饶有兴趣地看了一会儿，觉得心情轻松了许多。

待枝花扒话落，李保不紧不慢道："此行吉凶难测，等我走后，大家也回寨子去各自安置，做好最坏的打算吧。我李保只求大家一件事，如果我回不来，还请照顾我家里一二。"说完，深深鞠了一躬，眉眼间已然换上了凝重。

一时间，摄于李保威仪的头人们又记起来，正是眼前这个人，用手中杀人的刀，庇佑了他们多年，让他们免于内忧外患，得以荣昌。

裴阿欠老泪纵横，颤声道："代办，您放心，家中老幼，我裴阿欠都给您照看好！"

"多谢。"

李保潇洒一笑，毫不留恋地跨上马背。

雅海默默抹着眼泪，不舍地把缰绳交到李保手里。

这时李保才回过头，低声对雅海说："夫人身体不好，先别让她担心了。万一我回不来，你再寻个时机，到老宅告诉她吧。"

　　说完，不等雅海反应，李保狠狠抽了马背一鞭，连带两头牛也一并小跑而去，很快就没了踪影。

　　佛殿山绵亘南北，灌木原林层叠铺就，山巅雄奇而垭口平广，是块汇聚天地灵气的宝地。三佛祖的佛房建在这里，西盟区政府也建在这里。

　　李保一人一马，外加两头黄牛，一点子黑，一点子黄，在疏林中一忽儿隐去，一忽儿现出，如莽苍绿野中的两点碎谷子。镰刀似的山风，每割一茬草，谷穗就长一茬，很快，谷穗就长到了山顶的云雾中。

　　"噗噜噗噜——"

　　黑马扬起蹄子，纵身一跃，登上石槛。李保偏头躲开面前的树枝，再抬眼，佛殿山东侧坡顶的草甸袒露了出来，一派豁然。

　　李保原本准备路过这里，然后再往东，一直走到区政府治所驻地拉巴去，但是，他看到了地上烧火的痕迹。

　　"不许动！"

　　不知何时，一个身穿浅黄绿色军装的少年举着枪，正正对准了李保。

　　李保一愣，随即装出害怕的样子，亮出空空的双掌，结结巴巴用傈僳话求饶："大人饶命，大人饶命……"

　　"光宝，什么情况？"

　　这时，一个年长些的男子快步跑了出来，也谨慎地捏着枪。

　　光宝的眼神穿过李保身后，又竖着耳朵仔细听辨，确认没有敌情后，笑着对男子说："严队长，是个老乡。"

　　严队长放松下来，收了枪，示意后面跟来的人撤除战斗准备，然后向李保走过来。

　　李保耷拉着眼皮，小腿紧绷，做好了随时催马的准备，余光瞥见严队长身如劲松，在心中暗赞了一句。

　　严队长放慢语速，温和的声音像暖阳一样照过来："老乡，不要紧张。我叫严春，是解放军民族工作队的，没有恶意。"

李保缓缓抬头，一下就对上了严春的眼睛。那是怎样一双眼睛呢？如寒星，如秋水，如两条黑鱼游进了两潭白水银，李保的影子正映在两条黑鱼里。

残害百姓的官老爷、兵老爷，李保这辈子见过不少，阅人万千，他固执地相信，人的善恶能从眼神里看出来。严春眼神清澈，目光像一泓清泉，似乎能够照透人心，怎么看也不像恶人。

严春见李保愣住不答，以为李保听不懂汉语，又见李保一身傈僳族打扮，于是换成傈僳话招呼道："老乡，我们不是坏人，进来喝口茶。"

严春这一开口，倒是真把李保吓住了，傈僳话说得这样好，可是长得星眉剑目，全然不似个傈僳人。

"你们是共产党？"李保用汉语问道。

严春点点头，很是惊喜，呵呵笑道："幸好你会汉语，傈僳话我只会简单几句。"

"我们正在烧火做饭，等会儿一起吃！"光宝十八九岁模样，极为热情。先前不笑的时候有些凶，现在一笑，略带婴儿肥的脸便像面团子一般，软乎乎的。

李保跨下马，犹豫片刻，没有拿枪，然后把缰绳交到光宝手里。

严春和光宝都看在眼里，相视一笑，带着李保往前走。

黑马被牵到旁边树墩子上拴住，李保突然有点懊恼，怎么就鬼使神差把身家性命交出去了呢？不自觉地，他伸手摩挲着腰间的银刀，试图找寻些许安慰。

昨夜大雨，整座佛殿山都给浇透了。此时艳阳高挂，地里的湿气还未散尽，被蒸腾起来，白绒似的飘着。

"阿嚏——"

鼻子里忽然钻进一股呛人的火烟，激得李保打了个惊天动地的喷嚏。

严春朝营帐方向做了个"请"的手势，歉然道："条件有限，老乡不要嫌弃。"

李保打量左右，只见到两个军绿色防雨布搭的简易营帐，营帐外面一个小伙子一边咳嗽一边生火，浓烟滚滚直上。

营帐右边，搭着个简易案台。案台上，绑着一只肚皮翻天的黄黑斑点狗，一个穿制服的小姑娘高高举着一把血糊糊的刀子，不知在狗身上切着什么。

"嗷呜……"

黄黑斑点狗痛苦地呜咽一嗓子，仿若在李保心里敲了一记洪钟。

"熏耗子呢？"光宝三步并作两步跑上前，重新架了柴堆，浓烟立刻消散不少。

李保根本没注意火烟的事，踏入营帐之前，他忍不住回头，往案台方向又看了一眼。这些个共产党红汉人，眼睛里盛的是朗月青空，手里拿的却是实实在在见血的红刀子。一个年纪轻轻的小姑娘，怎么杀起狗来眼睛都不眨呢？

严春端来一杯茶，双手递到李保手中，见李保仍站在原地，便伸手握住李保的胳膊，将他安顿在小竹凳上："老乡，你坐，不要见外。"

小竹凳实在太小了，比两个巴掌大不了多少。李保半个屁股吊在空中，扎马步似的坐着，整个人看起来更局促了。严春也坐到同样大小的竹凳上，只是他上身挺得板正，就好像屁股下面坐的是一把舒舒服服的太师椅。

营帐里除了四张叠放整齐的草席地铺，什么摆设也没有，显然平日里不是用来招待客人的。

"最近都在外边忙，还没收拾个待客的地方，让你见笑了。"

严春落落大方解释，真诚地看着李保。

李保也不是计较之人，摆摆手，看着严春一声不吭。

严春四十出头，国字脸，高鼻梁，笑的时候眼角有两道鱼尾似的皱纹，和两道山鹰翅膀似的眉尾合到一处。头戴解放帽，帽子中央一颗红五星。明明是一顶普普通通的帽子，却把严春衬得神光炯炯，英气十足。

李保在想，如此正派的好相貌，倘若藏了一个黑心肝，该是多么诡异的事。索性，他也懒得钻研，眼下还有更要紧的。

"你是哪个寨子的？可是要去哪里办事？"严春关切地问。

李保只点头，什么也不说，叫严春自己领会。

严春知道李保对他防备，好脾气地拉起家常："我是宁洱人，常年在澜沧，拉祜话、佤话都会说。不知你认不认得尹溯涛，他是我好兄弟。他跟班箐中课大寨的拉勐拜了把子，回回去都有水酒喝，把我羡慕惨了。"

"你们在这做什么？"

李保开口了，说的却是拉祜话。他不认识尹溯涛，但他认识拉勐，晓得拉勐在佤寨的地位。他分辨不了严春说话的真假，但听得出严春对西盟确实熟悉，于是生出了几分试探的心思。

"我们这次来，是想让更多民族兄弟认识我们共产党，知道我们解放军。不管大家有什么困难，米面不够吃也好，生病没法医也罢，我们都尽力帮忙。"

严春也用拉祜话回答，说得又流畅又地道。

李保没有掩饰自己的不解："你们的目的呢？"

"现在是新中国了，不是以前的旧时代。你我都是一家人，帮自家人过上好日子，是应该的，没有什么目的。"严春微笑着。

自家人？兵老爷跟老百姓说自家人？可笑至极！李保听着冠冕堂皇的话，顿时对严春大失所望，所谓的共产党，原来就是一群满嘴跑火车的人！

"昨天在永不老，两个寨子争地，你们是不是也在场？"李保不耐烦了，单刀直入地问。

严春诧异："是在场，老乡你……"

"你们有没有开枪？"李保打断。

"开了。我们看到有人躲在山上打黑枪，伤了人，就赶紧冲出去撵人。"严春坦然承认。

"不是你们先开的枪？"李保观察严春谈吐不似作伪，更是一头雾水。

"绝不是！"严春肃容否认。

李保还想问话，却被进门的光宝打断了。

光宝端着两碗粥，先一碗递给李保，再一碗递给严春。

"大爹，跟我们随便吃点。"光宝笑眯眯地说完，火急火燎地跑了。

李保看着手中的白米粥，米粒都沉在碗底，面上飘着两片青菜叶，清丝丝的，没有一点油水。他不禁锁起眉头，这般小气的吃食，也叫待客之道？可他看到严春碗里，连青菜都没有，寡白的汤水下漂着几粒米，比他的粥还要清。

严春呼呼地吹了两下，几口喝完，享受地咂咂嘴。

光宝又跑进来，朝李保手里塞了两粒鸡蛋："大爹，多吃点。"接着，歉意地看了严春一眼。

严春却很高兴，赞许地传去一个眼神。光宝立即羞红了脸，逃也似的跑走了。

李保很奇怪，明明墙角那还堆着两袋米，怎么就舍不得拿出来吃？再者说，前些日子到各寨送盐巴大米的，不也是这群共产党吗？现在是唱的哪出戏？

严春顺着李保的视线，寻到了墙角的米口袋，了然一笑："那是送给困难群众的，我们不能动。补给还没买到，只能委屈你跟我们喝点清粥了。"

李保又瞥向营帐外面，光宝正手持一杆大勺，伸进锅里小心翼翼地捞米粒，方才杀狗的小姑娘把一个鸡蛋掰成两半，放了一半在光宝碗里。一时间，李保觉得手中的两个鸡蛋像火里烧过的石头，又沉又烫。

"长官，我叫李保，是统管傈僳寨的土司代办，今天就是特意来找你们的。"李保放下碗，站起身，"我开门见山地说，我们不要你们看病，也不要你们的粮食。外面拴在马上的两头黄牛，是今天的见面礼。如果你能把田地判给我们，以后每年都给你贡两头牛。"

严春一时错愕，李保的样子徐徐映入脑海，与昨天争地场上的头人模样重合在一起，俨然就是他们急需争取的少数民族代表。

"你们来西盟做什么，我不想深究。"李保清楚，谈判就要乘胜追击，于是又加一记重锤，"严队长，既是自家人，我也就不说两家话。我们不求大富大贵，只求和平安康。贵党要是真的有心，就莫来打扰，让我们继续这样生活吧！"

"李代办莫急。"严春失笑，"如果说目的，确实有一个。取得你的信任，请你去首都北京出席国庆一周年的庆祝活动，不知这算不算？党中央毛主席想见见边疆的民族兄弟。"

李保听不大懂，北京、国庆、民族兄弟，这些概念对他而言，实在太过陌生。

"啊——"

突然，一记女人的凄厉惨叫从山下传来，紧接着，孩童的哭喊一声高过一声。

"你们……"李保眼刀子刮向严春，震惊，失望，担忧，质问，复杂的情愫密密匝匝射进了严春乌黑的瞳仁里。

此时班箐大寨的后山上，木香和岩火龙正轮流背着岩三布龙，一路往佛殿山步行。

除了时不时纠正路线以外，岩火龙一直乖巧地跟在木香身后。木香阿姐的馨香与草木的清甜味道混杂，同岩火龙的鼻息一道，呼着、吸着，沁人心脾。

"咕嗷……"

阿明的肚子牛蛙似的叫起来，惹得周遭的虫鸣鸟叫都暂停了一瞬。

木香"扑哧"一笑，用揶揄的目光瞥着阿明，阿明臊红了脸。

"阿明兄弟，下了这座山再往前，就到佛殿山了。"岩火龙很能理解，他和阿明都是半大小伙子，正是吃长饭的时候，吃得特多，饿得还快。

木香钻进一旁的林子里，熟稔地摘了一把黄泡果，递给阿明："吃点这个，多少抵点饱。"

阿明悉数接过，一口气囫囵吞了，又眨巴眨巴眼睛，祈求地盯着木香："姐，跟树莓一个味儿，酸酸甜甜的，很开胃。"

木香无奈极了：开胃？不就是没吃饱么。说得这样九曲十八拐。

"野果子多着呢，羊奶果、白泡果、野桃子，我一路给你摘。"岩火龙掂了掂背上的岩三布龙，笑着安抚阿明。

"哎！"阿明乐不可支地凑到岩火龙跟前，"岩火龙哥哥，你说话的样子，可真是太迷人了。为了表达感谢，我来背岩三一段吧。"

说着，就把岩三布龙抢到自己背上，迈着大步向前走。

岩火龙擦了擦额上的汗，体会到了阿明的贴心。

"嘘——"

木香陡然伸手，拉住阿明，拦住岩火龙，三人屏息停在原地。

阿明和木香长期配合，极有默契，岩火龙亦是经验丰富的猎手。三人放轻脚步，矮身蹲进灌木丛里，各自面对一个方向，将后背留给彼此。

"妈的，我王老三英明一世，居然被这帮共匪撵得像老鼠一样到处乱窜！"

"老鼠？什么老鼠还能睡女人？也只有王哥你这样的大老鼠。哈哈哈……"

"蒋委员长就该提拔你，派大老鼠去给共匪刨个洞，谁能想得到呢？"

"去你妈的，张嘴就只会放屁！"

十多个男人的声音，毫不掩饰地一边骂骂咧咧，一边发出阵阵淫笑，离木香三人越来越近。

阿明心如鼓擂，紧张道："是国民党残部，怎么办？"

木香摇头："他们肯定有枪，不能硬拼，太近了，只能躲。一会儿如果被发现，我冲出去吸引他们，你们赶紧跑。"

岩火龙哪能同意，着急地抓住木香的手。

"岩火龙，你熟悉这里，你必须留下。只有你活着，其他人才有可能活下来。"木香斩钉截铁，不容反驳。

仿佛有一支锥子扎进了岩火龙的心，但他只能咬着牙，默默祈祷。

可惜，幸运是有限度的，今天的幸运，大概在与木香重逢时就已经用光了。

"王哥，有人味儿！"

"操，你个狗鼻子，这荒郊野岭的，馋人肉了？"

"我没瞎说，还带血呢。"

岩火龙低头一看，自己的裤子上果然血迹斑斑，不知是夜里沾到的，还是清晨摔伤擦破的。他一直没在意，未曾想会将他们暴露。

"这边，这边！"

说话声更近了。

木香捏紧枪，绷紧小腿，随时准备跳出去。

岩火龙还存有一丝侥幸，万一那人瞎说，找错了方向呢？然而下一秒，外层的树丛被拨响，岩火龙从头到脚像被浇了一桶冰水，心脏也停止了搏动，浑身僵冷。

"砰——"

木香还没来得及动作，阿明率先高高跳了出去，一枪崩在地上。

"穿军装的，是共匪！"

外面的人大喊一声，噼里啪啦的枪声随之打响。

"你们这些老鼠，有本事就来抓我呀！"

阿明显然朝西边跑了，火力正向那边转移。

见死不救从来不是佤族人的做派。岩火龙按捺不住，下意识就要站起来帮忙，却被一滴炽热的液体拦住了——他的手背上，沾着木香滴落的眼泪。

"走！"

木香抬手胡乱擦了一把，抱起岩三布龙就往东边跑。阿明这般情状，九死一生，便是替她填了命，她岂能轻易辜负？

岩火龙没时间多想，跟着木香胡奔乱跑，一心躲到没有枪声的地方去。

"砰砰——"

"狗崽子，刚才不是很猖狂吗？再跑啊——"

"我倒是想跑，就怕……咳咳……就怕你不敢放……"阿明听起来已经受伤，但仍旧扯着嗓子大喊。

岩火龙知道，阿明这是喊给他们听呢！

"激将法？可惜了，对老子不管用！"

"砰！"

又一声枪响，然后，整片山林彻底归于宁静。

方才扎进岩火龙心里的锥子，这一刻被猛然拔出，鲜血像岩浆一样汩汩冒着，灼痛了他的魂魄，烫碎了他曾执迷的信条。"石头不能做枕头，汉人不能做朋友"，可是今天，阿明这样年轻的汉人，为他而死了！是阿明悍不畏死吗？不是的。阿明只是一个想吃羊奶果的少年，只是一个背着岩三布龙去治病的少年，只是一个叫他哥哥的少年！危急关头，普通朋友尚有可能偷生，更何况是一个认识才半天不到的少年。

浑浑噩噩间，岩火龙和木香不知疲倦、不知方向，仿若两头困兽，不断挣扎着、疯跑着，远远离开了既定的路线……

而李保这边，女人的哭叫声愈发变本加厉。

严春被李保怀疑，大感冤枉，安抚道："代办少安毋躁，我们一起去看看。"

机警的光宝早早地发挥了他侦察兵的优势，嘴角的鸡蛋黄还没擦干净，就赶着跑来报告："是土匪，有枪。"

"集合，走！"

光宝，生火的少年，杀狗的年轻女孩，再加上不知从哪里钻出来的两个青年，也是二十来岁的样子，几人着装统一，飞速整队，立时出发。

李保将信将疑，一疑土匪戏码究竟是真是假，二疑这群年纪不大的娃娃兵究竟有几分杀人的能耐。

离营帐不到一里地的位置，十几个凶神恶煞的汉子，正将一支马队团团围住。马背上驮着大米和布匹，马蹄前跪着几个拉祜人，男女老少皆有，是从大集市采买归来的一大家子。

"我们也不贪，金银、马匹、年轻女人留下，其余滚蛋。"

一个刀疤脸男人漫不经心地把玩着火铳，眼角溢出的凶芒，吓得幼童撕心号哭。

李保和工作队赶到的时候，看到的就是这样一幕，标准的土匪打劫。

拉祜中年男人从衣襟里掏出一个荷包，双手举过头顶，献给刀疤脸，强迫自己镇静下来："大哥，我们卖货的钱都在这里，其他金银首饰，我们统统给你，求你放我家人一条生路。"

刀疤脸抬眼一瞥，没有说话，身后站出来个独眼龙，冲上去就把枪抵在拉祜男人的太阳穴上："谁……谁是你大……大哥，老实点，不……不想死就按……按大哥说的做。"

"不要，不要！"

虽然独眼龙说话结结巴巴，毫无气势，甚至有点搞笑，但也不妨碍抱孩子的年轻女人哭叫求饶。

幼童哪见过这般阵仗，号得更厉害了，和女人的声音混杂着，乱成一团。

李保见这帮土匪长得奇形怪状，行事做派也不讲究，与严春一队人对比鲜明，当下也有了自己的判断，只是土匪人多，又有武器和人质，怎么平安救人，这是个难题。

等光宝几人悄悄散开，把土匪像布口袋似的围住，只露出唯一的下山缺口，严春便一枪打得独眼龙跪倒在地，大喊："不想死就别动！"

枪声刚落，刀疤脸本想捞个人挡在身前，光宝的声音从他身后响起来："是你动作快，还是我的枪快？"

刀疤脸只得作罢，僵着身子问："敢问是哪路英雄？倘使相中了这些叶子①，打个商量便是。"

刀疤脸嘴上说得客气，手却不老实，故意转着角度迷惑光宝，想要掏枪。

李保眼睛尖，刀疤脸的动作他看得一清二楚，可惜他的枪还别在马背上，手里只有一把刀，只能干着急。

严春有枪不掏，反其道而行之，敞怀站到高处，悠哉哉道："是下山还

---

① 叶子：土匪黑话，意为肉票。

是下地狱，我数三声，你还有得选。"

四周静悄悄的，就连光宝也隐去了声音。

刀疤脸警觉地睃了一圈，琢磨不出到底有多少人。

"三——"

严春笑眯眯的，直接开始数数。

独眼龙挣扎着爬到刀疤脸旁边，一脸甘愿赴死的表情，像是要出幺蛾子。

刀疤脸捏了捏拳头，有些犹豫。

李保明白严春的打算，持刀冲到严春旁边，故意喘着粗气，营造出一种奔袭的假象，大声说："寨子里来了两百的弟兄，怎么打，听你吩咐！"

"二——"

严春没有回答，直直盯着刀疤脸，笑意更甚。

"重机枪准备！"

光宝的声音又钻出来，四面八方都传出各种枪上膛的声音。

"撤！"

刀疤脸面色大变，手一挥，连忙带着人往山下疯跑，生怕慢一步就会把小命丢在这儿。独眼龙先前被打中要害，又挣扎一番，此时已是一具尸体。

跪在地上的一家子拉祜人，缩着脖子，女人和幼童都呆愣愣的，眼泪鼻涕糊了一脸，都不知道擦一下。

才出龙潭又入虎口，难道真是命数该绝？

拉祜中年男人艰难地咽了咽口水，捡起被血污浸染的荷包，等严春和李保走到面前，高高捧起，干涩地开口："大人，钱财都在这里……"

李保快步上前，将跪在地上的老人、女人一一扶起，才用拉祜话说道："拉祜兄弟，我是李保，自家人。"

中年男人还沉浸在不可置信中，身后的老丈却如蒙大赦，跳将过来，双手铁箍一般扣住李保的胳膊："李保代办，你可是李保代办？"

李保点头应是。

"多谢代办救命！"

老丈泪如雨下，双膝一软就要跪下，被李保及时搀住。

"刚才是些什么人？"李保问。

老丈抹泪摇头："看起来像土匪，但黑话不熟，好几个人身上都有枪伤，恐怕是哪里窜来的兵匪。"

李保警觉，假意亲近地搂住老丈，低声道："大爹，你莫声张，且小心看看我身后这几人，跟那些兵匪有没有相似处？"

老丈也是混过江湖的，当即撇开李保的手，跌跌撞撞栽进严春怀里，嘴巴喊着"大恩大德没齿难忘"，手却一个劲地上下乱扯。

严春不明所以，不一会儿就被老丈扯乱了衣襟，连裤兜都被捭翻了出来，束手无措。

光宝几人陆续现身，也被老丈的动作吸引了全部注意力。只有杀狗女孩掏出手帕，蹲下身给幼童轻柔地擦脸。

"大爹，你别这样，别这样……"

李保连忙上前，把老丈拉到一边。

老丈凑到李保耳旁："穿衣里里外外都很规整，浑身上下半开①都没有一个，只有皂角味，不像抢人的。兵匪身上有缅甸女人檀那卡香粉的味道，这人也没有，应该不是一伙。"

李保黑眼仁一转，心中了然，放开老丈，用正常音量道："孩子受惊了，你们快些回家去吧，好好休息。"

"代办大恩，老爷大恩！"

老丈朝着李保和严春一人鞠了一大躬，张罗一家人牵马离去。

严春听得懂拉祜话，也知道李保不太放心，并未阻拦。光宝等人听不懂拉祜话，但脸上始终洋溢着十足的开心，真诚地为老丈一家脱险而庆幸。

"被我们吓走的土匪，身上有缅甸人的香粉味。"

李保没头没尾地突然说。

---

① 半开：即半开银圆，清政府批准的银铸币中的2号银圆，每两枚抵1号银圆一枚使用。云南解放后，半开银圆仍继续流通使用了一段时间。

"缅甸？"严春蹙眉。

"队长，国民党残部最近频繁出入中缅边境，和境外势力有所勾连，会不会……"光宝推测。

严春闭口不言。

李保倒是听了进去，这消息与他先前了解的局势互为印证，大为可信。一时间，他不禁生出几分惭愧，共产党好心好意救人，却被他无端怀疑，委实冤枉。不论是拉祜族，还是傈僳族，投我以桃，便要报之以李，这是祖辈皆传的处世真心。

"严队长，得空的时候，到寨子里做客吧。"

严春一怔，随即莞尔，神光里迸发出灼热的火星："一定！"

回到营帐，光宝牵来黑马和黄牛，原模原样地交还给李保。

落日残留的长影，染得天际一片血红，绛色霞彩盘踞云霭，给绿莽莽的山林披上淡淡粼光。山顶瞭望，暮色无涯，山腰被层林隐没，暮色便暗淡了。

李保一人一马，外加两头黄牛，一点子黑，一点子黄，如同来时那般，一忽儿现出，一忽儿隐去，渐渐与黑暗相融，与天地缝合。

黄牛在山上吃了太多草，一路反刍。李保端坐马背，任由识途的黑马牵引，也随黄牛一起，细致地咀嚼白日里的诸多讯息。他从严春清亮的眼睛里看出了真诚，可是无端地，他又总想起案板上那条黄黑斑点狗。佤山的各族各寨历来弱小，一茬接一茬的统治者，都将他们捆在案板上随意宰割。这么多年，对外只道抗击时的英勇，谁又想过被欺辱时的无力？倘若就这般信了共产党，他和傈僳寨的命运，会像那条狗一样任人宰割吗？

共产党的真心，到底是什么呢？……

第四日
日归

七日

1

只见太阳呵，
出了又落，落了又出。
只见月亮呵，
胖了又瘦，瘦了又胖。

从太阳那里呵，
飞来一只金丝鸟。
从月亮那里呵，
飞来一只银丝鸟。

太阳和月亮，
是天上的一对。
金鸟和银鸟，
是地上的一双。

　　金鸟展翅飞，

　　飞向山头金竹林。

　　银鸟展翅飞，

　　飞向江边沧竹林。

　　…………

拉祜女人的嗓音幽婉，宛如云层中的闪烁星子，明明灭灭。

这是拉祜族的年歌，曲调本该欢欣喜庆，女人却唱得如丧考妣。

接下来，金鸟和银鸟就该在竹子上啄出十二节，拉祜人由此分清了日月，分清了季节。然而，这一切被粗鲁地打断了。

"晦气！"屈洪斋满不耐烦。

"换，赶紧换！"鑫副官谄媚地指挥着。

拉祜女人的歌声骤然结束，很快，伶人登台，咿咿呀呀的京戏开启。

　　（女）月色虽好，只是四野皆是悲愁之声，令人可惨。只因秦王无道，以致兵戈四起，群雄逐鹿，涂炭生灵，使那些无罪黎民，远别爹娘，抛妻弃子，怎的叫人不恨。正是千古英雄争何事，赢得沙场战伐寒。

　　（众）家中撇得双亲在，妻儿老小依靠谁？

　　（男）十数载恩情爱相亲相倚，眼见得孤与你就要分离。

　　…………

滴答，滴答……

又下雨了，跨过午夜，这已是1951年5月17日的雨了。

两片嘴唇的肉和皮好像被线紧紧缝住，连缝线的伤口都愈合了，若想张嘴，须得先把长拢的皮肉撕开。李保体内有着另一片广袤的西盟山，正熊熊燃着一场烈火，土地被烤得龟裂，没有一丝水的踪迹，而这干涸之地，曾是无数人心中富饶的沃土。流亡的百姓迈着沉重的步伐，每一脚都踏进土地极深处，继而带出一串滚烫的岩浆，将所经之地烫得皮开肉绽。他们在等待一场雨，即使雨会带来无情的冷风，他们也仍旧渴求，然而直到江河断流，庄稼枯黄，直到褐色的荒草长满坟茔，始终没能等到。

飞鸟苦热死，池鱼涸其泥。万人尚流冗，举目唯蒿莱。

雨水轻轻飘在脸上，李保迷蒙地张口接水。他以为他的嘴巴张得足够大了，大到五脏六腑都铺陈在嘴里，齐齐等候雨露的恩泽，可实际上，他的嘴皮一直紧紧粘在一起，根本没有动作，一切只不过是他的臆想而已。奇怪的是，他能清晰地感到湿润气息从毛孔渗进来，催促着黏稠的血液，一股子涌到心脏，发出擂鼓般的嗵嗵声。心脏每搏动一下，皮肤就收紧一寸，挤破头似的争抢那一丁点水汽。

《霸王别姬》的念白声忽远忽近，虞姬和项羽的悲怆，并未被午夜的风雨吹散。李保打了一个寒战，狗肉汤的腥味飘来，令他陡然清醒，但体内旺盛的火焰并未熄灭。躯体的饥饿和干渴，正在炙烤着他。

这是一个湿冷的夜晚，亦是一个苦热的夜晚。

李保没有抬头，他很清楚，头上是一片何等凝重的阴云。眼睛缓缓开阖，他仿佛看到了云层后的月亮，甚至看到了月落之后升起的太阳。想到月亮冷冷的清辉，他艰难地吞咽了一下，似乎喉咙也得到了某种慰藉。再想到太阳，那光芒万丈的太阳，他却觉得悲凉。是呵，他还能再见到太阳吗？……

忽然，嘴皮一阵冰冷，那是陶瓷碗特有的温度。顺着碗沿，一波水浪扑将过来，汹涌地打湿了李保的皮肤和口腔。下意识地，他大口大口吞咽，直到喝光了整碗水，才剧烈呛咳起来。他狼狈极了，眼泪和口水糊在脸上，半点也无李保代办的体面模样。的确，在求生欲面前，什么光鲜都不重要了。

而后，一方棉布手帕覆上来，轻柔地为他擦脸。隔着薄薄的帕子，擦脸之人指腹的温热宛如甘霖，无声地滋润着他。

"娜朵……"

李保忍不住喊了一声。

"娜朵……"

没有人应，李保又喊了一声。

"嗯……"

女人的声音如同露水滴落在竹叶上，清新而尾音绵长，无端叫人心痒。

这声音像极了他的夫人娜朵，像极了。李保闭上眼睛没有再喊，他不敢睁眼，不敢看这女人，连呼吸都放缓了，唯恐他一动作，梦就碎了。

"我们将起程去狩猎，请猎神保佑我们每位猎手平平安安，让各种野兽都出没山林，让我们击中它……"

寨子里的猎头一边用拉祜话诵着祈词，一边不停用菜刀剁砧板。

十八岁的李保安安静静站在一众壮硕的猎手队伍中，显得格外斯文。在此之前，每位猎手都凑了一把半生不熟的烂饭，李保则从家里"偷"来一个鸡蛋，掺杂在锅里煮熟。接着，猎手们将自家供奉猎神用的野兽下颌骨以及所有的猎枪集中摆放到一扇簸箕中，枪口朝里，枪口处放上煮熟的烂饭和一块砧板，由猎头来为猎枪叫魂。

叫魂结束，猎头从锅里舀了几碗烂饭，喂给早已迫不及待的猎犬，然后取出鸡蛋，仔细地占看一番。

"有孔，大吉！"

猎头双手举起鸡蛋，让诸位猎手都能清楚看到，蛋白上分布着弹孔一样的痕迹，预示此次狩猎会有所收获。

李保也兴奋地踮起脚尖，伸长脖子随众人一道大声欢呼起来。

比起其他吃不饱穿不暖的寨子，李保所在的阿佤莱大寨可以算得上比较富裕。因着李保父亲扎拉八的影响，寨子所属的田产不少，做买卖的人也不少，平常并不需要全靠打猎来供应肉食。打猎的目的，更多是为了锻炼猎手的战斗能力，关键时刻能够保卫寨子平安，相当于练兵。

尽管李保从两年前就已经加入了猎手队伍，被当作预备役培养，但大家都很照顾他，从不让他靠近大型野兽，所以他猎到的除了野雀野兔，最大最"凶猛"的也不过是一头慌不择路的小麂子。一腔热血无处释放，委实令他郁闷。

与往常一样，李保背着弩弓和火铳，腰间挎着银刀，一路朝深山进发。猎手们说说笑笑，气氛颇为轻松。偶尔遇到野兔、野鸡、野雀，还不等李保发现，就被带头的猎手一箭射倒，李保只管负责去捡就好。不到半天，每个猎手的背篓里都装进了战利品，大家喜气洋洋，只等回到寨子，家人们便能分到新鲜的肉食。一切正如猎头占卜的那样——顺利，平安，收获颇丰。

"嘘！"

打猎老手扎海突然刹住脚步，抽出火铳，眯缝起一对鹰眼，竖直耳朵听辨周围的动静。李保不由紧张地握住银刀，防止近处蹿出不速之客。

很快，扎海放松神情，收起火铳，吹了声口哨，不一会儿，一头半人来高的马鹿拨开了树丛。一黑一白两条猎犬，一左一右分别咬在野鹿的两只耳朵后面，将野鹿拖拽到扎海面前，直到扎海一刀结果了野鹿的性命，两条猎犬才松开牙齿，邀功似的冲扎海摇尾巴。

"好孩子。"扎海拍拍两条猎犬的脑袋，从背囊里掏了几块碎干粮摊在掌心。

黑狗开心地吃了，白狗却在旁边哼哼唧唧转圈。

扎海一看，了然笑着对大伙道："恐怕猎神又送来好东西咯！"

留下两个人在原地肢解野鹿，剩下的队伍跟在白狗后边，大概走了一里地，便听到山上远远传来活物跑动的声音。扎海没有说话，比画了几个手势，猎手们点点头，自觉分成四拨，往东南西北四个方向散开，准备包抄。

李保跟着扎海一队五六人，逆着风笔直向前，不出意外的话，他们应该是最先接近猎物的队伍。山林里的动物大多知觉灵敏，听到不寻常的声音或是嗅到陌生的气味，都会让它们远远逃遁，除非，动物认为有把握战胜敌人，或者被敌人激怒丧失理智。

"爹——"

"快跑，不要管我！"

"啊呀……"

"娜朵！"

接近目的地时，李保听到一对父女惊恐的叫喊，同时伴着大石头扔在地上的闷响，以及踩断树枝的脆响，似乎正在和什么东西激烈打斗。

李保抽出弓弩就要往前跑，却被扎海按住肩膀。

"狩猎的日子，没有谁会跑来这里。"扎海皱着眉。

"听起来只有一个男人和一个姑娘，救人要紧，叔叔！"李保态度也很坚决。

扎海仍不赞成："现在西盟一片乱麻麻，哪晓得是不是个陷阱。"

其他人习惯听从扎海的指挥，也附和道："为两个生人冒险不值得啊！"

李保明白扎海说得在理，最近几年，黄头发、绿眼睛的外国人上蹿下跳，到处都在闹起义，街上混战的、趁乱抢劫的比比皆是，清政府直隶镇边抚夷厅①自顾不暇，更别说胡作非为的势力又多又杂，哪还有精力管治。此时山上的二人，到底是纯良的老乡，还是披着羊皮的豺狼，他们根本无从判断。

"我去看看。"

李保犹豫片刻，还是决定靠近些一探究竟。在他看来，这一探，若是探到老乡，救人便是顺理成章；若是探到敌人，也可看看他们到底打算做什么坏事。扎海不放心李保孤身一人，只好带人不远不近地跟着。

父女二人打得正酣，动静又是毁天灭地一般大，自然也就察觉不到李保的靠近。

---

① 直隶镇边抚夷厅：清光绪二十年（1894），孟连宣抚司由顺宁府划归直隶镇边抚夷厅，所属上允土把总、下允土千总析出由直隶镇边抚夷厅直辖，今西盟县境属直隶镇边抚夷厅。民国二年（1913），民国政府裁直隶镇边抚夷厅，改设镇边县。

李保把身子藏进灌木丛，两脚一前一后，矮身弓步，做好随时撤退的准备，才慢慢探出脑袋。这一看，他惊呆了，竟是"柔弱父女斗野猪"的大戏！

父亲三四十岁模样，女儿看起来同李保一般大，两人身上、脸上脏兮兮的，衣服也挂得破破烂烂，简直像一对野人。父亲提着一把拉祜刀，一边挑衅野猪，一边不要命地朝山上跑。女儿吓傻了，也不知道逃，拿着一段不知从哪里捡的树枝，正冲着空气左劈右砍。

头猪二熊三老虎，是撵山人最常挂在嘴边的一句话，意思是说，在山里遇到野猪，是比遇到熊和老虎还要倒霉的事。倒不是说野猪比熊和老虎凶猛，而是野猪遇到人后，往往不会像谨慎的熊和老虎那样选择转身，反倒喜欢与人对刚，十分猖狂。再加上野猪生存能力极强，数量远多于其他猛兽，且喜欢成群结队，在山里碰上它们，可谓凶多吉少。

眼前这头野猪，体型比狗熊还大，獠牙又粗又长，跑起来非但不显笨重，反而惊人地灵巧，一跃就能抵得上成年男子三步开外的距离。

女孩父亲故意绕着大树跑，想把野猪引开。野猪一开始还有些耐心，追在后面绕。后来它左追不到、右追不到，气得一声怒吼，直接用獠牙顶折了面前的树，大有"鲁智深倒拔垂杨柳"的气魄。接连顶断两棵树后，野猪减缓步伐，回头用小眼睛盯着女孩，似乎在盘算着什么。

李保见周围无人，抬弩便要射，结果又被扎海伸出手按住了。

"叔叔！"李保心急地叫了一句。

"是野猪，不能冲动。万一周围还有，你一箭过去，全都冲你来了！"扎海也心急。他们人少，猎犬又去引其他人了，倘若惹来一群野猪，他们恐怕要为这对父女陪葬。

女孩听到李保和扎海说话，如同抓到救命稻草，跟跟跄跄跑过来，扑通跪在地上哭求："大人，求求你们，救救我爹！"

扎海不为所动："小姑娘，你们自己激怒了野猪，好自为之。"

女孩绝望的眼泪挂满脸庞，又求李保："这位阿哥，我和我爹是上山来采药的，我妈还等着草药救命呢，求求你们……"

李保猛然注意到，女孩一直在跟他们用拉祜话交流，拉祜话说得如此顺畅自然，以至于根本没人发现，这父女两人到底有什么不对劲。

女孩父亲已经有些脱力了，时不时用树枝去扔野猪，而野猪也只敷衍地追两步，不再用全力，一人一猪形成了奇怪的对峙。

"如果你们不方便出手，能不能借我一把枪，我自己去……"女孩转变策略，眼巴巴盯着李保的火铳。

见李保不应，女孩又道："或者一把弩弓、一把长刀，什么武器都行！"

这一瞬间，李保被女孩的勇敢打动了。危难之际能够保持冷静，既会审时度势，又有血性，愿意为家人冒险，这般好的女孩，倘若不是坏人，命丧此地岂不可惜？

扎海伸出手，第三次按住李保的肩，却被李保坚定拒绝："叔叔，假使他们真是蛇蝎心肠的坏人，过后再杀也不迟。现在面对野猪，不管他们是拉祜人，是汉人，还是其他外族人，都有权利活下来。天神给我们武器，是为了让我们有能力捍卫自己的选择，而不是随意审判人命。现在，我选择救人。"说着，李保将火铳交到女孩手中，他自己则抽出银刀握在手上。

李保说话声音不大，但每个字都像点燃引线的火铳一样，在女孩心里狂轰滥炸。女孩愣愣地捧着火铳，她不敢相信眼前的羸弱少年，竟有这样的魄力全然信任她。然而，正当她还在消化李保说的话，没来得及转身时，陡然一阵天旋地转。再睁眼，她已经与李保调转了位置。李保左手将女孩护在怀中，右手反手持刀，正正地从野猪的眼睛里扎进去，刺穿了野猪脑袋。野猪的一根獠牙刺进了李保的背脊，穿透衣服，鲜血沿着伤口无声涸开。

在女孩此后漫长的一生中，这个画面宛如定格一般，深深铭刻在她的脑海中。李保怀抱里混杂的汗味、血味、泥土味，亦成了她无法挥去的依恋。

这个女孩名叫娜朵。

两个互相欣赏的灵魂相遇了，两颗炽热的真心相爱了。

103

李保至今还记得，在一个月影幢幢的冬夜，二十岁的他抢走了娜朵的包头巾。娜朵便一路追逐，随他去到了竹林深处，葫芦笙和哩嘎嘟①的声音彻夜缠绵。很快，说亲、定情、婚礼，顺理成章。婚礼第一天杀猪烤酒，他端着酒杯，脑袋里满是娜朵的芙蓉面、远山眉、含情目，酒未下肚，人已先醉了。第二天他把布、肉、米、酒送到娜朵家，将娜朵迎回来。小夫妻一同给父母磕了头，拜了家神，再到泉边背了水敬献给长辈，讨了吉祥话。第三天，他跟娜朵回娘家，开始了长达月余的上门生活。拉祜族历来讲求男女平等，结婚以后，若是女方家缺少劳动力，男方至少要从妻居三五年后再另立新户。娜朵家还有两个哥哥，劳力不缺，但李保仍要去住上一段时间帮忙做农活，以报答父母的养育之恩。

娜朵父亲是个纯正的拉祜族，在外做生意时与一个傣族女人相爱了。由于家中反对，二人私订终身，自立门户，生下了娜朵。以李保父亲在寨子中的地位，李保婚后是要同妻子一道掌管家户和村寨的。拉祜族大多为族内通婚，注重血统纯正，娜朵在这样离经叛道的原生家庭长大，会与李保同心同德吗？李保母亲甚是担忧。

幸而李保父亲扎拉八站出来道："我跟随李通明多年，见过的人比勐梭河里的鱼还多，娜朵是个好孩子，你也不是瞧不出来。况且你看清政府的皇帝、国民政府的总统，他们能管偌大江山，难道是因为身子里流着拉祜族的血吗？"

这话令李保非常震惊，他第一次审视起自己的身份来。他一直以为，能够掌管拉祜族的一个寨子，已经是莫大的尊贵了，未曾想在见多识广的父亲口中，竟是如此不值一提。

"一人难挑千斤担，众人能移万座山。星星越多，天空才能越亮。儿子要想做大事，必须懂得这样的道理。西盟地广，民族多，寨子多，人人都能在小天地里争个好汉的名头，但是外敌一来，又显得弱小可欺。何故？分则

---

① 哩嘎嘟：一种五眼竹笛。

弱，合则盛！倘若能把拉祜族、佤族、傈僳族、傣族、汉族都拧成一股绳，谁敢来惹事？我做不到，但我希望我的儿子能为此奋斗。"扎拉八又道。

显然，话题虽在说婚事，其中真义又何止婚事。

新婚之夜，李保执起娜朵的手，目光灼灼："娜朵，总有一天，我会迈出民族大融合的第一步，你愿意跟我一起吗？"

娜朵红着脸"嗯"了一声，羞怯怯似娇花一朵，风一吹，连花蕊都跟着颤。

李保愈发情动，出谷的黄莺啁啾一夜，使他永不能忘怀。

李保常年跟随父亲出入大小场合，神威能奋武，儒雅更知文，机敏而又张弛有度，待人行事谦冲自牧，自然深得人心。新媳妇娜朵极擅长从日常事中拾取人世的道理，身上又兼具了拉祜族的淳朴与傣族的温柔，很快就得到了寨子上下的认可。小夫妻恩恩爱爱，着实让人歆羡。后来，娜朵十月怀胎，诞下一子，可惜生产时伤了身子。自那之后，娜朵变得体弱多病，渐渐不能负担重活，常年居于李保老家阿佤莱大寨。对于儿子，李保寄予厚望。只不过他也明白，每个人都有自己的造化，尤其生逢乱世，平安健康比什么都来得重要，于是并不强求。扎拉八去世后，李保继任父职，成了人人皆知的李保代办，并于民国二十二年（1933）出任澜沧县第七区（西盟）力所乡乡长。

父母尚在人世时，位于力所的土司代办衙署还能称之为"家"。可是后来父母相继离世，娜朵又不便行走，衙署便逐渐成了真正冷冰冰的衙署。李保的孤独，就在朝夕的餐饭间不断滋长，不可否认，这种孤独亦成就了他李保代办的赫赫威名。阿佤莱大寨离衙署并不远，统共也就十余里路，李保心底的牵绊——娜朵，就住在那方宁静中。白日里冷硬杀伐、钩心斗角，夜里回家，娜朵的柔情总能叫他卸下重担，回归最初的自己。

1936年春，中英（缅）在勐梭举行第二次会勘会议，英国意图将西盟多地划归缅甸，李保组织辖区内2000多名群众到勐梭，以"新春同乐会"的名义进行抗议活动。回到家时，李保脸色惨白，肩上不知被谁用刀割了一道三寸长的豁口，流的血把衣衫都浸湿了，十分骇人。

"娜朵，你还愿意跟我一起吗？"

"嗯。"

"我总做这样危险的事，你也愿意吗？"

"一个人如何看待死亡，决定了人活着应该做什么。从第一次见面我就知道，你的性命不只属于你自己，你的心胸里装着太阳，注定要照耀更多的人。只要跟你一起，我什么都愿意。"

娜朵一边抹泪，一边为李保包扎伤口，除了心疼，竟是一句埋怨也没有。

这样好的女人，怎就便宜了他这样的糙人呢？

李保一边在心里感叹，一边替娜朵擦去眼泪。火星子一样烫人的泪水挂在他大拇指上，鬼使神差似的，他把拇指放进嘴里，尝到了又苦又涩的咸味。霎时间，李保如梦初醒：之所以娜朵对他只有爱和温柔，那是因为娜朵足够勇敢和坚强，独自承受了生活的诸多苦涩啊！

两双交握在一起的手，就像多年来并肩同行的李保和娜朵。两双手都不再年轻了，有了斑点，有了褶皱，有了老茧，唯有掌心的温度，多年未曾改变。

恍惚中，李保以为是娜朵正在为他擦脸。擦过眼睛时，他看到娜朵坐在石榴树下缝衣，黑布上雪白的狗牙花像年轮一样绽开；擦过嘴巴时，他正坐在桌前，娜朵捧着最拿手的多依果鸡汤，酸香馥郁，惹人垂涎；擦过耳畔时，他听到娜朵轻轻吟唱着《牡帕密帕》①，悠远之声从远古传来，召唤他的魂灵回归祖地……

就在他的神志溯着《牡帕密帕》，快走到厄莎天神身边时，女人往他嘴里塞了一块软乎乎的馒头。借着口中残留的清水，李保囫囵咽了，回过神

---

① 《牡帕密帕》：拉祜族创世史诗，意为"造天造地"。一般由拉祜族长者在重大族群节庆活动或家庭人生礼仪中吟唱，目的在于向年轻人讲述族群的历史文化。

时，什么滋味也没尝出来，他不禁仔细回想，刚才果真吃了馒头吗？果真不是在做梦吗？

"老爷，老爷，我是玉罕……"

女人小心翼翼摇晃李保，声音和呼吸一样轻。

"醒醒，屈司令要去抓夫人和少爷，天一亮就出发，老爷您拿个主意呀！"

玉罕凑到李保耳边，说话时的热气刮过李保脸颊，带着年轻女人特有的馨香，令人麻酥酥的。

李保此时魂颠梦倒、阴阳不辨，又怎分得清什么是真，什么是幻。

玉罕说得情真意切，李保也焦急得情真意切，巴巴地喊："姑娘，救救我……"

"我一个弱女子，如何闯得出去呀！"玉罕哀戚道。

李保眼中混沌一片，眸子空洞洞如死水一潭，喑哑着嗓子含含糊糊只会重复："救救我，救救我……"

玉罕见状，一咬牙，双手捧起李保的面颊，将自己的嫩脸贴上去，亲昵地与他耳鬓厮磨。

李保能感觉到，一块暖烘烘的凝脂在脸上摩挲，向他体内传递着久违的悸动，情难自已时，他又喊："娜朵……"

"老爷，救救我，救救我……"玉罕有意无意贴到李保脖颈处，可怜兮兮地求着，带着哭泣前的鼻音。

"娜朵，别哭，别怕，我这就来救你。"李保贪恋地将头倚靠在玉罕耳边。

"老爷，你知道该怎么做的，对吗？"

玉罕说话时，声音像退潮时绵延的水浪，一浪叠一浪地拖拽着李保，将他向最深的洋流中引去。

"我不知道，娜朵，我不知道……"

李保想不到办法，立时呼吸一窒，好像真的快要溺亡那般，撕心裂肺地吸喘起来。

"别急，别急！"玉罕慌忙拍抚着李保的胸口，唯恐他昏死过去，"老爷，我们一起在《反共抗俄声明书》上签字吧，好不好？"

"不行，娜朵，你时常跟我说，不能背信弃义。"李保回过劲，居然清清楚楚地说了一句整话。

"我们假装签字就好了，他说的你都先答应下来，你骗骗他，好不好？"玉罕接着说，像哄孩子一样一点一点引诱，"不然，我会死的，我会死的……"

说到这里，玉罕嘤嘤哭了起来，哭声不似演戏，处处透着人到绝路时的无助。

"屈……坏……信不得……"李保心疼极了，可是他的舌头僵住了，不足以支撑他说完一句话。

"老爷，你不管娜朵了吗？你们的儿子你也不要了吗？他们母子的命，你都不顾了吗？"玉罕声声泣血。

"我……我……我……"

李保张着嘴，心里泉涌着的话，全部堵在嗓子眼，明明才喝了水，嗓子却干得什么都说不出。他瞪着眼睛，想再看一眼娜朵。可是无论他怎么挣扎，心中的倩影仍旧不断溃散，倏地一下，黑夜更黑了……

2

1950年6月，力所乡土司代办衙署。

一盘小红尾巴鱼，一碗猪骨汤，一碟酸竹笋，一簸箕紫米粑粑，偌大的桌上就放着这些简单的吃食。猪骨汤上的油脂凝成雪霜似的一层，其他食物也早已凉透了。

主位上坐着一个六十来岁的女人，雅海志忐忑不安地站在一侧，大气都不敢出。偌大的正厅里，就只有他们两个人。

风顺着门缝钻进来，呼呼地四处飘荡，每每撞到窗户上，就发出令人牙酸的咯吱声。

女人黑衣黑裤黑包头，黑色的木拐杖靠在腿边，还有一对漆黑的瞳仁如同寒潭，冷冷地望着门口。

雅海不敢看女人身上的黑，只敢将视线停留在她衣襟镶嵌的银泡上，强迫自己守住理智，不要胡思乱想。

"几时了？"女人突然开口。

"夫人，丑时了。"雅海脱口而出。

女人又恢复到先前的状态，像一尊没有生命的雕塑，静静坐着，连姿势都不曾变。

雅海拿来一床薄毯，轻轻盖在女人腿上，关切道："夫人，我把饭菜再热一回吧？"

女人摇摇头，一句话也不说。

雅海很气馁，他长这么大，最不擅长的事就是劝解女人了。倘若面前不吃饭的人是李保，他只要撒泼打滚哭闹一番，李保肯定就把一桌子饭菜吃得干干净净，然后笑着骂他几句。可这人是娜朵夫人，是李保捧在手心都怕化了的女人，他怎么能把眼泪掉在夫人面前呢？

想到李保早上一个人去找共产党，至今生死未卜，雅海心里就像有几十只野猫在挠，令他坐也不是，站也不是。于是他不得不佩服，常年病弱的娜朵夫人，竟能直挺挺地坐上五六个时辰，像一截木头桩子，不吃不喝，也不说话。

中午时分，娜朵刚吃过午饭，便听人说李保孤身犯险，连后事都交代好了，她差点一口气没上来。她从来都不是只懂穿衣吃饭的小女人。这么些年，李保不管做什么，都会提前知会她，不叫她担心。这次却闷声去做，行踪都不让她知晓，难道真是鱼游沸鼎，再也回不来了么？

庭外的月亮如同一叶扁舟，在翻涌的云雾里浮浮沉沉，而娜朵僵直的躯壳中，每一根神经都在乘风破浪。

就在她眼睛干涩，看雅海都产生了重影时，熟悉的脚步声响了起来，是李保回来了！

"娜朵。"

李保满身疲惫，不敢相信娜朵竟坐在这里等他。

娜朵骤然起立，想要去迎，但因久未活动，身体不听使唤，又跌坐回去，吓得李保飞扑过去，一把将娜朵抱住。

"怎么不去屋里等？手这么凉，明天又该发烧了。"

李保握着娜朵的手哈气，略带责备。

娜朵仔仔细细打量了李保，确定他没有受伤，才问道："共产党怎么说？"

雅海也很关切，这个问题他从李保进门的第一步就想问了，可娜朵夫人在跟前，他不好意思表现得太过咋呼。

"说是想邀请我去北京参加新中国的国庆观礼，别的什么也没有。"李保斟酌片刻，把消化了一路的讯息总结成一句话。

"送给各寨子的盐巴大米呢，又是怎么回事？"娜朵又把雅海关心的另一个问题问了。

"共产党说要跟我们交朋友，白送我们的。"李保又答。

这个答案，实在出人意料。假如李保说共产党要奴隶、要土地、要钱财，娜朵都会觉得再正常不过，可偏偏一句"白送"，让她难以接受。

别说娜朵和雅海想不明白，李保在马背上颠簸一路，也只能隐隐察觉，共产党恐怕真是在下一盘大棋。

"先不说这个，你该休息了。明天召集各寨头人再议吧。"

说着，李保搀娜朵进了里屋，雅海则连夜通知头人去了。

第二天一大早，头人们便闹嚷嚷地齐聚议事厅。李保平安回来，头人们大喜过望，但同时李保带回的消息，又让他们寝食不安。

裴阿欠眼袋乌青发肿，像是挂了一对小核桃，一看就是整夜未眠。和他状态截然相反的是普似夺，神采奕奕，仿佛在等着宣布什么喜事。枝花扒揪着自己的山羊胡，也不知在想些什么。一屋子头人大抵也就分成这三类。

"代办，夫人。"

李保和娜朵携手进来时，裴阿欠心焦地作了个揖，等不及地说："如何是好，如何是好呀？共产党现在真打算把整个西盟都走个遍，那可不是要把西盟的天翻过来呀！"

李保不慌不忙，把娜朵扶到一旁坐定，才又投一颗大炸弹："西盟的天已经翻了，当务之急，是议议去北京的事，早做打算。"

"北京？共产党要代办去北京做什么？"普似夺很感兴趣。

"国民政府倒台了，共产党的新国都就在北京，叫代办前去，定是新皇帝的旨意！"李保还没回答，裴阿欠就抢着说，一副恨铁不成钢的样子，"老弟啊，你再这样落伍怎么行！"

昨天从衙署回家，裴阿欠就差人出去详细打听了一番，他经营一辈子，自然是有不少渠道和人脉。哪曾想，这一打听，委实让他心惊胆战，李保不仅没有说假，就连判断也十分准确。共产党的势力早就进了西盟，与国民党也不知发生过多少次冲突，国民党却把消息捂得严严实实，营造出一种风平波息的假象。平日他不关注，偶尔听人提起，总觉得是土匪恶霸太嚣张、太贪婪，才导致世道不太平；谁知暗流之下，国家竟都改朝换代了！他也不是傻的，倘使国民政府全部败走，共产党顺顺利利掌权，他们的日子大约不会太动荡。怕就怕双方势力胶着，都把吃喝拉撒的账算在他们头上，那就真是泼天大祸了！

"好端端去北京干吗？国民党也没让代办去过南京啊，共产党真是奇哉怪哉。"普似夺终于不再吊儿郎当，开始真的把这事放在心上，"土司大老爷都没去过北京，更别说见皇帝了，我们掺和什么呢？要我说，还是好好待在山里，免得中了汉人的奸计，被扣作人质，才是大事不妙！"

裴阿欠不住地点头，对普似夺露出"孺子可教"的赞许表情，接着道：

"那些盐巴和大米，就照我之前说的，全都扔掉。我们傈僳人世代以勤劳为本，从不抱幻想，不相信送来的东西能白吃，宁愿饿死，也不让共产党有机可乘！"

"共产党的大头人名叫毛泽东，他们称主席，不称皇帝，也不称总统。"李保捏了捏眉心，头疼不已，适时打断越扯越远的话题，又见枝花扒一直不说话，于是道，"枝花扒，你来讲讲。"

枝花扒想了想才问："代办，依您看来，严春此人如何？"

"说话行事光明磊落，是条汉子。"李保言简意赅。

"争地的时候有人放暗枪，您愿意信他，还是信高强武？"枝花扒又问。

李保细细回忆了一下，发现除了无故示好这一桩外，严春身上并没有任何令他忌惮的气场；恰恰相反，严春行事时的坦诚、真挚、机敏，都令他很是欣赏。因此他遵从本心，答："信他。"

枝花扒点点头："我明白了。"之后不再言语。

裴阿欠和普似夺听得云里雾里，大眼瞪小眼不知怎么接话。

李保听懂了枝花扒的言下之意，若有所思，严春值得信任没错，他也不是不敢接受邀请去北京，问题在于，他不是无牵无挂的一个人。

娜朵看到李保右手轻轻抚着银刀，便知他内心正在纠结。微微叹口气，她拄着拐杖站了起来，向各位头人鞠了一躬："各位，我一介妇人，原本不该插手，但李保不仅仅是你们的代办，也是我的丈夫，我比你们更不希望他天天在刀山火海里走，还请容我劝上一劝。"

"夫人，该劝，该劝哪！"裴阿欠双手一伸，巴不得娜朵再泼辣些，揪住李保的耳朵，把这个总想冒险的代办给拎起来。

其他头人见裴阿欠这样的老长辈都同意了，自然没有意见。

娜朵感激一笑，转向李保道："雨露不滋无本草，洪涝旱污皆有因。天干的时候想要水来救命，可水太大了，也是会淹死人的。近年来国民政府贪腐无能、鱼肉百姓，你一直希望变一变，可这共产党红汉人无缘无故对我们好，真的只为让你去见他们的大头人？"

李保还没有反应，枝花扒却已经激动难耐。听听，夫人居然说，李保代办也渴望改变，李保代办也是愿意搏一搏的！多好啊，如果好事成真，再不给国民政府横征暴敛的机会，他的寨子就有救了啊！

果然，李保踌躇片晌，似有抉择："我们能做的，就是顺应大势。洪水已经来了，躲是没有用的。丢掉盐巴大米，共产党就会离开西盟吗？目前紧要的，是得看看这股水，到底能浇透多少旱地。"

娜朵轻轻走到李保身边，与他并肩而立，如同悬崖边两株倔强生长的劲松。她面上泛着生病发烧的潮红，拄着拐杖的手也因脱力而微微颤抖，不过，一切都不影响她把脊背挺得笔直，表露出与君同行的决心。

"枝花扒，我记得你在班箐大寨有个干亲。"李保又点了枝花扒的名。

"是，名叫三木俄，以前碰巧救过他，就拜了我做干爹。他在拉勐的护卫队里，很得倚重。"枝花扒不明就里，只简单介绍几句。

"我托你一件事，干系重大。"李保肃容道。

枝花扒受宠若惊，连连摆手："不敢不敢，代办尽管吩咐。"

"最近几天，严春估计会去拜访拉勐。我想请你知会三木俄，把他们见面时说了什么、做了什么、拉勐对去北京一事是什么反应，都记下来说给你。"

"这……"枝花扒有些为难，这不是叫三木俄当细作吗？

李保看出枝花扒的顾虑，开解道："此事无关佤寨机密，不会让他难做。我相信你能让他明白，在外人面前，我们西盟各族才是真兄弟。"

枝花扒这才拱手承诺："定不负代办所托。"

就在枝花扒转身准备离开时，娜朵忽然开口："我听雅海说，共产党里可是有杀狗都不眨眼的女人，这帮人品性如何，还劳烦你再打探一二。"

差点忘了这茬！李保赞许地看向娜朵。

枝花扒点了头，突然觉得，自己正肩负着傈傈寨的兴亡大任。

113

几日后，班箐中课大寨。

天才蒙蒙亮，妮轰就被拉勐催促着起床了。简单吃过早饭，带上干粮和农具，父女二人出了门。

一路上，拉勐喜滋滋地哼着小曲，眉眼间尽是笑意。

"爹，你在高兴什么？"

妮轰还有些困，提不起什么精神，但她也想像父亲一样高兴起来。

"出门时听到小雀叫，说我们今天只要好好干，年底收成还是一样好！"

往年这个时节，旱谷地的杂草早该除净。今年总是这样事那样事，忙得脚不沾地，挤着时间也才去除过一次草，拉勐一直担心收成会受影响。清晨起床，天还阴沉沉的，一副要下雨的样子，临到出门，小雀一叫，居然云开雾散，阳光大好。人逢喜事，自然是神清气爽。

妮轰听到收成好，立刻被勾出了馋虫，想到小红米香喷喷的滋味，要是再配一杯清甜的小红米酒，那就更是神仙日子呀！

拉勐见妮轰笑得眼睛弯成一对小月牙，更加欢喜："我的小妮轰又勤快，又漂亮，也不知将来要便宜哪个臭小子。"

妮轰不通情事，并未理解拉勐的感叹，只晓得父亲又夸她了。她一边嘿嘿笑，一边把手钻到拉勐口袋里掏出两块槟榔，一块喂给自己，一块喂给拉勐。

"妮轰喂的槟榔，比蜂蜜还甜，哈哈！"

拉勐大手一张，把妮轰捞到臂弯中搂住。父女二人说说笑笑，不知不觉就到了旱谷地。

亚热带的6月，总是比别的地方要热情得多。农活没干多久，太阳就已经像个火球，号令浩浩荡荡的热气从天上、从地里朝人扑着。

佤族不论头人还是平民，都有下地的习惯，拉勐汗流浃背的时候，周围的田地里也聚集了不少干活的人。妮轰利落收拾完一块地，就迫不及待脱光衣服和玩伴戏水去了。

沟渠里的水被太阳照得温热热的，泼在晒得滚烫的皮肤上，是那样的舒服。拉勐揩汗时，正好瞥见身上洒满粼粼水光的妮轰，活像一条自由自在的黑鲤鱼。不甘落后的风则把妮轰的笑声吹过来，在拉勐耳朵里痒痒地挠着，令他眸色深了几许，这一刻，他不再是威震四方的大头人，只是一个普普通通的父亲。

妮轰感应到父亲投来的视线，连忙把缠满青苔的手背到身后，藏好调皮的证据，与拉勐相视一笑。然而笑着笑着，两人的表情渐渐凝固了。妮轰知道，拉勐心里想的，一定是她所想的——他们都在思念岩三布龙。上回除草，妮轰也这样闹，岩三布龙在她屁股后面亦步亦趋。岩三布龙不及她灵活，踩到青苔呲溜一下滑进深水潭里，呛得脸像熟虾子一样红，惹得大家笑了好一阵。

拉勐感到手里的镰刀变得千斤重，正如他此刻的心情。可爱的岩三布龙，可怜的岩三布龙，送到山上这么多天，他的肉身是否已经归于尘土，他的魂灵是否已经回到祖地？

落日熔金，暮云合璧，父女二人快快归家。

"怎么这样累？"叶哼见二人满脸倦容，关切问道。

拉勐摇摇头，妮轰也摇摇头。

娜蓝什么也不问，默默在火塘上煮好茶递过去。

拉勐深深喝了一大口，呼地吐出满腔浊气，进屋时的疲惫一扫而空。

"拉勐，拉勐！"

拉勐屁股还没坐热，就听三木俄在外面喊。

"那两个人又来了。"三木俄匆匆进来，递过一支黑不溜秋的佤笛，"让我把这个给你。"

拉勐一把抓住佤笛，看到笛子尾部刻着歪歪扭扭的"拉勐"二字，不禁激动地站起来："尹溯涛，是我尹溯涛兄弟回来了！"

拉勐说着，就准备冲出寨门去迎，却被三木俄拦住："拉勐，尹先生我认得，门外只有那两个人，没有尹先生呀！"

急急刹住脚步，拉勐转过头问："就只有两个人？"

三木俄点头："弟兄们都搜过了，还跟上次一样，只带着两杆枪，已经缴了。另外牵着两匹骡子，驮了不少粮食。"

拉勐想了想，仍然吩咐："带他们过来，我倒要看看葫芦里卖的什么药。你布置好护卫队，今天值夜人手加倍。"

三木俄应声离去。

不多时，门口就出现了一男一女。两个人走路的姿势很齐整，摆臂和步距都很均匀，显然是受过长期训练，又穿着一样的草黄绿色衣服，头戴红五星帽，任谁都看得出，他们不可能是普通百姓。

木香咧嘴露出一排白牙齿，笑眯眯地用佤话打招呼："拉勐，你好，又来拜访了。"

严春更沉稳，主动上前一步，伸出右手，眼睛亮闪闪地看着拉勐，也说佤话："这次是给你们送点大米来。"

拉勐捏着佤笛，望着严春怔愣片刻，倏地露出笑，心不在焉地说了句："佤话确实说得很地道，请坐。"

娜蓝和叶哼重新添水煮了新茶，倒给严春和木香，然后安安静静坐在火塘边。

拉勐虽然性子急，但他很懂得分寸，知道什么话该对什么人说。尹溯涛是他结拜的过命兄弟，十多年情谊经得起考验，而这个严春，即便拿来尹溯涛的佤笛，也不见得就是好人。上次严春和木香来访，才到寨门口，就碰到他从外面回来，问有什么事，说是想请他去北京见见毛主席，再到处去看一看，好不容易打发走，今天居然又来。

"好茶。"

严春知道拉勐有戒心，不疾不徐地喝了口茶，兀自讲起故事来："尹大哥这个人，对兄弟历来没得说，见识广、讲义气、人缘好。好几次跟敌特分子冲突，要不是有他里应外合，我可能早就死了。这支笛子，我听他讲过，是跟他穿一条裤子的人送他的。"

拉勐神色不变，攥紧的手却出卖了他内心的紧张。

"上面的字，是送他佤笛的好兄弟亲手刻的。为了刻这两个字，不懂汉字的好兄弟特意学了一个月，最后虽然刻得深一画浅一画，但是情意比黄金还贵重。"

"你是共产党，怎么会跟我兄弟扯上关系？"拉勐终于忍不住直视严春。

严春从口袋里掏出一张黑白照片，递给拉勐。照片上，尹溯涛和严春穿着一样的军装，并肩站在队伍里。

"这……"

拉勐无法理解，他的好兄弟尹溯涛，什么时候也变成了个共产党。再看严春时，拉勐不由怔愣：严春的鼻梁又高挺又端正，目光又清澈又温和，跟他印象中的尹溯涛如出一辙。不得不承认，他的心防已然松动了。佤笛这样的微末小事，尹溯涛只会对朋友讲，不可能对敌人说；因为于敌人而言，实在太没有价值。

"我不管你跟他是什么关系，北京我是不会去的，我老了，没有那个精力东奔西走。阿爸死前交代我，要好好守着寨子。我若离开，阿爸不会答应，龙摩爷①圣地的神灵也会发怒的。"拉勐心有些乱，只想趁着还有理智残存，赶紧将拒绝的话说出口。

严春好脾气地开解他："去北京的时间不会很长，包括到各地参观的安排，满打满算也就三四个月。你出去增长了见识，学习了先进的经验，回来也能更好地领导生产嘛！"

这些理由说服不了拉勐，因此他固执地摇头："我们阿佤人做活，只用把树砍倒，放一把火，撒出来的旱谷就会比人高了，哪用得着什么先进经验。"

严春还要劝，却被蹿出来的妮轰打断。

---

① 龙摩爷：佤语，意为圣地，相传是众神灵的聚集地。

妮轰像护崽的母鸡一样拦在拉勐面前，怒目瞪视严春："我爹都说不去了，你怎么听不懂呢？你们共产党红汉人，就是想把我爹哄到半路杀人灭迹，然后回来霸占我们的田地和房产，把我们变成奴隶苦工。"

木香傻眼了："阿妹，你听哪个说的？"

"高县长的秘书在背地里讨论，被我不小心听见的。还说你们共产党就是共产……共妻……"妮轰梗着脖子，心虚地眨眨眼，"哼——"

她偷听别人说话是不对，但她要是没听到，说不准父亲就会上了红汉人的当。

严春和木香对望一眼，哈哈笑起来。

"笑什么？那么多男人睡一个媳妇，真不害臊！"妮轰大为不满。

"那是高强武他们造的谣，不然你一个小姑娘，怎么这么巧就听到了？"木香耐心地解释，"新中国虽然成立了将近一年，但西盟地区国民党残存势力还有不少，他们当然希望我们对立起来。水越浑，他们才越容易摸鱼嘛。"

拉勐被妮轰一打岔，已经冷静不少。他拨开妮轰，严肃而又直白地说："严队长，实话告诉你，我信得过尹溯涛，也愿意今后跟你打交道，可我信不过共产党红汉人。高强武有几斤几两我太清楚不过，他是没有本事跟我们共产共妻的。但对共产党，我是'老鼠钻到烟囱里——两眼一抹黑'，什么都不了解。换作你，我相信你也会跟我一样选。"

严春也收敛了笑容，月辉似的瞳光中流露出一丝哀恸，他沉声问道："如果我告诉你，尹溯涛大哥就是被国民党杀死的呢？"

"什么？！"

拉勐瞳孔剧震。

此时拉勐家门口，三木俄正带领几个护卫队的兄弟交叉巡逻。

"打起精神来，耳朵都竖直点！"

"是！"

　　三木俄的魂都快钻到拉勐家了，他不单是为了枝花扒的嘱咐，更是为了佤寨的安危。如果严春是个披着羊皮的狼，胆敢威胁到寨子，他一定第一个冲上去，砍掉恶狼的头颅。

　　到了后半夜，拉勐安排严春和木香宿在客房，然而拉勐屋里，煮茶时土罐和三角铁碰撞的声音，整夜频繁响起，俨然成了佤寨的安魂曲。

　　第二天，太阳刚刚照到晒台的时候，娜蓝就带着梳洗精神的严春和木香走进屋子。

　　跪坐在火塘边的叶哼正在不紧不慢地分餐，见客人进门，抬头甜甜地笑："请，请坐。"

　　拉勐双眼布满了蛛网似的红血丝，眼皮也肿得像两条蚕蛹，手里端着烟杆，吧嗒吧嗒一个劲抽草烟，出于礼貌，也招呼一声："吃点烂饭吧。原谅我，实在没有心情跟你们说笑。"

　　严春和木香接过叶哼递来的碗，安静地咀嚼、吞咽。宽慰的话昨夜已说过，尹溯涛被敌人诱骗残杀的事也详细讲了，对于好同志的牺牲，他们一样痛心。拉勐把尹溯涛当成亲人一样的存在，亲人遭逢不幸，委实透骨酸心。

　　"抱桶水酒来。"拉勐一下子打起精神坐正。

　　娜蓝闻声而动，两条修长的手臂环抱一个三四十斤重的木酒桶，鹰拿燕雀一般，毫不费力地放到地上。

　　严春见状，被眼前又黑又瘦的佤族女人骇得直吸气。

　　拉勐接过叶哼递上的竹筒杯，单手拎起酒桶，滴酒未洒地倒满，用手蘸了一滴，向旁边弹一下，意为敬献鬼神，然后自己喝了一口，随即尽数倾泼在地。

　　"尹兄弟，今天我们哥几个，好好喝一顿。这杯先敬你！"

　　然后，又重复刚才的动作，再倒一杯酒，自己先喝一口，表示酒中无毒，再双手递给严春说："昂！"

　　常年行走各寨，严春不会不知道拉勐的意思，"昂"给谁，就是给谁敬酒。被敬之人须喝得一滴不剩，再"昂"给下一个人，用同一只杯子一直循环往复，直到把水酒喝完。不，确切地说，佤族的水酒根本喝不完，因为佤族人习惯一边喝一边往酒桶里加水，浓酒变水酒，水酒最后变清水，直到尽兴，方才止歇。

"拉勐……"木香越过严春，似乎想说什么，却被严春轻轻碰了碰胳膊，只好尴尬一笑，假装无事发生。

"什么？"拉勐不解。

严春接过拉勐手中的水酒，温声道："我觍着脸，也跟尹大哥一起，叫你一声拉勐大哥。这杯酒，是我们兄弟间的第一杯酒，必须要喝！"言毕仰头豪饮，爽快又干脆。

"好！好！好！"拉勐大笑着用力拍打严春肩膀，笑得眼泪都出来了，"难得有你这样爽快的汉人，不愧是我尹溯涛兄弟的兄弟！"

拉勐说得拗口，心意却是剖开的芭蕉芯一般赤裸火热。眼泪像断线的珠子，拉勐擦掉一颗，又掉一颗，怎么擦都擦不干净。

"见笑了，见笑了……"拉勐勉强咧着嘴，又哭又笑地望着严春。

严春被拉勐的酸楚感染，渐渐红了眼眶，情难自抑地握住拉勐的手。拉勐热烈地回握，另一只手不停倒酒。

"大哥，你这个袜子……真好看，嗝！"严春打着酒嗝，脸上带了几分傻气。

拉勐一低头，才知道严春在说什么。他穿着的红白条纹袜子其实破了个大洞，只能像个套子似的箍在脚脖子上，一只高一只低，随性得不得了，与他通身打扮也格格不入。

"妮轰丫头不知在哪捡到的，拿回来孝敬我，好看是好看，就是不热乎。"拉勐笑着摇头，丝毫不在意破袜子，反而对妮轰的"孝敬"十分受用。

一开始，严春还能看清楚拉勐兴致高昂地连说带比画，慢慢地，视线越来越模糊，眼前的一切都在旋转，人影也变得层层叠叠，最后眼前一黑，什么也不知道了。

严春恢复意识的时候，屋里光线昏暗，一个漂亮的佤族女人正在为他打扇。见他醒来，女人高兴地扶他起身，用黄莺似的声音问："长官，你洗不洗脸？"

严春晕乎乎的，摇摇头，但女人还是打来一盆水，放在他面前："拉勐说汉人都爱干净，睡觉起来喜欢洗脸，你如果不好意思，我在外面等你。"说着跑了出去，并贴心地关上门。

真是……严春哭笑不得，但看到水盆里自己疲惫的倒影时，又立刻觉得，拉勐的一番好意不应浪费，于是抄起水随意扑在脸上。洗完脸后，酒劲褪去不少，人也清醒许多。

打开门，天色已然漆黑。女人果然站在门口好好等着，将他往拉勐家引："拉勐抓了好东西招待你。"

又来到拉勐家，不一样的是，这次拉勐亲自到门口迎客了。

"严兄弟，你这个人，不会喝酒也不说一声，一头栽下来，把哥哥我吓死咯！"

拉勐紧紧搂住严春，生怕他随时会倒地一样小心呵护着。

"丢丑丢到大哥家，我简直没脸见人了。"严春臊得脸红，一个劲赔不是。

"自家人，不要见外。酒量差，心坦诚，我是喜欢得很！"拉勐像大部分佤族汉子一样认死理，喝酒能喝到一处去的，才能成为好兄弟。

"大哥，怎么不见木香？"

拉勐听到木香的名字，竟然更起劲，竖起大拇指道："说有事回去一趟，晚点再来，估计快到了。木香阿妹厉害啊，我说肩膀疼，她随便拿针给我扎几下，就这样，这样扎……"拉勐一边说一边用手指在严春背上戳来戳去，演示给他看。

严春被戳得发痒，忍不住笑着扭起来，越扭拉勐越开心，两个人像孩童似的边笑边闹。

"来来来，请你吃好东西！"

拉勐把严春拉到火塘边坐下，从角落里拎出一只野鸡，掏出腰间的小刀，在野鸡脖子上狠狠拉了一下，野鸡扑棱扑棱翅膀，很快血流干就不动了；又在野鸡肚子上划一刀，将五脏六腑一把掏出来扔在娜菈的手里，让娜菈拿去煮烂饭；最后把准备好的两根竹棍子插进野鸡腹腔内，绷开直接放在火上烧。鸡毛连同鸡血，被火烤得又糊又呛。

　　严春咕地吞了口口水，违心地夸赞："真是……原生态啊……"

　　"哈哈哈，新鲜得很，刚抓回来的，蘸这个吃，香！"

　　拉勐递给严春一个盛着盐巴和辣椒的木碗，手上沾着黏糊糊的野鸡血和野鸡毛。

　　见严春看过来，拉勐不在意地搓搓手，伸到鼻子面前闻一闻："香！"

　　再眨眼，严春碗里就多了一只半生不熟的野鸡腿。拉勐自己也拿了一只，裹上盐巴辣椒，放进嘴里连同骨头一起嘎嘣嘎嘣嚼起来。

　　野鸡腿上毛桩子一茬一茬的，肉里隐隐透着血水，实在难以下口，但若不吃，好不容易能跟拉勐称兄道弟，恐怕又会一朝回到解放前。严春心一横，硬着头皮咬了下去，生肉的血腥味让他几欲呕吐，可为了不让拉勐失望，他囫囵吞下肚，再大口大口喝茶，尽力不让自己失态。忙着跟食物作斗争的他没有发现，在他闭眼吃肉的时候，拉勐正鼓着眼睛悄悄观察他。

　　"再来个翅膀？"拉勐故意问。

　　严春涨红了脸，连连摆手："饱了，饱了，谢谢大哥。"

　　"哈哈哈，不逗你了。"拉勐知道严春吃不惯，但他感觉得到，严春没有因为他的"野蛮粗鲁"看不起他，反而带着拒绝他好意的抱歉，这让他心里舒坦极了，愈发喜爱严春这个汉家小兄弟。

　　"服侍你起床的丫头，好不好看？"拉勐挤眉弄眼地看着严春，满是兴奋。

　　严春不明就里，点点头客气道："好看。"

　　"唔……"拉勐摸着下巴，"睡觉的时候我让她去找你，不够的话跟大哥说，再给你找几个。"

"噗——咳咳咳——"严春受到了惊吓，满口嚼碎的肉都喷了出来。饶是他再迟钝，此时也听懂了，这是要把人送到他床上呢！一个不够，还多来几个，这叫什么事嘛？

"大哥，大哥，我不要，我不要！"严春生怕拉勐听不懂，一连重复几遍。

"一个不够？"拉勐有些不高兴，以为严春真是那等贪得无厌之人。

"一个都不要！"严春慌忙摇手，继而严肃道，"我们共产党员不搞这一套！不，不仅是我，大哥，你也要有这个意识，人不是货物，不能这样送来送去！"

严春知道，边疆少数民族地区往往尊卑森严，奴隶伢子的命，不比一只牲口值钱。大头人要送出几个女人，简直是再正常不过的事，想让拉勐转变观念，一朝一夕显然不够。

拉勐将信将疑。以前国民党来，都是晚上睡几个女人，白天再带走几个，不给还不高兴。严春这个共产党，怎就如此不同？

"爹！"

就在拉勐打量严春时，一个恍惚，似乎听到岩三布龙的声音。他是酒醉了吗？不对，他晚上还没喝酒呢！

"爹！"

岩三布龙的声音又叫他。他这才注意到，岩三布龙真的站在门口，笑嘻嘻地看着他。

拉勐使劲揉了下眼睛，"咚"地一跃三丈高，抓起刀大吼："哪里来的鬼，竟敢变成岩三？"

"岩三！"妮轰胆子大，激动地跳出来，一把抱住岩三布龙，上下左右抓捏一番，喜出望外地看向拉勐，"爹，是活的，是活的！"

叶哼站在墙角静静抹泪，娜菡的手止不住发抖，想伸向岩三，又有些胆怯。

岩三布龙乖巧地钻进娜菡的怀里，声音闷闷地从娜菡的衣襟里传出来：

"阿妈，我好想你。"

娜蕊眼泛泪花，拍着岩三布龙的脑袋，什么话也说不出。

拉勐仍不敢相信，岩三布龙怎么可能还活着？

木香带着岩火龙从门外进来，看到屋里几人的表情，也能猜到个八九成。

"拉勐，是解放军把岩三救活的，是木香姐把岩三从鬼那里抢回来的。"岩火龙压抑着兴奋，早已等不及替木香邀功。

"不是鬼，岩三只是生病了，叫疟疾，吃药打针就能治好。"木香无奈地瞥一眼岩火龙，重新解释。

"阿妹，阿妹……"拉勐抓着岩三布龙的手，嘴里却在喊木香，他不由得想到了尹溯涛，压抑许久的悲伤使他忍不住失声痛哭，"阿妹，你能不能，把我尹溯涛兄弟也治好啊？……"

力所乡土司代办衙署。

"冷……"

娜朵缩在床上，双目紧闭，两腮潮红，满头大汗，已经盖了四床被子，还是喊冷。

"炭火再烧旺些！"

李保拿着毛巾，不停为娜朵擦汗，雅海则蹲在炭盆边，一刻不停地扇着，只想把火燃得更旺，烧得更烫。屋里实在太热了，两人的衣服被汗水浸湿，黏嗒嗒贴在背上，让人难受。

自从那夜李保回来，娜朵就一病不起，发热畏寒，乏力少气，咳喘不息。白天尚能清醒着吃些软食，到了晚上，那是彻夜不能安睡，少不了人守在床前。李保不放心丫头婆子，样样亲力亲为，没几日，便连带着李保脸上都带了病色。

"老爷，我求你，去睡一睡吧，我会好好守着的。"

雅海抹掉脸上的汗，轻声求道。

李保摇摇头，心痛不已："我真是糊涂了，要不是我，娜朵怎会病得这样重？……"

"热……冷……"娜朵一边说胡话，一边试图把被子掀开。

"好娜朵，发发汗，你得把汗发出来。"李保柔声哄着。

"是我的错，我没照顾好夫人，我见夫人那样坐着，真以为夫人是个钢筋铁骨的……"雅海急得快哭了，他是打心里自责。李保信任他，叫他别让夫人担心，他却连哪里传出去的消息都不知。夫人亲自来衙署等了一天，他也没本事让夫人咽下一口热饭，真是该死！

"笃笃笃——"

这么晚，又是什么事？

"代办，是我，枝花扒，有三木俄的新消息。"

李保看了看雅海，用眼神交代他好好看顾娜朵，而后打开一小条门缝，侧身出去又迅速关上，唯恐凉风钻进来惊扰了室内的人。

这一日，拉勐无事可忙，坐在晒台上抽烟，白蒙蒙的烟圈从他鼻孔里喷出来。

"爹，你这几天怎么一直看外面？"

妮轰在烟里钻来钻去，自娱自乐开心极了。

"妮轰，好好搓你的麻绳。"娜菡满是无奈，双手上下翻飞，带着竹片穿梭，很快竹篓就成了型。

妮轰不想干活，于是装作听不见，仍旧缠着拉勐问："爹，你在等谁？是不是哪个阿叔又要来找你喝酒啦？"

拉勐乐呵呵笑，并不作答。

"你爹现在啊，做梦都在念严春的名字。"娜菡嗔怪地剜了拉勐一眼。

妮轰眨眨眼道："我喜欢木香姐，她能把岩三带回来，肯定是个大好人。"

"我一想起严兄弟喝醉酒就想笑。"拉勐还咧着嘴，转头跟娜菡说，

"愿意跟我拉手，不嫌我脏，不嫌我臭，吃不来生肉也不好意思说，越想越可爱！"

"严春叔叔来了。"妮轰朝拉勐背后努嘴。

"莫乱逗我。"

拉勐作势要拨拉妮轰，结果严春的声音真的出现了。

"拉勐大哥，你又在念我什么好事？"

"天咯，'当面不能夸人，背后不能说鬼'，才说着你，你就来了！"拉勐腾地起身，直接从晒台上跳下去，一把抓住严春的手，就要把他往屋里拽，"几天不见，我是太想你了，进来喝酒！"

"不忙，不忙，这次我还带了人来。"严春扯住拉勐，让出身后一个人影。

"拉勐，好久不见。"

随着话音，一股子浓烈的苞谷酒香味扑面而来。龚国清左手托着酒桶，右手拎着猪肉干巴，正揶揄地看着拉勐。

早上刚起床，拉勐就听到了小雀叫，晓得家中有客要来，因此并不意外。只是下意识地，他眼神掠过了龚国清，想要找寻尹溯涛的身影。

"龚阿叔！"

妮轰乳燕一般飞进龚国清怀里，双眼亮闪闪："我爹早就念着你的苞谷酒了。"

龚国清宠溺地摸摸妮轰的头发："我们家小妮轰怎么越来越漂亮了呀！"

拉勐愣在原地，耳畔似乎听到尹溯涛亲热地唤他，可是等啊等啊，那张熟悉的笑脸一直没有露面。

短发粗硬，额头饱满，剑眉星目，虎背笔挺，身为澜沧县竹塘区区长的龚国清年近五旬，可站在那里什么都不做，旁人还是能从他的淡然神情中觉察出一股不怒自威。

早年间，尹溯涛与张石庵（西盟区区长）、龚国清、何庭觉、吴仰虞有

"五君子"之义,严春是后来才结识几人。拉勐与尹溯涛最是亲厚,连带着对尹溯涛的兄弟们也十分善待。尤其龚国清同尹溯涛年纪相仿,两人经常相约到拉勐家做客,拉勐自然稀罕得很。

前几日严春离开,张石庵也抽空过来劝说,让拉勐到北京观礼,但拉勐长虫钻竹筒——死不转弯,好赖都说尽,仍是不抵用。未曾想,今日倒把龚国清也派来了。

"兄弟,我看见你,就想到尹溯涛,心头难过。若是你也来劝我,我只好把你请出去了。"拉勐闷声说道。

龚国清正色中又带着玩笑:"拉勐大哥,今天我不是一个人来,是带着尹溯涛的心愿,专门来找你喝酒的。"

拉勐一听喝酒,胸中的阴霾顿时消散些许,于是点点头,招呼道:"好兄弟,进来坐。"

酒过三巡,拉勐兴致甚高,吩咐娜蓝煮来一盆青菜和一锅烂饭,热情地招待龚国清和严春。

"大哥,这个给你。"严春从包里掏出几双黑色棉袜,双手递给拉勐。

拉勐拿着袜子左拉右扯,终于看到个口子,将一只手攥成拳头往里钻,奇怪地看着严春:"稀奇口袋,居然能绷这么大。"

严春失笑,上前接过袜子,蹲下身,抬起拉勐的脚,仔仔细细为他把袜子穿好,又给他套上一双崭新的胶鞋,才耐心解释:"这叫袜子,以后你们穿着,脚就不冷了。等你穿破了,我再给你带。"

拉勐一张脸涨得通红。天老爷,第一次有汉人把他的脚捧在怀里,暖融融的,热烘烘的!不,不仅仅是汉人,就连阿佤的汉子,也没有谁会这样做!

"我……唉……这……"

拉勐结结巴巴一半天,直到严春回到原位又坐下,他还是只知道傻笑,嘴巴里说什么都不顺畅。

"大哥,我敬你!"

龚国清和严春一人端酒、一人端茶，轮番上阵，拉勐很快就露出醉态。

　　"大哥，我再敬你！"

　　龚国清见时机差不多，端起酒杯一饮而尽，露出满面愁容。

　　"兄弟，你可是有什么心事？说来给哥哥帮你。"拉勐关切地搂住龚国清。

　　龚国清摇摇头，叹道："我以为这件事能给尹溯涛办成，没想到……唉，不说这个，喝酒！"说罢又喝一杯。

　　拉勐着急了："尹溯涛的事就是我的事，要砍头还是要打架，你尽管说来！"

　　"当真？"龚国清期盼地看着拉勐。

　　"我拉勐说话算话，你又不是不晓得。"拉勐略有醉意，巴掌控制不住力道，将胸脯子拍得砰砰作响。

　　"尹溯涛最喜欢、最信任的就是共产党，他一直心心念念的，就是要帮共产党打下一方平安地，让大哥你们这样的少数民族同胞过上好日子。直到他被敌人诱骗杀害之前，他还一直朝着这个目标努力呢！……"龚国清借由尹溯涛的名义，说着掏心窝的话，真情实感地红了眼圈。

　　拉勐打个酒嗝，笨手笨脚地握住龚国清，安慰道："莫伤心，莫伤心！"

　　"大哥啊，你说，要是尹溯涛请你去他信任的人家里做客，你答应不答应？"龚国清问道。

　　"当然答应啊，尹溯涛信任的人，我拉勐也当他是兄弟！"拉勐鼓起眼睛，急得想把心给剖开，以证明自己说的是真话。

　　龚国清忽然看向拉勐，带着几分委屈道："那毛主席请你去北京做客，你答不答应？"

　　"答应啊！"拉勐醉眼迷离，话脱口而出，才像咬到舌头一样，赶紧停下来。

　　龚国清哪容得拉勐反悔，当即激动地流下了眼泪："大哥，你说话算话，我最相信你了！"

拉勐懊恼不已，狠狠给了自己额上一掌，在心里把自己骂得狗血淋头。他想解释说刚刚他什么都没听清，是嘴巴太快了。可看着龚国清的眼泪，他又把一肚子话咽了回去。

沉默片刻，拉勐终于拉回神智，开始找其他理由："你们大头人请客，怎么只叫你来说，不亲自来喊？"

"我们不叫大头人，叫主席。"严春回答，"毛主席的地盘太大了，事情太忙了，一下子来不到，大哥你体谅一下。"

拉勐像个小孩子一样哼哼唧唧："地盘大，有我们班箐大吗？"

"大，大多了！"龚国清忍俊不禁，"整个澜沧县你都熟悉，地盘比班箐大几十倍。毛主席的地盘，可是几百几千个澜沧那么大，管的人比班箐的树叶子还多。"

"这么大的地盘，我一年都走不通头，什么时候才回得来？"拉勐不敢相信，"我看你们啊，就是想把我这只老鸟骗离巢，再砍掉我歇脚的树！不行，绝对不行！"

龚国清耐心地宽慰："骑马，坐车，坐飞机，保管你几个月就回来了。"

拉勐还不放心："你说得简单，几个月，我一个人在外面，变成孤魂野鬼都没人知道。"

严春听懂了拉勐的言外之意，当即笑道："大哥，我陪你去，不要怕。"

"这……"

拉勐见这条借口也行不通，眼睛骨碌碌一转，又道："我的安危有保障了，寨子里怎么办？"

"你说怎么办？"龚国清反问。

拉勐也被问住了。怎么办？他哪知道怎么办呢！他若是知道怎么办，早就推脱干净了，哪用得着在这里愁苦！

"去吧，好吗？大哥，我陪你呢！"严春柔声又劝。

拉勐别无他法，只得丧气地点点头，一杯接一杯灌酒。

与拉勐截然不同，龚国清和严春激动得不知所措，也跟着喝起酒来。很快，三个人都把自己灌醉了。

第二日天蒙蒙亮，严春就睡不着了，起来在佤寨里闲逛。

风吹来，带着草木香，云飘过，带着星月辉，佤寨的一切都是如此美丽动人！

隐隐有几声鸟鸣，在初升的阳光中忽远忽近地穿梭，让严春想到佤族人生活中最信赖的小雀。在佤族人的认识中，人类起源于"司岗里"，"司岗"指崖洞，"里"指出来，"司岗里"就是从岩洞里出来的意思。传说远古时候的人类，被囚禁在密闭的大山崖洞里，是万能的神灵莫伟派来小雀啄开岩洞，人类才得以走出山洞，到各地安居乐业、生息繁衍。从那之后，小雀一直作为神与人之间的信使，为佤族人报送一切消息。

严春是没有见过小雀的，每次问拉勐，拉勐都会指着房前屋后各处说，小雀在那里，小雀在这里，小雀飞走了。明明站在同样的位置，偏偏只有拉勐能分辨出，哪只是他口中的小雀。神奇的是，从外人听到的嘈杂鸟鸣中，拉勐能清楚地听懂小雀"说"什么，譬如晚上有人来访，明日适合出行，下月寨中有丧。小雀的喜怒哀乐，都与佤族人的生活息息相关，久而久之，佤族人十分信赖小雀带来的口信，拉勐也不例外。

"小雀啊小雀，这次就请你帮帮我们吧！……"

一想到昨夜拉勐点头答应去北京，严春心中仍有种做梦般的失真，固执的大头人终于要出山了啊！

中午时分，拉勐遣来上次服侍他的小丫头，喊他们去吃饭。

只是一进屋，严春就感到气氛有些异样。龚国清也察觉了，与严春对视一眼，两人不动声色一齐坐下。

拉勐没了昨日的热情，挂着下巴倒酒，兴致缺缺地"昂"了一杯给龚国清。

龚国清喝完，拉勐也不接，只刻板地搅拌着烂饭，神思不知飞到哪里去了。

"大哥，可是遇到什么难事？"严春主动打破沉默。

"唉……"拉勐深深叹气，"我对不住你们。"

严春心头涌上一丝不祥的预感。

"北京我不能去，你们吃完饭就走吧。"

他们最担心的事情还是发生了，拉勐反悔了。

严春很心急，却被龚国清拦住。

"大哥，我们尊重你。"龚国清淡定地望进拉勐眼睛里，"但是，你让兄弟我白高兴一晚上，我确实太伤心了。到底有什么难事？说来我们帮帮你。"

拉勐听到龚国清这样说，本就愧疚的心更是酸疼，神色哀哀地解释："我儿子送回来消息，他的伙伴告诉他，共产党是为了把我骗到半路杀掉，连你们也不放过呢！"

"什么伙伴？"龚国清听到了关键。

"好像原来是高强武的秘书。"拉勐老实作答。

"我们就是共产党，我们自己杀自己吗？"严春哭笑不得。

"人家说了，国民党有老美的飞机大炮，共产党抵挡不住。我要是不去北京，可以让我去台湾当大官呢。"拉勐求助地看着龚国清。

龚国清太了解拉勐了，倘若拉勐心中对儿子的话没有一丝怀疑，此时早已对他们下了逐客令，哪容得他们坐在这里喝酒吃烂饭呢。拉勐既然这样问，不过是心中惶然，想再求个答案和保证罢了。

"我的老哥哥，识人的本事不消我教你。高强武的秘书什么德性，你比我还清楚。毛主席敢请你去做客，蒋介石敢不敢？他们要是真的实力雄厚，怎会放着大陆的地盘不要，躲到台湾那么小的地方去？我们打交道不是一两年了，又是喝过鸡血酒的结拜兄弟，你如果连我都信不过，那我真是心都碎了！"龚国清说着，眼眶里盈满潮潮的水泽，看得拉勐愈发内疚。

拉勐闭目片刻，脑子里轮换着昔日与尹溯涛、龚国清相处的种种画面。尹溯涛和龚国清，都他最最亲爱的汉家兄弟，是他见过最好的好人，最谦和的好人，最懂道理的好人。这么多年，班箐的盐巴布匹、枪支弹药，一直都是他们竭力供应，甚至免费帮忙训练佤寨武装。有什么好事，也是他们第一时间来通知，宁愿自己吃亏，从不让班箐受半点委屈。这样的好兄弟，他真的不愿相信吗？

良久，拉勐睁开眼，郑重道："我答应。但是，我有个条件。"

"你说。"严春压抑住想要呐喊的冲动。

"你们押个人质在寨子里，我不回来，他不准走。"

严春和龚国清顿时为难起来，佤寨的凶名可是人人发怵，谁敢不要命来做人质呢？

可几乎瞬息之间，严春和龚国清的答案一起脱口而出——

"我来做人质！"

拉勐看看龚国清，又看看严春，无奈道："你们倒是有默契。"

严春拉着龚国清："哥，我佤话说得好，在这里就像自己家一样，你不要跟我争。"

龚国清刚想说话，被拉勐打断。

"你们两个都要跟我去北京，不然我不去。"

龚国清和严春傻眼了，随便找个人，拉勐必定不会同意。既要有些分量，又要让拉勐信得过，眼下的情势，哪还有第三个人选呢？

拉勐将难题抛给龚国清和严春后，兀自沉浸在复杂的心绪中。共产党啊共产党，汹汹来势竟比勐梭河还要湍急，到底是久旱后的甘霖，还是淹死人的洪水，他根本不得而知。用性命下的赌注，真的值得吗？……

第五日
鸟决

1

左等也不来呀，右等也不来，
唐解元望苍天，止不住的好伤怀，
美人哪，秋香哎，勾魂的女裙钗。
…………

"鑫副官，你投生做了男人，可真是屈才，哈哈哈！"

"司令，您又打趣奴家……"

"哎，哎，莫往我腿上坐！"

"那奴家便搂着您？"

"哈哈哈，莫闹莫闹！"

鑫副官拈着兰花指，扮作媚眼如丝的女娇娥，堪堪伏在屈洪斋肩上，撒痴卖俏。

玉罕跪坐一旁，听着两人的污言秽语阵阵反胃，却不敢露出丝毫惊诧。她晓得达官贵人们惯有些恶癖，但也没见过两个大男人如此作态。她不断在心中诵着《清心咒》，祈求佛祖能护佑她一条小命。

"死了没？"

待鑫副官替自己整理好衣领，屈洪斋才清了清嗓子，问道。

"应该只是昏过去了，我方才探过，还有鼻息。"

玉罕上穿金色对襟窄袖衫，下穿黑白象纹筒裙，长发盘在头顶，髻间斜插一束茶绿翡翠珠花。回话时虽然胆怯，但脊背挺直，仍像一只高贵的金孔雀。

"死了才好，不识好歹的老东西！"鑫副官冷哼一声，"司令亲手把宝宝杀了招待他，还不够诚意吗？他可好，反倒说司令心狠手辣，不值托付，真是喂不熟的白眼狼！"

打翻在地的狗肉早已收拾干净，然而若有似无的狗肉腥味仍旧令人不适。热辣辣的太阳一照，丝毫见不到黑夜的痕迹，但是黑夜真的没有降临过吗？

屈洪斋不见动怒，从白衬衣肩头摘下一根女人头发，拿到鼻尖处嗅了嗅，露出享受的神情，悠哉哉道："你说这人，饿了四天没吃饭，不会饿么？……"

"饿不饿，可不由他说了算。"

鑫副官顿时了然，眼角都明媚了，着人端来土锅，在旁边搭个灶台，扔进一只仔鸡，掺水便煮。

"我来吧，酸笋煮鸡，能叫人馋得连吃几大碗饭呢！"

玉罕扭着腰身站起来，经过屈洪斋身边时，有意无意将葱白似的手指拂过屈洪斋胳膊，挥去一片春意。

屈洪斋没有动弹，只低低地轻笑，用眼神在玉罕的屁股上掐了一把。

1951年5月18日，在勐冒的国民党营帐外，李保没能和太阳一同醒来。梦中全是短暂且没有始终的记忆碎片，梦境也愈发明暗难测，日颠夜倒。身体一会儿冷，一会儿热，就好像梦里那般，一时雪虐风饕，一时焦金流石。甚至他已经不太分得清，此刻他究竟飞身云海，抑或深陷泥沼。哪一刻是梦，哪一刻是真，哪一刻是生，哪一刻是死，他全然混沌了。

闻到鸡汤香味的瞬间，李保的魂魄离他而去了。他清晰地看见，自己走到桌边坐下，娜朵捧着一只碗从门外进来。他伸头想去吃碗里的东西，却被娜朵调皮地躲开。

"好娜朵，救救我，我快饿死了。"

他听见自己这样说，语气是鲜见的撒娇。

"这里没有吃的，你睁眼瞧瞧。"娜朵嗔道。

"我睁着眼呢，睁着呢。"

他急切地瞪大眼睛。

"不，你正闭着眼睛呢。"娜朵悲伤地放下碗，捧过他的脸，掌心没有预想中的暖意传来。

"那我怎会看见你呢，娜朵？"他无法理解。

"正因为你闭着眼睛，才能看见我呀。不信，你摸摸自己的眼皮，它是不是合着呢？"

说着，娜朵拉起李保的手，向他的眼睛覆去。李保眼睁睁看着自己的手来到眼前，居然就这样穿过他的眼皮，穿过他的头颅，空荡荡什么也没有，天啊！

"你睁眼瞧瞧，我不想再这样见你了。"

娜朵坚定的声音催动李保心弦，倏地一下，他真的睁开了眼睛。

映入眼帘的场景，就好似定格画面一般，如此漫长，每一个细节都如此强烈地铺陈。鑫副官的得意、玉罕的讨好、屈洪斋的喜怒不辨，像一根根尖细的银针，深深刺进李保的脑仁。

屈洪斋垂着眼睑，视线全在玉罕捧来的汤碗上。玉罕吹一口，屈洪斋喝一口。喝着喝着，玉罕娇声一唤，握了粉拳就往屈洪斋怀里钻。鑫副官有意将视线避到土锅那边，难掩嘴角的笑意。

"汉人有句话，留得青山在，不怕没柴烧。鸡要想下蛋，得先把命留下才行啊！……"

屈洪斋大手握住玉罕的纤腰，上下摩挲，口中却无关柔情蜜意。

玉罕闷声笑了，头上的珠花颤颤巍巍，不断输送解语花般的馥郁："司

135

令，我知道阿佤人会看鸡卦，不知道李代办有没有在佤山学会几分本事，能不能算得出自己的寿数？"

李保心里明镜一般，知晓屈洪斋正关注着他，只不过，他的躯壳方才赋给了鬼神，此刻并不全由得他掌控。罢了，好话歹话均已说尽，开不开口争辩这一时，又有什么关系呢？

云朵像缕缕行行的羊群，被风和斜阳驱赶，一路往西奔袭。

屈洪斋离去后，李保陷入了某种奇异的平静中，与往日的思绪万千不同，他成了一潭死水。身体轻飘飘的，不再沉重，不再将时空长久地禁锢一处，不再令他感到度日如年的煎熬。白日的光景一闪即逝，李保只觉得，自己就要触到永恒的真谛了。

幽蓝的夜幕烟霭沉沉，蝉鸣有一搭没一搭地蔓延，徒增几分凄切。

唇边忽然有个冷冰冰的物件贴上来，又是熟悉的陶瓷碗。

"代办，喝一些吧。"

玉罕的声音卸去娇媚，又变回竹叶上的露水，清冽冽浸透心脾。

陶瓷碗中盛着的酸笋鸡汤毫无热气，凝住的油脂甚至黏在了李保嘴唇上。

"屈洪斋心狠手辣，白天我不敢违抗他，夜里……我也不敢生火，只能偷偷端来一碗冷汤，代办莫要嫌弃。"

听完玉罕的话，李保陡然转过头，呆愣愣望着她，着实把她吓了一跳。那是怎样一双眼睛呢？玉罕的魂魄被摄走了，在李保那两方黑洞洞的宇宙里，她看到破碎的星子正在迅速衰败，继而湮灭在无极的阴晦中，那样的寒冷，那样的孤寂，使她如坠冰窟。

"嗝……嗝……"

李保无法再思考生命和正义了，坑里的土快埋到他的胸膛，他只能艰难地吞咽鸡汤。冷汤的温度和鸡肉的香气，一并从咽喉灌进，顺着肌理，企图唤醒他的肺叶、肝脏和脾胃。

"噗！"

一支弩箭从李保眼前划过，栽进一旁的树丛。

"代办！"

玉罕抖作一团，拼命用手来擦李保的脸颊。

仿佛过了一个世纪那么久，李保才闻到血腥味，噢，原来是他的脸被弩箭划破了！

李保感觉不到丝毫疼痛，脸上的血口子好像与他无关，里面流出的血好像也与他无关。

几个黑巾蒙面的壮汉鬼鬼祟祟现了形，枪带里装着枪，却都只挥舞着手里的刀和弩，显然是不想发出声音。

"你们是谁……"

玉罕惊恐不已，还未等她动作，壮汉已经将她和李保团团围住。

为首的壮汉一语不发，上前冲着李保就是一刀，玉罕躲闪不及，被长刀贯穿胸背，抽刀的一瞬，血溅了李保满脸。

"李保，你这叛徒的命，今天我就收下了。走！"

壮汉见玉罕委顿在地，把李保遮了个严严实实，似乎料定李保也中了刀，撂下一句话，带着手下匆匆离去。

整个过程，李保眼睛都没有眨一下，倒真像个死人。

"娜朵……"

鬼使神差地，李保轻声唤道。

玉罕喘息着，大口大口吐血，很快地上就绽满了猩红的血花。她用尽全身力气，向李保张开手掌，掌心上躺着一块撕烂的布标，上面写着"中国人民解放军"。

"代办，刚刚那人身上……您何苦啊！共产党以为您叛变，已将您家人都杀了……力所变了，阿伍莱变了，人人都说您是叛徒，还要烧您的家……"

李保听着玉罕断断续续的述说，脱力地闭上眼睛，但他的痛苦，仍从眉间眼角溢出。

"今日有玉罕为您挡刀，明日您又当如何……眼下只剩唯一的路了，屈洪斋，屈洪斋……"

玉罕猛地喷出一口血，眼里的光猝然消散，她高贵的脖颈抽搐一下，终于静静垂落在地。

"娜朵啊……"

李保再一次轻声唤道，眼睫处淌出两条苦涩的河流。隐约间，他感到一股湿气从鼓胀的膀胱朝下推挤，胯间湿热，但转瞬即逝。厚重的泥土将他的尿液、他的希望，以及他的体面尊严，统统吸了个一干二净。

地上那碗打翻的鸡汤，如同祭奠他的物什，油水和鲜血混杂，同样渗进地里。

万物的归宿尽皆在此——这广袤的土地呵！

2

1950年8月，力所乡土司代办衙署。

暑气一天比一天逼人，太阳的触角伸到哪里，哪里就留下一道汗印子。

李保坐在庭院里的石榴树下，有一搭没一搭打着扇，目光直勾勾落在树荫里。

雅海只穿个麻布坎肩，仍有条虫儿似的汗水从发鬓爬出来，挂在太阳穴上。他静静站在一旁，努力将自己的视线伸进李保的目光，想从那里探究一二，然而实在不得法，只好找些小事情来打发自己。先用陶罐将茶叶烤香，再注入开水，文火煮沸，接着仔仔细细将又香又浓的茶汁匀速倒进李保的茶杯，确认一滴水也没有溅到杯外，不由暗自得意。

"夫人的药吃了几回？"

李保忽然开口。

"早上我去的时候刚吃过一回，已经嘱咐丫头中午再煎一剂。"

雅海脱口而出，这是李保一个多月来每天都要问的。

李保听罢，点点头，目光又回到阴影里去了。

门外响起一个人的脚步声，不是皮鞋的硬底，窸窸窣窣，带着礼貌和克制。雅海耳朵一动，俯身靠近李保："老爷……"

"给客人上茶。"李保显然也是个出色的猎人，早已洞悉，静静等待脚步声的主人。

雅海领命离去片刻，严春的身影便来到面前。

"李代办，又来叨扰。"严春率先露出笑脸，小心翼翼将怀中的纸包递上前，"朋友新得了点上好的西湖龙井，我不懂茶，牛嚼牡丹委实浪费，还是拿来给代办这样的爱茶之人吧。"

雅海端了茶过来，听得有趣："什么西湖？什么龙井？还有茶比得上我们佤山的好喝么？"

严春哈哈一笑："天下之大，可不止佤山一个地方产好茶。"

雅海将信将疑接过茶包，打开捻一撮凑到鼻尖处闻，果真是不同于佤山茶叶的清香，当即对严春的话添了几分认同。

严春同李保打过几次交道，明白这个看起来斯文寡言的代办，内里其实磊落坦荡，于是开门见山道："代办，这么长时间，您可有决断了？"

"严队长，你太扫兴了，每次来做客，不是说北京就是说毛主席。共产党究竟给你吃了什么迷魂药，竟叫你这样忠心？"雅海赌气地瞪了严春一眼。

"我对毛主席的心，就像你对李代办的一样。你也是吃了迷魂药吗？"严春故意逗雅海。

雅海一时语塞，找不出话来反驳。

"老人说，若想知道松鼠住的地方，一定要进到森林深处。"李保终于坐直身子，似笑非笑地看向严春，"我都这把年纪了，能去见见国家的新主人，当然是大好事。"

"您的意思是……"严春紧张地吞了吞口水。

"严队长，倘若我们老爷少一根汗毛，阿佤山几大土司代办的势力，可不是吃素的。寨子里若有半点不妥，休怪我雅海追到北京去取你项上人头。"雅海露出一对尖尖的小虎牙，笑得人畜无害。

"只是何时出门，就得看天意了。"李保说完，冲茶杯做了个"请"的手势，示意严春喝茶。

严春满头雾水，再看雅海，正笑嘻嘻一脸松快地把玩手中的龙井。以往的雅海，像个随时上好膛的小炮弹，一点就要炸，今日这般反常，难道他手中拿的不是茶叶，而是一包毒药吗？严春不禁感到脖子一阵发凉。

班箐大寨佤族部落。

天气闷得很，眼看就要到拉勐家，龚国清这心里头，同样闷得很。

身旁紧跟着的，是他十五岁的二儿子龚兆东。龚兆东小学毕业以后，就在他手下当通讯员，勤恳又踏实。

龚国清刻意放慢半步，愣愣地看着儿子后脑勺，满不是滋味。

"爹，你盯着我做什么？"龚兆东转过来，虎目炯炯，额上全是细密密的汗珠。

龚国清伸手重重揽过龚兆东的肩膀，使劲拍了两下，摇摇头，什么也没说。

又走了一刻钟，拉勐家的房子出现在眼前。明明与前几日看起来并无不同，龚国清却无端感到几分肃穆冷硬。

妮轰从晒台上钻出来，两只巴掌不知抹了什么，黑乎乎的，一见龚国清，张开手臂跳将下来，不管不顾就往龚国清怀里扑。

"老龚阿叔！"

龚国清猝不及防，连忙捏着妮轰的脖颈子，像拎小狗一样把人分开。

龚兆东看着父亲腰上的黑巴掌印迹，眉头突突突直跳。

"你是谁？"妮轰转过来，盯着龚兆东，毫不扭捏。

　　龚兆东心里没底，看向父亲龚国清。

　　妮轰绕着龚兆东左看一圈，右看一圈，还不等龚国清介绍，便嘻嘻一笑："哦，我晓得啦！快进来吧。"

　　龚兆东眨巴眨巴眼睛，心想：这就晓得啦？

　　进到屋里，拉勐已经摆好了待客的茶水，脊背绷得端端正正，活像一头准备开森林大会的黑熊。

　　"拉勐，儿子我给你带来了。"龚国清率先开口，接着嘱咐龚兆东，"叫大爹。"

　　龚兆东有些发怵，小心地喊了声："大爹。"

　　拉勐上下嘴唇一紧，洪亮的笑声从鼻腔往外喷："好孩子，你就在我家好好当客人吧。"

　　妮轰主动上前握住龚兆东："你只要听我的话，没人敢杀你。"

　　龚兆东欲哭无泪，面上又不敢露怯：这算哪门子的安慰呢？然而当妮轰热辣辣的皮肤触到他的手时，他还是忍不住心脏扑通扑通急跳起来。

　　看着故作镇定的龚兆东，龚国清眼睛忽然变得又红又热。离了拉勐的佤族寨子，不知会生出多少变数。他的孩子，他心尖尖上的肉团子，他们还能再见吗？

　　此时，岩三布龙的小脑袋探进来："爹，巴猜来了。"

　　随着话音，一个皱巴巴的小老头迈进门，严春则跟在小老头身后，喜气从每一根寒毛里透出来。

　　巴猜倒提着一只毛色斑斓发红的小公鸡，点头与拉勐打过招呼，便一屁股坐在地上，双目合拢，嘴巴里念念有词。

　　严春放轻脚步站到龚国清一侧，用肩头碰了碰龚国清，小声道："算好日子就能出门了，谢天谢地。"

　　龚国清却下意识看向儿子的方位。同一时间，龚兆东也抬起头看向父亲，露出坚定而坦然的笑容。霎时，一股暖流从龚国清心头涌上，直奔颅顶，冲散了他胸中积郁许久的阴霾，令他几乎承受不住，想要落泪。

公鸡被竹签刺死，鲜血顺着伤口，准确无误地汩汩流进木碗。

千难万难，拉勐终将去往北京，这也是一条"准确无误"的道路啊！严春目光落在鸡身上，看到的却是毛主席对他笑，甚至，毛主席还对他说："严春同志，你不愧是人民的好同志！"

严春沉浸在想象里，仿佛下一秒就要跟毛主席握手了。龚国清实在看不过眼，伸手绕到严春背后，狠狠掐在他腰侧的软肉上，吓得严春一个激灵。

公鸡被装进火塘上的土锅。柴添得很旺，水烧得很热，明日出门是吉是凶，天神的旨意就在这咕嘟咕嘟的汤水里。

巴猜端着生鸡血，鼻尖都贴在碗沿上，眼珠子一时钻进或浓或清的血水中，一时钻进或大或小的气泡中。

"如何？"拉勐问道。

巴猜摇摇头："明日不行。"

拉勐毫不意外，点头表示明白。

怎么就明日不行？不就是一碗平常不过的鸡血吗？巴猜的这句话，无异于戳破了严春的梦境。

就在严春准备一问究竟时，龚国清拉住了他，缓缓摇头。

在场的佤族人，早都见惯了卜算的场景，只有岩三布龙这个小萝卜头，正是看什么都稀奇的年纪。他跪坐在火塘前，双手撑地，小脸凑近土锅，任凭热气蒸腾。

鸡肉甫一变白，岩三布龙就兴奋地提醒："熟了！"

巴猜的手如同枯木，没有痛觉，泰然伸进土锅，熟练地剥出一双鸡股骨，剔净筋肉，并排捏在手中，翻来覆去，覆去翻来。

"后天怎么样？"

岩三布龙问出了严春的心声。

巴猜一撇嘴，摇摇头："过几日再看吧。"

拉勐咧嘴一笑："吃鸡！"

妮轰听到指令，立刻端出早已准备好的辣椒面，分发给各位客人。回头见龚兆东还愣着，塞过去一个碗，安抚道："别怕，吃。"

龚国清和严春哪有心思吃鸡，计划都是按照明日出发来安排的，现下又泡了汤。

"兄弟，明天去不了，后天也去不了啦。"拉勐把鸡肝和鸡心分别夹到龚国清和严春碗里，语气满是松快。

严春实在是忍不住了："拉勐，到底什么时候能走，有没有个准话？"

拉勐把两条眉毛一挑，嘬了一口鸡肉汁水："出门的大事，要慎重啊，一点岔子不能有！"

严春一时语塞，卜卦之前他有多兴奋，现在他就有多郁闷。

龚国清低着头，用筷子把鸡肝分成两半，大的一半夹给龚兆东。

拉勐看到龚国清的动作，知晓他这个老兄弟在担忧什么，于是从锅底里捞出鸡肠子，放进龚兆东碗里，说道："只要我平平安安回来，你也就平平安安回去。妮轰这里我都交代好了，她会半步不离地看护你，把你当岩三布龙一样照护。"

龚兆东乖巧地点头："大爹，我知道。你是我爹的好兄弟，把命交给你，我有什么不放心的呢？"

听完龚兆东的话，龚国清愈发内疚心疼。他跟拉勐是兄弟不假，但不代表他儿子就有拉勐儿子的特权啊。拉勐此行须耗时数月，不知多少敌特分子在暗处等待机会打算一朝翻盘，他无辜的儿子能挺过风浪吗？

一顿饭，每个人都在各自的心绪里浮沉着。

岩三布龙和妮轰分食了最后一点汤底，心满意足。他们看不明白，在喷香的食物面前，为何还有如此多的唉声叹气，真希望下一次鸡卜快些到来呀，又可以吃鸡了呢。……

龚国清第二天就回去了，竹塘还有许多公务等他处理。

严春担心龚兆东不适应，一直陪着他四处转，惹得妮轰不太高兴。

"那是……人头桩吗？"

好巧不巧，两人竟走到了鬼林的方向，龚兆东显然受到了极大的惊吓。

忽然，一只滚烫的手抓住他——是妮轰。

"不能乱跑，要是触怒神灵，我也保不了你！"

说完，又怒气冲冲地看向严春："阿叔，你抢我小伙伴也就算了，怎么还不懂事呢？把我兆东阿弟脸都吓白了！"

见严春一脸尴尬，龚兆东忍不住笑着打岔："妮轰，有你保护我，我不怕。"

佤寨里从没有这样嘴甜的男孩子，妮轰脸红了红，一下子掉进龚兆东亮晶晶的眼瞳里去了，罕见地没有追究。

"你爹有没有说哪天再看卦？"严春见缝插针。

"不知道。"妮轰心不在焉。

龚兆东眨眨眼："阿姐，你说话最管用，去催一催呀。"

妮轰感觉自己的脸哄地烧了起来，那是她从未体验过的温度，吓得她连忙甩开龚兆东的手，逃也似的飞走了。

"小丫头又要跑哪去？"严春不明所以，只觉得妮轰奇奇怪怪。

龚兆东无辜地问道："我说错什么了吗？"

不过事实证明，妮轰的效率不是一般地高，当天晚上，拉勐就着人来通知严春，小雀叫了，第三日一早会再占个鸡卜。

两天三夜的时光真是太漫长了，严春不断接收着四面八方传来的消息，难耐不已。今天说勐马的麻哈南准备出门了，明天说酒井的黄窝梭要带上儿子一起走，就连中课的岩顶，也同意让养子岩火龙到北京去。到处都热火朝天，只有他还在无尽等待。

卜卦前夜，严春辗转难眠，他担心又像第一次那样，卜出不宜出门的卦象。他虽然常年行走佤山，但对卜卦一窍不通，作为一个合格的共产党员，平日对这些神神鬼鬼的东西更是敬而远之。我命由天不由我的滋味，真是糟糕极了。

天刚蒙蒙亮，严春就等不及翻身起床，到拉勐家门口来回转悠。天上月面朝东，凸月刚显，光亮冷清清洒在肩头，亦在他心头覆满银霜——马上就要到新历9月了，从西盟去北京山高路远，万一赶不及可如何是好？

薄薄的金光铺满山岗的时候，巴猜又来到了拉勐家。和第一次的流程一样，杀鸡放血，剔肉看骨。

龚兆东眼里都是血丝，显然没有睡好，站在屋里像一头茫然的小鹿。妮轰一边帮母亲准备烂饭，一边用眼睛偷偷瞟龚兆东。岩三布龙对什么都好奇，在屋里窜来窜去。

严春十分忐忑，不论巴猜的动作多么麻利，他仍觉得漫长难耐。

"大喜，大喜！"巴猜陡然高呼。

拉勐咧嘴一笑："吃鸡！"

严春快快地垂下头：又吃鸡了，唉！

妮轰"噔噔噔"跑过来，用沾满洗米水的双手环住拉勐："爹，你真要走吗？……"

走？严春这才反应过来，巴猜刚刚说的是什么。

"真……真的？"

严春一个箭步冲到巴猜身边，吓了巴猜一跳。

"接下来几天都是出行的好日子，拉勐吉人天相，天神会保佑你的！"巴猜眉眼间都带着笑，一个作揖，敲下了定音锤。

"太好了！"严春大喜若狂，冲过去握住拉勐的胳膊，"走，现在就走！"

拉勐的屁股重若千钧，镇定宛如西盟山。他不仅没有被严春拉走，反而把严春拽到跟前坐下，不疾不徐地说："千事万事，吃饭大事。狗饱尾巴摇，马饱才千里跑嘛！"

严春还想说话，又被拉勐打断。

"出门的东西准备一下。"

娜菈点点头，分好烂饭，满是不舍地望了拉勐一眼。

若说在场的人谁最无心饮食，恐怕要数龚兆东。严春食不知味，那是哑巴突然捡到金子，高兴得说不出话，哪还有心思吃饭。龚兆东却不一样，他一时想到自己难测的命运，一时又想到肩上扛着的伟大的担子，怀里就像揣了一窝兔子，七上八下闹得正欢，烂饭是香还是苦，他全然没了判断。

浑浑噩噩的，一顿饭就这样吃完了。

拉勐打包了佤族男女盛装各一套，又带上最珍爱的战利品——英军红缨黑毡帽，才让岩三布龙牵来大红马，真真正正要出门了。

见到洗刷得油光水滑的大红马，严春忍不住拍了拍马鬃，心情大好。

拉勐先前已敲了木鼓，寨子里的男女老少都得了信，知道大头人拉勐要出远门，纷纷聚拢来。

"共产党的毛主席专门请我到北京做客，是天大的面子，是历朝历代班箐头人都没有的待遇。我出门之后，大家也要像平时一样，勤勤恳恳干活，不要误了农时。有什么事情，找巴猜和各个头人商量，找共产党商量，不要听信其他人的鬼话。"

拉勐清清嗓子，把龚兆东搂到一旁，接着嘱咐道："这是龚区长的儿子，他会一直待到我回来，你们不准欺负他。"

寨子里的人似懂非懂，但还是点头应下。他们早已习惯，英明神武的大头人拉勐怎么说，他们就怎么做。

年幼的岩三布龙也领到一个重要任务，帮拉勐一路牵马到竹塘后，再把马牵回家。

拉勐交代完毕，大家敲锣打鼓，一路相送。

随着热闹的鼓点，严春的心绪也愈发激昂。可是，刚走出寨门口没几步，拉勐忽然停住脚步，将手臂举过肩头，示意众人安静，接着双目紧闭，似乎在仔细听辨什么。

严春也竖起耳朵，但除了风吹树叶的沙沙声，鸟雀隐秘的啁啾声，哪还有什么异样的动静呢？

"回吧。"

拉勐睁开眼睛，立即调转马头，直奔寨子。全寨的佤族人也没有丝毫异议，跟在拉勐身后，一副收工回家的样子。

"拉勐，怎么回事？"严春追上前问道。

"小雀叫了，说今天不能走。"拉勐神情严肃。

严春一口气上不来，嘴巴张得能放一箩筐鸡蛋："巴猜不是说能出门吗？"

拉勐无奈地双手一摊："小雀说不行。"

严春当然知道小雀对佤族人的重要性，当真是无法反驳的理由！于是强迫自己不再说话，崩溃地跟着大队伍又回了佤寨。比起严春，龚兆东更加稀里糊涂：怎么前一秒说要走，下一秒又不走了呢？

是夜，龚兆东兴许是第一次经受这样的起伏，刚沾到被褥，就打起了绵长的小呼噜。

严春愈发心烦意乱，躺在床上烙饼似的翻过来、侧过去，一点睡意也没有。屋外油葫芦和大黄蛉一浪高过一浪的长鸣，和龚兆东的呼噜交相辉映，使严春感到太阳穴一阵一阵发疼。他在心里不住地问自己：你是合格的共产主义战士吗？共产党为国家、为人民，难道还要为木依吉吗？共产党员难道不该是个彻彻底底的无神论者吗？

然而这一个个问题，严春都无法回答，他是迷茫的，他引以为傲的新时代，以及他从共产党队伍里学到的新知识，此刻正在他心里掀起一场剧震。长年行走边疆，他太过清楚神灵在少数民族同胞心中的地位，山有山神，水有水神，万物皆有灵。平日里见着，觉得是各族生活的常态，既不耽误农时，也不妨碍交流，可如今到了干正事的紧要关头，怎就这般的困难呢？

千头万绪最终成了一团乱麻，严春迷迷糊糊出了一身汗，听完了一整场淋漓尽致的大雨，被龚兆东喊醒。

"拉勐说吃完饭出门。"

"出门？去哪？"严春疲惫地睁开眼睛。

"当然是北京啊，不然去哪？"

龚兆东递上一块沾了水的擦脸布，严春接过来往脸上一铺，凉沁沁的温度使他清醒了一些。

"你爹来不来？"严春瓮声瓮气问道。

"不知道，好像是区里有点公务。"龚兆东垂头丧气。

严春拍了拍龚兆东，安慰道："罢了，来不了也没什么紧要，你终归还是在这片土地上。我们会尽快回来的，让你们父子早日团聚。"

龚兆东牵起嘴角，回应一个了然的笑。

两人来到拉勐家时，烂饭已经分好。拉勐一家人有说有笑，正在谈论寨子里哪家的牛养得最壮。

经过昨天，龚兆东已经有些习惯即将离别的氛围，烂饭吃完一碗，舔舔嘴巴，羞赧地让妮轰又给他添了一碗。

拉勐吃烂饭时狂风暴雨般的气势，略微唤回了严春心中对出行的期待。

吃完饭，岩三布龙蹦蹦跳跳牵来大红马，和妮轰交换了一个"我要去玩耍了"的眼神，满是兴奋。

大雨初歇的早晨，阳光少了尘霾的阻隔，轻而易举就从周遭的水露上折射过来，叫人睁不开眼。严春长舒口气，不管怎样，今天总算是雨过天晴了。

拉勐再次带着严春一行出发，寨子里的男女老少欢天喜地，一路将他们送出寨门。经过昨天折返的地方时，严春十分紧张，生怕拉勐又停下，又说听到了小雀叫。不过幸好，拉勐直挺腰背走在前面，丝毫没有回头的迹象，岩三布龙连走带跑才能跟上。

"我们到哪歇脚？"

严春一时不察，差点踩到停下脚步的拉勐。

拉勐一改方才吃饭时的轻松模样，发问时脸上写满严肃和正经。严春这才意识到，眼前这位看似从容沉着的大头人，其实内心也装着忐忑和惶然。

"先到县政府驻地佛房，跟其他人会合。"

"爹，赶街，去县城赶街！"岩三布龙高兴地凑上前，连带大红马也嘚嘚扬起蹄子。

"贪玩！"拉勐被岩三布龙打岔，忍不住笑起来。

岩三布龙抓抓脑袋，搞不懂拉勐是在夸他，还是在骂他。

"阿叔知道个糖铺子，你乖乖牵马，阿叔带你去。"严春一想到事情变得顺利，心中愈发豁然。

三人有一搭没一搭聊着，不知不觉出了班箐，来到一片蓊郁的野茶林，穿过去就到杨老地界。野茶林显然也被昨夜的大雨浇得透彻，除了偶尔路过的野鸟扑棱翅膀，没有任何鸣虫的动静。清幽幽的风从山隙里钻出来，绕到身后，推着每个人向前走。

"嘎——吱——嘎——吱——"

这是岁月里年久失修的茶树，倾倒前最后的吟唱。山风一催促，枝丫轰然坠地，彻底扑入大地的怀抱。好巧不巧，树枝倒下的时候，恰恰横亘在拉勐面前。

拉勐轻微地蹙了下眉，提脚准备绕过去。大红马像是感应到了什么，突然拽着岩三布龙快跑上前，将树枝踩得四分五裂，拉勐的眉头又随之松开。

"排除万难，扫清一切。"严春担心拉勐不悦，赶忙解释。

拉勐若有所思，但还是点了点头。

就在严春以为蒙混过关的时候，一只棕灰色的小鸟从树梢上飞下来，稳稳当当停在他们前面。

拉勐见了，当即将马缰绳一扯，掉头就走："回家！"

严春傻眼了，岩三布龙也傻眼了。

"爹，不赶街了吗？"岩三布龙一个箭步追上去，不敢相信地发问。

拉勐像被鬼撵一样，步履匆匆，踏得一地草叶子乱飞："小雀都拦住我们了，去不得，去不得！"

"拉勐——"

严春又急又气。

拉勐把严春拉到与自己并排的位置，手微微颤抖，极为郑重道："大凶啊，去不得，去不得！"

"不过是一只普普通通的野鸟，拉勐啊，你到底在害怕什么？"严春忍不住说出了心里话。

"你不懂，你不懂！"拉勐一个劲摇头，"对不住，是天神不让我走，我也没有办法！"

面对拉勐的道歉，严春几欲吐血。一贯好脾气的他，此刻真想骂娘，表情都扭曲了。天神，小雀，这他妈都是什么理由？偏偏拉勐又是好不容易才做通工作的重要人物，打是打不得，骂又不能骂，像佛爷似的供着还怕他反悔，又能如何呢？

"走慢点！"严春怒不可遏地低吼一句，声音像闷雷一样滚动，眼睛里都喷着火。

岩三布龙害怕地缩了缩脖子，紧紧靠住大红马，他心想，万一严春发疯了想打人，他就一翻身骑着大红马赶紧跑。所幸，严春还是把满腹岩浆生生憋了回去。

话说这佤寨中，龚兆东正和妮轰大眼瞪小眼，做什么事都提不起兴趣，却听到门外嘈杂的脚步。龚兆东一抬头，拉勐、严春、岩三布龙，竟然又出现在了眼前，他完全愣住了。

拉勐带着满身暑气，严春带着满心燥热，屋子里的温度陡然升高，仿佛成了个火炉。

龚兆东察觉到气氛不太对劲，想问又不敢问。

妮轰是个人精，瞥一眼就明白了龚兆东所想，于是一头拱进拉勐的怀里，娇滴滴地关心道："爹，你淌了好多汗，出门好辛苦。"

原本沉着脸老大不高兴的拉勐，瞬间云开雾散，用大手拨拉着妮轰的头发，叹道："你严春阿叔才辛苦，赶紧给他倒杯水。"

妮轰干脆地应了，起身"咚咚咚"端来三杯茶，严春一杯、拉勐一杯、岩三布龙一杯，谁也没有落下。

"路上遇到哪样事了？脸皱巴巴的，不好看。"妮轰趴到拉勐后背，两只手从背后绕上来，将拉勐的眉头往两边扯。

"皮猴子，还嫌你爹丑？"拉劲无奈地把妮轰拉到身边坐下，"又遇到小雀了，出门难哪！跟你妈说，晚上多整点肉吃，多整点水酒喝。"

妮轰点点头，转过身看着龚兆东笑。龚兆东这才反应过来，妮轰这是替他问呢，不由生出几分感动。

严春整个人如堕五里雾中，好像三魂七魄都离了体，耳目心识皆被封闭在躯壳内，与说话笑闹的身边人身处截然两个时空。

"呖呖——呖呖——"

不知哪里传来几声鸟叫，严春猛然清醒，惊惶地看向屋外。

"舀饭啦！"

待母亲娜蓝分好饭食，妮轰兴致高昂叫道。

"呖呖——呖呖——"

屋外的鸟一声急过一声，严春绷紧神经，全部注意力都放在拉劲身上，可拉劲似乎根本没有听到。

"水酒满上，给严春兄弟倒茶。"

拉劲碗里装了一只鸡腿，他用手抓住骨头，呼呼吹着，早已等不及开动。

"呖呖——呖呖——"

那鸟叫越来越近，严春几乎能感觉到鸟的尖喙直逼脑仁，令他头痛欲裂。

"阿叔，喝点茶。"

龚兆东见严春脸色发白，贴心地换上一杯热茶。

严春烦躁地用力掐住左手虎口，直到鸟叫声渐渐变弱，脑袋恢复些许清明，才推开茶杯望着拉劲说："给我倒点酒。"

"你不是不会喝吗？"拉劲十分诧异。

严春不说话，微微嘟着嘴，可怜巴巴的。

"倒，给你倒就是了。"拉劲好笑地抬起酒桶，亲自给严春倒了满满一杯。

此时的水酒还没加过水，酒味醇浓，严春不适地皱起鼻子，下一秒却仰头一口干了。

"爽快，哈哈哈哈！"

见严春一改往日斯文，竟能如此豪饮，拉勐拊掌大笑，立即又给严春满上。

"嗝——"

严春打了个悠长而响亮的酒嗝，酒气一直冲到拉勐面前。拉勐非但不嫌臭，还特意又挪近一些，和严春搂肩搭背。

"呜呜呜……"

两杯酒下肚，严春突然一把抱住拉勐，伤心地哭起来。

"兄弟，莫哭，莫哭啊。"

拉勐被吓得不轻，手忙脚乱揪起衣角给严春擦泪，却被严春一巴掌呼到旁边。

"出什么事你说，谁欺负你，哥哥我帮你打杀了他。"

话音刚落，严春倏地坐直，哀戚戚看着拉勐。

拉勐打了个冷噤，感觉汗毛一根一根竖了起来。怎么说呢，面前这个严春，跟他所认识的严春判若两人，不似平时满嘴同胞政策的工作队长，反倒让他想起寨子里死了男人的寡妇。不对，严春是寡妇，那他岂不是……他不敢再往下想了，赶紧端起酒杯塞到严春手里，故作大声地吼道："喝！"

只听"啪"的一声，严春将酒杯往地上一砸，摇摇晃晃站起来，指着拉勐的鼻尖说："鸡卦，小雀，拉勐啊拉勐，你可真是太会耍弄人了！"

若是平时有人指着自己的鼻尖这样说话，拉勐早已跳将起来跟他干架了。但面对严春，拉勐却无端感到一阵心虚——外族兄弟理解不了佤族人的风俗，实属正常嘛。

"你知不知道，物质是客观实在的，这种客观实在是人通过感知得来的，不是依赖于我们的感觉而存在。我们的世界是无神的，是唯物主义的，而不是怪力乱神！"

严春讲完，瘪着嘴盯住拉劢的双眸，仿佛只要拉劢敢摇头，他就立马痛哭出声。

于是拉劢一边胡乱点着头，一边伸手去拉严春，嘴巴里说着自己也听不懂的话："不怪，不怪就是了，严兄弟你快坐下，小心摔跤。"

"孺子可教！"严春踉跄两步，一脚踢翻了龚兆东的茶杯，茶水溅出来，烫得龚兆东"哎哟哎哟"直叫唤。

拉劢朝妮轰使劲挥手使眼色，示意妮轰带龚兆东回去换衣服。

"阿弟，我们快些走，大人的笑话看不得，要长针眼呢。"妮轰机灵地拉起龚兆东，趁严春振臂演讲的间隙，猫腰钻出了屋子。

严春显然很满意拉劢的反应，口渴似的端起酒杯，咕嘟咕嘟又饮了一杯水酒，呛得直咳："你家这个水，又辣又呛，平时怎么跟你们宣传的？要注意饮水卫生，烧开了再喝。"

"注意，一定注意！"拉劢继续乖巧地点头。

"孺子可教。"严春赞许道。

拉劢见严春情绪平复不少，再次试图去拉严春的手，想将严春安抚下来，哪曾想，严春又一把甩开拉劢。

"呖呖——呖呖——"

该死的鸟叫声又出现了！严春烦躁地按住额角，拼命甩头，想把声音从脑袋里赶走。

"呖呖——呖呖——"

"小雀，小雀，你这个封建迷信的恶势力，给我走开！"

严春指着面前的空气，恶狠狠地骂道。

提到小雀，拉劢有些不高兴，严肃纠正："小雀是我们的神鸟，兄弟你醉了。"

"神鸟，什么狗屁神鸟？它除了不让你出门，还有什么卵用？"严春气得不轻，忍不住飙了句脏话。

拉劢深吸一口气，在心里劝解自己不要跟醉鬼计较，同时耐着性子解释道："阿佤人哪天撒种哪天收谷，哪天出生哪天归土，都是天神安排好的。天神无法事事交代，所以派了小雀来。我把你当兄弟，这次不跟你计较。小雀跟我们阿佤人的关系，说不成是兄弟还是朋友，但它是比兄弟朋友还重要的神鸟，你醉了也不能瞎说话。"

"兄弟？朋友？成日里不见踪影的小破鸟，是跟你喝了一个妈的奶水，还是替你挡了刀枪暗箭？你伤心的时候能帮你擦眼泪吗？你饿肚子的时候能给你煮烂饭吗？你冷得发抖的时候能给你穿衣服吗？明知去北京见毛主席是阿佤人几辈子都盼不到的大事，你的这位兄弟、这位朋友，却一直拦着不让走，它到底在帮你还是在害你？"

严春讲到激动处，双目充血，额爆青筋，恨不能把拉勐脑子里的小雀挖出来扔到缅甸去。

"你咋知道小雀帮不了我？我经历这么多枪林弹雨都能活下来，就是因为有小雀！我能一镖枪射死英国佬，也是因为小雀保佑！我们寨子一直平平安安，还是因为小雀！"

拉勐忍无可忍，也站了起来，指着他生平最为得意的战利品——英军红缨黑毡帽说道。他面红过耳，声音愈发高昂。

"胡说八道！小雀要能保佑你射死英国佬，当年抗英的时候，怎么还会死那么多阿佤人？小雀要是真这么神通广大，岩三病得要死的时候怎么还要送到山上去呢？"严春简直气疯了，冲过去揪住拉勐的衣领，"拉勐，是谁救了岩三？不是小雀，不是天神，而是科学，是掌握了科学知识的共产党！小雀根本就是封建迷信！"

拉勐听到最后一句，完全失去了理智，照着严春脸上就是一记铁拳："在利益面前，亲人朋友都可能背叛我，只有小雀不会！"

严春吃痛地捂住脸，一时头晕目眩，他眼里的拉勐呼啦一下长高，呼啦一下又缩小，呼啦一下变成扁的，呼啦一下又变成圆的，最后竟变成了小雀的模样。严春的背脊忽然被冷汗湿透，他似乎意识到了一个可怕的事实——小雀既不是天神，也不是没有灵智的动物，它就是拉勐本人，就是阿佤人本身啊！

再一阵排山倒海，严春的世界陷入了黑暗……

"呖呖——呖呖——"

漆黑的意识之海里忽然冒出一对鲜红的尖喙，啄开一个裂口之后，毛茸茸的脑袋钻了出来。

"严春，醒醒。"

严春睁开眼睛，小雀的脑袋上竟长出了龚国清的脸，把他吓得猛地出了身冷汗。

龚国清让严春靠在自己臂弯里，另一只手把茶水送到严春嘴巴前。严春觉得嗓子火辣辣发痛，眼睛也睁得十分艰难，一口气喝干了杯子里的茶，才觉得缓过些神。

"大哥……"

严春一说话，脸上又酸又胀，他下意识用手捂脸，却在捂上去的一瞬间痛得弹开。

"哎哟！"严春叫道，"大哥，我的脸怎么这样痛？"

龚国清脸黑得像块炭，满不高兴："党的民族政策都被你丢到爪哇国去了，还知道痛？"

严春不敢吱声，他隐隐约约记得昨晚喝了水酒，但喝完酒之后发生了什么，他全断片儿了。

"你说说，党教育了你多少年，民族政策对你强调了多少遍，耳朵应该都起老茧了吧？"龚国清越说越激动，"这笔账我先给你记着，要是拉勐有任何怨怒，要是北京之行有任何变故，我看你如何交代！"

"影响北京之行？"听到这里，严春的头上沁出了豆大的汗珠。

"洗把脸。"龚国清捞起盆里的洗脸巾，直接飞到严春脸上，差点把严春砸翻，"清醒了跟我走。"

完了，看来真闯了大祸！

155

严春大气都不敢出，手上动作更不敢急慢分毫，赶紧拿出战时的速度，洗完脸整理好仪容，规规矩矩在龚国清面前立军姿。

　　上上下下打量完严春，龚国清斜翻着眼皮，薄唇紧抿。他的视线最后停留在严春的脸颊，面色又沉下几分。

　　这脸上到底怎么了？严春竭力控制住想抬起来摸脸的双手，直挺挺跟在龚国清身后，一直走到了拉勐家。

　　还没进屋，就听到里面"咚咚咚"一阵脚步走过来，"咚咚咚"一阵脚步走过去，夹杂着一声又一声的长吁短叹。

　　"拉勐老哥，我带这个蠢瓜蛋子来找你赔罪了！"

　　龚国清不知从哪里掏出一瓶苞谷酒，双手捧在低处，朝拉勐深深鞠了一躬。

　　拉勐一个急刹车，将龚国清扶起，意味深长地递来个眼神，竟是什么话也不说。

　　龚国清给严春使眼色的同时，还一巴掌狠拍在严春背上，把他打了个趔趄："道歉！"

　　"拉勐大哥，我昨天醉狠了，不知自己说了什么，做了什么，你大人大量，不要生气。如果干了什么丢人现眼的蠢事，冒犯了你，你打我骂我，让我干苦力，什么都行……"

　　严春根本不知道自己做了什么，道歉也实在无从下手，只好宽泛地起个话头，再慢慢猜测。拉勐一直不吭声，他只好一直鞠着躬，脸上充血胀得难受，眼睛愈发睁不开。

　　"起来，站直！"龚国清抬脚踹在严春屁股上，拿出训兵蛋子的架势，声如洪钟，"拉勐不好骂你，我来骂！"

　　严春一个立正，正色回应："是。"

　　龚国清背着手道："我看你神色虚浮，显然根本不知自己错在何处，就让我好好与你说道，也请拉勐大哥听一听，我骂得到底对是不对？"

　　拉勐原本正盯着严春屁股上的泥脚印，乍然听到龚国清点自己的名，连忙点头。

"天地不仁，以万物为刍狗。你只懂自己做圣人，要对贵族平民一视同仁，却不晓得佤族人与万物共生，对有灵万物皆有敬畏。此乃你不仁，为一宗罪。拉勐待你如兄如弟，敬你护你，穿房过屋妻儿不避，心像芭蕉花一样剖开给你，可有对你要过半分回报？你倒好，说岩三能活是共产党的功劳，忘恩负义，不识好歹。此乃你不义，为二宗罪。你不是初出茅庐的稚子，对边疆，对佤山，难道没有基本的了解？小雀对于佤族人的重要性，就像红五星对我们的意义，还要我与你多说吗？竟讲得出小雀是封建迷信这种话，简直不知所谓！弗知而言，此乃你大不智，为三宗罪。大丈夫行事本该光明磊落，就算遇到难事解决不了，也应有迎难而上的决心，而不是借酒卖疯，当个傻子和赖子。你一时逃避事小，影响边疆民族工作大局事大，影响少数民族同胞与我们的情谊事大！此乃你不勇，为四宗罪！"

龚国清胸中如同早已备好檄文，全程没有骂严春一句脏话，却字字都让严春如芒在背。不仁不义，不智不勇！严春自打有记忆起，就一直是个斯文人，如此重话，将他里子面子全部撕得粉碎，叫他如何受得了？

拉勐没有文化，听龚国清骂人也只一知半解，可他懂得观察人。见严春脸色从猪肝红骤然变得煞白，泪水也在眼眶里溜溜转着，脖颈子都凸着青筋发抖，自然明白龚国清骂得有多狠。对于严春这个汉家小兄弟，拉勐既敬佩他见多识广、明理知事，也心疼他因常年在外而缺少家人关照，于是总会对他多几分包容。眼见着严春小兄弟被骂哭，拉勐心里也打翻了辣椒罐子一样，烧呼呼地疼。

"老龚，算了算了，不要说了。"拉勐站到龚国清和严春中间，犹豫该拉哪一个，"严春兄弟说得对啊，岩三确实是共产党治好的，我认！况且我也有错，拌几句嘴的事，还动上拳头了，实在对不住。"

拉勐不开口还好，这一开口，严春满腔自责顿时催着眼泪奔涌而出，涕泪齐流着一把抱住拉勐抽噎道："大哥，我这张嘴，该打，真是该打！共产党是好的，毛主席是伟大的，我却是个坏的。你再打我两巴掌吧，只要你还愿意去北京，我端屎端尿伺候你！"说着，严春还举起拉勐的手，作势就要往自己脸上打。

"莫说憨话！"拉勐反手握住严春，"自家兄弟打打闹闹再正常不过，去北京的事我既然答应你，就肯定会去。"

两人一哭泯恩仇，龚国清松了口气，关键时刻，万万不能因为严春的一时冲动出现什么变故。至于小雀，确实有些麻烦，不过，也并不是全无办法。龚国清转着脑筋，渐渐放松了神情。……

翌日，雄赳赳的公鸡方才唱罢，拉勐就踏着晨露，亲自来喊严春起床了。

屋里严春睡得正酣，龚国清却早已穿戴齐整，此刻正愉悦地抖着腿，望着窗外面不住地发笑，连拉勐进来都没注意。

"老龚，遇着哪样好事，咋比鸡还起得早？"拉勐悄悄凑过去，猛地出声，把龚国清吓得一哆嗦。

"拉勐大哥，今天肯定是个好日子！"龚国清眉眼舒展，显然心情好极了。

"神了，你怎么晓得？"拉勐奇道，"一早小雀就叫，今天太适合出门了，赶紧把严春兄弟喊起来，我们现在吃过饭就出发。"

严春听到动静，睁开惺忪睡眼，翻身坐起，有些不好意思："昨天和大哥把话说开，我身心松快得过头了，睡得太沉，竟没察觉大哥进来。"

"睡得着是福气，我年纪越大觉越少，不知多羡慕你。"拉勐热情地拉住严春，"走，吃烂饭！"

来到拉勐家，龚兆东正坐在火塘边打哈欠，妮轰一如既往趴在锅边等母亲盛饭。

见拉勐一行进屋，妮轰眯着一对月牙眼，笑嘻嘻看着严春，一眨也不眨，把严春盯得老脸臊红。直到龚兆东轻轻拽了拽妮轰的裙角，妮轰才回转视线，看着烂饭咽口水。

严春一想到昨天恐怕在两个小辈面前出了大洋相，就浑身不自在，没话找话地和龚兆东聊天："兆东，没睡够啊？"

龚兆东一副没睡醒的样子，点点头说："是啊。"

"……喝茶吗？"过了半晌，严春又问。

龚兆东摇摇头，手里捧着装着满当当茶水的杯子道："谢谢阿叔，我刚倒满。"

"扑哧——"妮轰实在忍不住笑出了声，跪着挪到严春旁边，小声说，"阿叔，我们什么都不知道。"

"咳！"严春尴尬得想找个地缝钻进去，假装清嗓子，不想却被口水呛到，撕心裂肺地猛咳起来。

拉勐适时伸出援手，用巴掌在严春背上"砰砰砰"敲了一通，好不容易才让严春顺过气。

"皮猴子，赶紧给你阿叔倒杯水。"拉勐不满地鼓了妮轰一眼。

妮轰本就不是个薄脸皮的，不疼不痒地应了声，双手给严春奉上杯茶："阿叔，慢点喝，你的心情我都懂。"说完还挤眉弄眼地做了个鬼脸。

严春魂不守舍地接过茶杯，也不知道自己怎么吃完烂饭的，等恍惚回神，他已经第三次被佤族人民送出了寨门。

短短几天，这已经是龚兆东经历的第四次送别了，所以他并没有太多伤感，倒是龚国清，这一回真真实实地觉得，自己要跟儿子暂别了。

来到班箐河边，龚国清一把抱住龚兆东，动情道："爹对不起你，让你受苦了……"

"有妮轰阿姐照顾我，爹你尽管放心。"龚兆东鼻头泛酸，"爹，我会没事的。没有事情我尽量不跟你联系，免得其他人多心……"

这话落进龚国清耳朵里，叫他通体忽地刮起一阵冷风，无法自控地落下泪来："多保重，我的儿。……"

父子二人从没这样紧密地拥抱过，皮连在一起，心靠在一处，体温互相交融，脉搏一齐跳动。直到拉勐和严春走远，身影都隐没在山河间，父子二人仍旧难舍难分。

拉勐回头望了望，他熟悉的佤寨就那样停在遥远的山林深处，静静相送。

严春也回头望了望，然而除了那一泓褶皱的河湾，他想不到还需同谁道别。

"妮轰总喜欢抱我。"

没头没尾地，拉勐突然开口。

严春听懂了，于是回答他："很快就会再见的。"

三人行的队伍中，唯有岩三布龙牵着马，心无旁骛。

天近黄昏时，严春带着拉勐来到竹塘募乃，澜沧县的赴京代表都在此处聚集，其中就包括鼎鼎大名的李保代办。

李保早就知晓拉勐会来，只不过见到拉勐时，他并未上前打招呼。

拉勐也是见惯世面的大头人，眼中虽有好奇，但毫不拘谨，甚至还拿出了平日鲜少展露的一丝霸气，显得从容而威严。

晚饭即将开始，岩火龙作为佤族代表之一，也坐在席间，他伸长脖子四处寻找着什么，终于，他看到门口钻进来一个小小的身影。

"岩三，岩三！"岩火龙跃着上身招手。

区政府工作人员进进出出，岩三布龙稍不注意就被踩了一脚。

"哎呀——"岩火龙连忙拨开人群，将岩三布龙一把抱起。

"阿哥！"岩三布龙又惊又喜，学着妮轰把脸埋在岩火龙脖颈间，来回摩擦以示亲近。

岩火龙被蹭得痒麻麻的，欢喜得很，一路把岩三布龙抱到自己的座席上。

"阿哥，你也要去北京吗？"

"是呀，我爹不去，就让我替他。"岩火龙点点头。

"好厉害！我听说，只有寨子里最厉害的人才能去北京。"岩三布龙亮晶晶的眼里都是仰慕。

"我可没有拉勐厉害。"岩火龙被看得羞赧，夹起一块肥瘦相间的小猪肉放进岩三布龙碗里，"快吃，吃完还有节目看呢。"

"澜沧县欢送赴京国庆观礼代表文艺晚会"是今夜的重头戏。澜沧中心县委书记昌恩泽致辞时，还隆重介绍了此次赴京的代表。

拉勐竖直耳朵左听又听，怎么也没有龚国清的大名，于是向严春发难："不是说好你跟老龚一起陪我去北京，咋没听见他的名字？"

"莫不是念漏了？"严春也不知情。

拉勐死驴犟板筋，不听到龚国清亲口说，他可不会相信。

"老龚！老龚！"

逡巡一圈不见人，拉勐直接扯着嗓子喊开了。

这一喊，龚国清没应，倒把台上的昌恩泽给吓了一跳。

"这位同志，怎么了？"昌恩泽关切问道。

"书记，无事，无事！"严春猛一使劲，把拉勐按回座位上。

龚国清这时才不知从哪里匆匆钻出来："正经场合，闹什么？"

拉勐不管不顾，揪着龚国清的衣袖道："不是说好你要跟我去北京，咋临阵拉稀？"

"等下还有个节目，看完你就懂了。"龚国清叹口气。

拉勐将信将疑，耐着性子才又坐下。

所谓的节目，其实是一出反特活报剧。拉勐瞪大眼睛，看见台上穿民族马褂的同胞被敌特分子耍得团团转，很是气愤。敌特分子造谣说共产党人面兽心，给的米面油盐都是毒药，为的是霸占他们的女人和地皮，然而事实上，是敌特分子在共产党的物资里偷偷加了毒药，害死少数民族同胞之后栽赃嫁祸给了共产党。

"土地老爷挖了眼，瞎鬼哦！这话都信，蠢货呢！"

拉勐看得入迷，直到节目结束，仍旧沉浸在剧情里，仿佛被骗被杀的人是他自己一般，骂骂咧咧停不住。就在他撸了袖子，做好干仗准备时，肩膀被一只手拍了拍。

"拉勐，有什么事，要不要跟我说说？"

拉勐回头一看，拍他的人竟是昌恩泽。

"书记，先前我答应拉勐一起去北京，现下又去不了，正要跟他解释呢。"龚国清站出来，三言两语把事情交代了。

昌恩泽点点头，又亲切地看向拉勐。

拉勐知道昌恩泽是澜沧的大官，下意识就想到了以前国民党政府。"有什么事说一说"，同样一句话，国民党说的时候，要么充满威胁，要么尽是敷衍，然而换了昌恩泽的嘴巴，竟然听起来像是自家长辈在问话。

"先前我气得要死，老龚骗我，我不想去北京了。"拉勐嘟嘟囔囔，最终还是把心里话说了出来。

"拉勐大哥，你……"严春在拉勐旁边火急火燎。

昌恩泽淡定一笑，接着问："现在你怎么想？"

"看完节目我知道了，西盟不太平，总有些头顶长疮、脚底化脓的搅屎棍，坏透了。老龚留下来也好，帮我们守着地盘。省得我一走，那些不开眼的上当受骗，小命都丢光。"拉勐说完，意味深长地看了龚国清一眼。

"拉勐，感谢你的理解！"昌恩泽收敛了笑容，正色道，"我们会好好守着整个澜沧，等你们回来，再完完整整交还给你们。"

离拉勐不远的座位上，还有一个人迟迟未离席，那就是李保。此时李保的心中，同样奔涌着一条急流，西盟不太平，他们去往北京的路上，又会太平吗？

第二天，观礼团正式开拔，经田坝、东主、白塔后，到达了县委、县政府驻地佛房。9月5日，又从佛房出发，往黄草岭、迁糯方向行进。到达迁糯当天，边纵一部队司令员傅晓楼在家杀猪宰鸡，招待观礼团。

拉勐连日在马上摇晃，晚上又睡不安生，实在有些疲累，整天都沉默寡言。岩三布龙则是头一次走这么远，看什么都新鲜得很。

"你们做什么去啦？"

哈尼族代表黄窝梭、黄克明父子刚到迁糯就没了影，回来却大包小包拎了不少，岩三布龙忍不住打探。

"出门时家里没有现成的新衣服，刚刚去南京洼买了一套。"

黄克明笑着把绣花衣裳、筒裙和一对脚套筒掏出来给岩三布龙看。

"真漂亮。"岩三布龙想伸手去摸，顿了顿，又把手收回，"不能把新衣服弄脏。"

"是，要新新的带到北京去呢。"黄克明咧嘴一笑，露出一对小虎牙。

两人正聊得欢，岩火龙突然挤了进来："岩三，你看。"

岩火龙捧着两根白色的棍子，献宝似的展示给岩三布龙。

"这是什么？凉冰冰的，滑溜溜的。"岩三布龙一摸，顿时喜欢上了棍子的手感。

"是象牙筷！"黄克明笃定地说。

"用来做什么的？"岩三布龙又问。

"吃饭吃菜的时候，就可以用它来夹。"黄克明一把抓住象牙筷柄，试图让两只筷子分开，然而手指根本不听使唤，筷子很快就掉到了地上。

"吃饭从来都是用手，突然要加上这两根棍子，到天亮都吃不饱啊。"岩火龙挂着下巴，十分苦恼。

显然，苦恼的并不只是这三个年轻人，拉勐在席上同样犯了难，他也没用过筷子。只不过，拉勐比三个年轻人要聪明，他紧紧挨着严春，把难题都交了出去。

拉勐先拉一下严春的衣角，接着下巴往左，严春就会给他夹一坨羊肉；再拉一下严春的衣角，接着下巴往右，严春就会给他夹一坨鸡肉。

拉勐吃得尽兴，挺着一张油嘴，凑到严春耳边："有点渴酒了。"

严春无奈地看了拉勐一眼："等下去给你整。"

拉勐高兴得像个娃娃，手舞足蹈抓起一块羊肉丢进严春碗里："赶紧吃，吃完我们去'嗯'！"

李保就在邻席，听着拉勐和严春的对话暗暗发笑。在此之前，他都不知砍头不眨眼的佤族头人拉勐竟是这般形象。

严春没有吃羊肉，而是放下筷子，往背后的林地一指："走，先去'嗯'。"

"要背静一点。"拉勐边起身边提要求。

"保管一个都看不见。"严春随意扯了把树叶递给拉勐，"把手上的油擦掉，不然抹在裤子上。"

拉勐乖巧地照做了。

李保这才反应过来，两人是准备去做什么。一路上，拉勐总是黏着严春，有时要"嘘"，有时要"嗯"，悄悄摸摸不想让人发现。搞了半天，大头人拉屎撒尿的需求，都是这样解决的。不由得，李保对共产党又多了几分信任，毕竟能将他们这些"不开化的野蛮人"照顾得如此无微不至，岂是单凭一时兴起能坚持的？

晚上，李保刚躺下，隔壁又传来严春和拉勐窸窸窣窣的声音。

"说是床太小睡不下，我的大哥啊！"

"我像蛇一样把你绕起来，绝对不让你掉下去。严春好兄弟，你就挪开一个旮旯嘛！"

"酒已经给你找了一壶，是不是还不够？"

"不是酒的事。我怕外面那些人来砍我的头。"

"你说那些警卫员？大哥，你不要整天疑神疑鬼，他们跟我一样，都是保护你的，咋会砍你的头？"

"我不管，我睡着了。呼噜——呼噜——"

也不知是真睡着还是装睡着，很快，拉勐震天的呼噜在夜里疯狂地叫嚣起来。

李保两手交握垫在脑袋下面，看着屋外巡逻的身影，渐渐进入了梦田。梦里，一只健壮的芦花公鸡正顶着火焰般的红冠，一步一步向他踱来，直到黄澄澄的大眼睛陡然凑近，一颗黑豆似的瞳仁如同子弹一样向李保射来——

"喔喔——喔！喔喔——喔！"

一声刚歇，一声又起，愈演愈烈。整条澜沧江都被鸡鸣叫醒，赴京队伍也不例外。

马上就要渡过澜沧江的南北渡口，往勐主而去。但是竹筏太小，不能一次渡完人员、马匹和物品。

"松开……"严春的手被拉勐死死拽住，怎么也抽不出。

"不行，我不跟你分开。"拉勐神色中有几分紧张。

"筏子太小了，翻到江里怎么办？"严春有些生气。

"你不跟我一处，我才是要被人掀进江里害死！"拉勐不管不顾。

"我的老哥，你是一天天乱想，哪个又要害你？岩三都在，你怕什么？"严春说着，一把将拉勐推上竹筏，"去对岸等我。"

拉勐猝不及防，跟李保撞了个满怀。

"当心。"李保扶住拉勐。

拉勐不好意思地抓抓头，把岩三布龙搂到怀里："李代办，踩到你了。"

"无妨。"李保摇摇头，接着指着对岸，"你看。"

拉勐看了一眼，对面除了江滩水雾，再没有其他，于是揉揉眼又仔细看。

"到底什么东西？"

李保抿嘴一笑，撩起长袍率先踏了出去。

"到了。"

拉勐傻呆呆跟在后面："什么到了？"

李保并不答话，自顾向前走。

岩三布龙忽然扯了扯拉勐的衣角，小声说："不要害怕，我们已经过江了。"

拉勐方才意识到，李保竟是在变相地安慰他。

渡过澜沧江后，取道勐主、勐帮、景谷、草皮街、振太、文井、景东、鼠街、猫街、牛街、下马街、上马街，一直走到镇沅县。镇沅县属宁洱专区，四河（者干河、恩乐河、勐统河、景谷河）流经两山（哀牢山、无量山）下，北高南低高差大，河谷只有两小坝（恩乐、勐统），形似东驰一骏马，乃是一方宝地。

将将踏上镇沅县的土地，大家就感受到了什么叫作烈日炎炎似火烧，野田禾稻半枯焦。年轻力壮的小伙子尚且觉得心如汤煮，更何况赴京代表中还有不少上了年纪的。

"阿爹！"

黄克明大叫着扑下马，在人群中引起一阵骚动。

严春最先反应过来，简单探过情况，镇静说道："只是中暑。"

黄克明搂着人事不省的父亲黄窝梭，六神无主地求救："严队长……"

"别担心，没事的。"

严春说着，矮身将黄窝梭扶到自己的马上，又把黄克明托到马上坐好。

"莫怕，我在你后头跟着。"

莫名地，听着严春的声音，黄克明就平息了心中的忐忑。

拉勐一边看一边笑，忍不住搂着旁边的随行翻译，炫耀道："你看我这个兄弟，贴心得很……"

李保耳朵里听着动静，眼睛随意一扫，却惊讶地发现，不知何时随行队伍又壮大了。代表团的前后左右，都多出不少生面孔，大略数数，至少增加了一个连的兵力。

拉勐的声音又钻进来，打断了李保的思绪。

"兄弟，你悄悄跟我说实话，政府有没有派人来杀我们？我给你这个数……"

"我说的就是实话，我是来保护你的，你不要乱听些谣言。"

"保护我咋还背着枪？不够的话再加你两个半开，不能更多了！"

"钱我不会要，也不能要。你忘了那天的节目？"随行翻译万般无奈，把拉勐的两根手指按下道，"特务残匪一边干坏事，一边栽赃给我们。万一出来捣乱，把你们暗杀了，我们真是浑身长嘴都说不清。我背着枪，是为了打坏蛋，不是打你。"

拉劢认真点点头，一副听懂了的样子，隔了一会儿，又问："政府发你们多少工钱？"

"没有钱。"随行翻译回答。

"没有钱你也干？"

"有饭吃，有衣穿，不受压迫，不受欺负，当然干。毛主席说了，我们共产党和共产党所领导的八路军、新四军，是革命的队伍。我们这个队伍完全是为着解放人民的，是彻底地为人民的利益工作的。这叫为人民服务！"

拉劢又点点头，终于相信了，毕竟在他的经验里，根本没有人愿意不拿钱还干活的。背枪的共产党跟他无冤无仇，杀他又没有报酬，自然不会有害他的心思。

李保听着拉劢和随行翻译的对话，愈发肯定了自己的猜想。他端正身子，高高骑在马上，眼皮微合，跟随马蹄的律动轻轻摇晃，四面八方的闲聊讯息，尽皆汇聚到他的脑中。

"你看这个李代办，万一睡着了跌下来……"

"我第一次被一群汉人像供祖宗一样对待，简直太高兴了。"

"……昨天的饭菜不行，吃了蹿稀。"

"我隔壁床那个吃得最多，酒是酒离不得，晚上又吐又拉，铺盖都恶臭。"

"路过上马街的时候，有个戴眼镜的男人分我馒头吃，又香又软，吃完嘴巴里面还回甜！"

"逃难的吧？我见他腿上有伤，严队长还给他包扎了。他打听我们去哪，我说北京，他眼镜差点吓掉。"

"哈哈哈，还不如我一个老蛮子有胆识……"

倏地，李保睁开眼，调转马头。

"李代办，你是开什么历史的倒车？"

拉勐这几天学了不少新鲜说法，见李保行为怪异，不由玩笑道。

李保似乎没有听到，径直找到严春，与严春并行。

"有什么事找我吗，李代办？"

李保压低声音，脸上笑着，一副聊家常的表情，语气却带了不满："严队长，你热心肠是好事，但有时也要分一分。"

严春不明就里，虚心请教："李代办有话不妨直说。"

"听说严队长救了个逃难的人。"

"还带着不少行李，我特意安排了两个人照顾他。"严春心中一紧，有意把"照顾"二字说得重了几分。

"我不是多事的人，如果只是吃饭拉肚子，倒也不值一提……"李保话说一半，两腿轻夹马腹，嘚嘚嘚又汇入人流中去了。

严春愣愣望着李保略显单薄的背影，再没露出平日没心没肺的笑容。

晚上，代表团被安排到一个大寨子休息，天色渐晚，疲累了一天的代表团都聚在院子里等待开饭。

岩三布龙挨着岩火龙，哥俩把脑袋凑在一块，正在斗草叶子玩。

"烤红薯！"

岩三布龙的小狗鼻子"呼哧呼哧"耸着，黑眼睛像两个巡逻兵，飞快探照了三百六十度。这时，一只大手伸到他面前，果真递来一个烤红薯。

"咕——"

岩三布龙下意识咽了口口水，馋虫在他肠胃里挠呀抓呀，叫他心痒难耐。

"拿着，吃吧。"

大手的主人说着，把红薯放到岩三布龙的小手中。岩三布龙捧着热乎乎的烤红薯，闻着熟悉的炭火味，忽然就想起了阿妈，想起了阿姐。

"多谢李代办……"

岩火龙见岩三布龙傻呆呆的，拿了李保的红薯却不知道道谢，连忙替他道谢。

　　岩三布龙捏着红薯，一下子扑进岩火龙怀里，带着哭腔闷闷地说："阿哥，我想妮轰阿姐了，她最喜欢吃烤红薯……"

　　岩火龙轻抚岩三布龙的脊背，沉默半晌，也小声说道："我也想木香阿姐了……"

　　"木香阿姐这次会去北京吗？"

　　"不知道。她比我更像一只雄鹰，飞得那么高，那么远……"

　　在李保眼里，岩火龙和岩三布龙的愁绪是如此缥缈，少年人炙热的眼泪，已经多少年没有在他身上出现了，是啊，他老了。

　　"好了，想吃明天又给你烤。"

　　李保的安慰很实在，不过很有效。

　　岩三布龙仰起头，眼泪还挂在鼻梁上，胸口还在因止不住的抽噎而起伏，却也见缝插针地开口："真的？"

　　"真的。倘若时间足够，我还能带你走村串巷地吃席呢。"

　　"你认识这里的人？"

　　"现在不认识，吃席的话就会认识了。"

　　岩三布龙根本听不懂李保的话，怎么吃席就能认识人了呢？

　　岩火龙毕竟年纪大些，观察到的也就更多。他闻到李保说话时嘴里的酒味，不同于佤山的粮食酒，似乎带了些茶香。他曾听父亲说过，宁洱一带有人用普洱茶酿酒，别有滋味。另外，李保口袋鼓鼓囊囊的，看形状像是装了几个鸡蛋。也就是说，在大家歇下的这半个时辰不到，李保不仅去寨子里喝了酒，还装了人家的鸡蛋，拿了人家的烤红薯。

　　李保当然知道岩火龙在观察他，但他并不在意，兀自悠哉地喝茶。

　　"喋——"

　　轻微的碰撞声被岩火龙敏锐地捕捉到，是李保腰间的银刀磕到了椅子。岩火龙暗暗心惊：与李保同行多日，一直只看到李保客气斯文如同平民，竟全然未曾注意这把刀。

　　再看李保时，岩火龙骤然想到一种动物——变色龙：皮色跟随环境而变，静待时机，一击即中。难怪他能叱咤西盟多年，土司代办的地位无可撼动呢！

伙食房里，严春正背着手四处游逛。

"今晚有什么好吃的？"

"白米饭，筒子骨汤，坨坨肉，炸水蜻蜓。"

"香！"严春伸手抓了一只刚出油锅的水蜻蜓，放进嘴嚼得咔嚓咔嚓脆响。

"严长官，咳咳——"

严春闻声，见一个戴眼镜的男人一瘸一拐走过来，于是打招呼："田先生怎么来伙食房了？光宝没跟着你？"

"我饿得有些发晕。光宝长官有人找他，出去了。"田先生又虚弱地咳两声，好脾气地解释，"你们本就事忙，还要处处顾着我这个累赘，实在过意不去。"

"吃吗？"严春浑不在意地点着头，抓起一把水蜻蜓递上前。

"不，不！"田先生吓得连连后退，"多谢，我……我怕这个。"

"怪我考虑不周，田先生是个斯文人。"严春歉意道，"要不先喝点骨头汤？很快就开饭了。"

"严长官客气，若非我被残匪流弹所伤，也没有与您相识的福分。"田先生唯唯诺诺地作揖，"您先忙，打汤这种小事我自己可以。"

"行。"严春嘬掉手指上的油，头也不回地出了伙食房。

田先生恭谨地目送严春出门后，才缓慢挪动着脚步，转身向骨头汤锅靠近。

伙食房门边，严春装作百无聊赖地靠在墙上，实则眼睛的余光半刻没有离开田先生。

田先生找碗、找汤勺、舀汤、吹凉、喝汤，又跟炊事员讨了米饭，盛了单人份的菜品，准备端回房间去吃。看起来，再正常不过了。

"开饭开饭！"

桌上，岩三布龙正捧着红薯吃得欢，饭菜端到他面前，也丝毫引不起他的兴趣。

"坨坨肉，水蜻蜓，白菜汤！"

岩火龙最喜欢吃肉，今晚的坨坨肉分量足到用盆来装，能不让人兴奋吗？

满院子的人都吃得热火朝天，唯独李保皱着眉头。

"大爹，吃肉。"

岩三布龙成天跟着妮轰那个人精混，最晓得怎么讨大人欢心，有样学样地给李保抓了一坨带皮精肉。

李保拍拍岩三布龙的头："你吃。"说罢起身往伙食房去了。

才走到伙食房门口，就听到里面传来"呜呜"的狗叫。进去一看，严春和几个共产党的长官围站在一起，正盯着一条黑狗舔骨头汤。

黑狗又"呜呜"哼叫起来，眼巴巴看着人。

"到底有事没事？"

严春气馁地问，但是没人回答他。

"应该是跟昨天一样，泻药之类的。"李保开口打破沉默。

"李代办，你怎么来了？"严春惊奇地看向门口，见警卫员仍然好好站着岗，没有其他人经过，才松了口气。

"我听寨子里的人说，今天宰了三头猪，还请人帮忙剔了骨，准备晚上煮汤。"李保说话的口吻稀松平常。

严春张了张嘴，不明白李保的意思。

李保只好把话说白："可是今晚只有一盆清水白菜，并没有骨头汤，我便猜想，恐怕出了状况。"

"代办心思缜密！"这下子，严春被李保切切实实地震惊到了。

"田先生呢？"李保又问。

严春已经没有心情去思考，李保昨天才得知有个逃难的男人，如何今天就清楚人家姓甚名谁。凭借李保方才显露的那手见微知著的本事，还有什么事情值得惊奇呢？

"端了饭菜，回房去了。"

"去看看。"

严春同屋里其他人交换了眼神，便带着李保向卧房走去。

"我特意安排他跟我睡一间。"严春低声提醒。

李保了然地点点头，用正常的说话音量，另起了个话头："真是老了，才骑几天马，我这个背是针戳一样疼。严队长，你老家的膏药再整点给我，效果不错。"

"好说好说，进来我帮你擦。"

严春立刻打起精神，配合地将李保引进卧房。两人原本做好了和田先生交谈的准备，哪承想，田先生根本不在，屋里的风景一览无遗，两张床，一个木衣柜，一张木桌，两把太师椅，墙上挂一面小铜镜，墙角堆着两个皮箱。

李保环顾一圈，指着两个皮箱问道："里面装着什么？"

"田先生的行李。"

皮箱没有锁，严春轻易就掀开了，里边只有些衣物和书籍纸张，无一不证明着主人是个再普通不过的读书人。

"去外面找找……"

"嘘——"

李保刚提议，就被严春打断。

严春闭目听辨片刻，一个箭步打开衣柜，埋头在一堆棉絮里胡乱翻找，直到从隐秘的角落里刨出一个锈迹斑斑的石英钟。

李保也被严春搞得紧张起来，大气都不敢喘，生怕惊扰了严春。

严春把石英钟贴到耳边仔细听了又听，不敢确定。可为防万一，他还是叫来门口的警卫员吩咐道："注意警戒，再派一队人去找田先生。"

"一队？"警卫员很疑惑。

"一队，带好武器。"严春确定地重复一遍。

"这钟有问题？"李保搞不清楚状况。

话音刚落，石英钟的指针莫名其妙地越转越快，几个呼吸的时间，时针、分针和秒针合到12点位置，紧接着，钟里发出短促刺耳的嘀嘀声。

"不好，是炸弹！"严春大惊，脸色刷地白了。

就在严春脑袋发蒙的瞬间，李保一把抢过石英钟，斩钉截铁道："不能在这里爆炸！"

李保的声音宛如一座镇山石，"咚"地落地，将严春的魂魄从天外拉扯回来。

"去外面趴下，不要乱动！"

严春粗暴地抢回石英钟，掀开衣角裹住，朝屋外疾跑。

"嘀嘀嘀嘀——嘀嘀嘀嘀——"

炸弹计时的短鸣犹如催命符咒，一道道盘绞在人的头颅里，让人在极端的惊惶中眼睛看不明，耳朵听不清。严春的脚步虽然坚沉有力，可他已然失了前进的导航。

千钧一发之际，李保又发出一道救命的指令："一直往东，那有条河！"

严春终于有了方向，奔出院门的同时，他用尽全身气力大喊："全部卧倒——"

拉勐和一众头人代表正在吃酒，谈天说地好不热闹，严春喊出这一声时，其实大部分头人都没有反应过来。拉勐只感觉有个熟悉的影子把自己按倒在地，用自己的身体把他紧紧覆盖住，令他几乎窒息。

"轰——"

震天撼地的爆炸声传来，大地战栗，烟尘四起。

"咳咳！"

拉勐费力仰起脑袋，与压在背上的人艰难对视。

那人灰头土脸，见拉勐看向他，急切地关心道："拉勐，你没事吧？刚刚力道没掌握好……"

听到声音，拉勐才恍然认出，这是天天跟在他身边，说要保护他的随行翻译。

"咳……"拉勐憋足劲又咳了一声，才顺过气，也算回答了随行翻译的问题。

院子里，每个少数民族代表团成员身上都趴着一个解放军，每个解放军都用自己的血肉之躯保护着一个少数民族代表，横七竖八乌泱泱一片。

拉勐被眼前这一幕深深震撼了——他们边疆少数民族世代渴望得到的尊重和保护，在新中国真的能成为现实！

李保率先起身，沿着严春的路线跑出去。

"严春……"

拉勐也猛一撑地，纵身而起，紧随其后。

两人的动作像是打开了水阀，其余头人代表纷纷跟着涌去。

循着踪迹，李保一路来到河边。远远的，就能看到河岸上躺着不少死鱼，有的鱼被炸成几段，碎肉散落在芦苇叶上，血腥气夹杂火药味，闻之欲呕。

在一洼河湾里——一洼刚刚才被炸出来的河湾里，严春伏在水面一动不动，生死不知。

"严春！"李保冲上前将严春扶起。

拉勐也跑来了，一看到李保怀里破布似的严春，当即绷不住眼泪，连连哽咽。那双总跳动着火焰、流转着智慧的眼睛，此时紧紧地闭着，被尘土覆满；那双总握着他、搂着他、为他穿鞋穿袜的手臂，此时无力地垂着，被血污覆满。他又想起了昔日的好兄弟尹溯涛，当时尹溯涛身死，是否也这样突然，也这样孤独地躺在冰冷的地上？

拉勐身后的少数民族头人们，同样看到了严春。不，这一刻，他们看到的不仅仅是严春，更是一个为救他们而舍生忘死的共产党员！

岩火龙紧紧搂着岩三布龙，他的眼里亦噙满了泪水。第二次了，共产党不惜牺牲自己也要保护他，已经是第二次了！第一次，阿明为了引开国民党残匪，让木香带着他和岩三布龙逃命，死在残匪的枪口下。难道这一次，严春也要……

"让一让！让一让！"

医务员提着药箱和担架拨开人群。

李保屏住呼吸，嗓音微颤："如何？"

医务员放下听诊器，又检查了严春的脉搏和瞳孔，赶紧站起来向大家宣布："震晕过去了，都是皮外伤，没有大碍！"

得到了期盼的答案，头人们高兴得像过年一样，喜气由内而外洋溢着。

未等医务员说话，拉勐自告奋勇："我来背他，你们歇着。"说完扛起严春，上下掂了掂，飞也似的径直回了院子。

半夜时分，光宝带人从村头的树林里抓到了田先生。甫一进院，田先生就被面前的情状吓软了。头人们都没睡觉，个个像猫头鹰一样盯着他，眼睛泛着瘆人的绿光。

"你他妈个逼崽，老子今天非剐了你！"

拉勐走路都带着火，等不及要用满腔风雷砸死田先生，幸而被光宝拦住。

"拉勐别急，先撬撬他的嘴。"

田先生闻声，才看到拉勐后面端坐的李保。李保把玩着银刀，翻着眼皮看他，刀一样锋利的嘴角在黑暗里若隐若现。

"饶命，饶命啊！"

田先生扑通跪倒在地，一阵猛磕头，一身软骨头暴露无遗。

"我只负责放炸药，什么都不知道啊！"

李保冷笑着抬起眼睛："如此没有价值，且杀了吧。"

拉勐早就等着这句话，揪住田先生衣领，拎小鸡似的把他拎起来，示意几个拿刀拿箭的头人下手。

"啊……我想起来了！"

看到一排闪着银光的兵器对准了自己，田先生连忙惨叫。

175

"暗杀进京代表，制造混乱，破坏观礼活动，造谣说进京观礼是个杀人的骗局！"

光宝气得发抖："谁派你来的？"

"屈洪斋司令！他也是接了蒋委员长的指令。我只是个小人物，不关我事啊，把我当成个屁，放了吧。……"

在场的诸位没有谁是傻子，田先生看上去骨头软，却不见得说了十成十的真话。

"带下去，好好审！"

光宝一声令下，田先生被拎起来，连拖带拽地被押走了。

头人们义愤填膺，尤其拉勐，暴怒久久难平，倘若不是还需田先生供出幕后消息，他恐怕已经忍不住提刀把田先生碎尸万段。

"喔喔——喔！喔喔——喔！"

公鸡的破锣嗓又如往日一般，兢兢业业开工。旧的一夜过去了，新的一天到来了。少数民族头人们在太阳升起的那一刻，终于看清了共产党的真心，认清了前进的方向。

第六日
迢途

1

"嘶——"

一双冰火交替的手，从耳后缓缓滑到颈间，再到咽喉，将他紧紧扼住。

"嘶——"

他沉在暗无天日的水底，头发变成无限生长的水藻，缠住腿、缠住手、缠住肩、缠住脸。呼吸通道被阻，一口气吸进口鼻，就再也无法咽下。肺叶被冰刺似的疼，被火烧似的痛，气血如同沸涌的岩浆，直突颅顶。他抽搐着四肢，想要冲破禁锢。然而，无论他怎样挣扎，水藻都丝毫未松，反而将他拽往更黑的深渊中。

"嘀嘀……"

李保猝然睁眼，将魂魄从泥沼中打捞出来。良久，他浑浊的瞳孔才逐渐澄澈，变得能够接收自然的光亮。可是，他仍旧无法呼吸，脖子上缠着一圈冷冰冰的绳索，正在慢慢收紧，正在把他体内的生气一点一点收走。

"嗖！"

一支弩箭划破虚空，剖开李保眼前的地面，栽进泥土。几滴温热的液体溅到李保脸上，与此同时，他感到脖子骤然一松，氧气一股脑冲进了呼吸道。

"嗬——呼——嗬——呼——"

用尽全身气力喘息，李保方能堪堪维持神志，不让自己陷入昏睡。

"大爹！大爹！"

有人在唤他。

"鑫副官，别以为今天屈司令不在，你就可以为所欲为！"

"说话要讲证据，少在这红口白牙跑舌头。"

"证据？前几日都好端端的，怎么司令才出门，立马就有蛇缠在我老哥脖子上？"

"山大林深，有条蛇很奇怪吗？"

"你……"

有人在争吵。

"大爹！大爹！"

唤他的人锲而不舍，直至他顺过气，看清了眼前的人。

"云聪……"

李保声音嘶哑，仿佛两块生锈的铁片互相摩擦。

舒云聪顶着一对兔子眼睛，见李保醒来，激动得不能自已："大爹！"

舒云聪身后，站着舒炳忠和鑫副官。鑫副官冷哼一声，扭着屁股坐到屈司令往常的位置上，跷起二郎腿，摆出一副事不关己的样子。舒炳忠手握弩弓，低垂着眼睑，神色晦暗不明。

"鑫副官，咱们一开始说得好好的，请我这位老哥哥过来做客。现在该吃的饭吃了，该受的惊也受了，怎么就要过河拆桥？"

舒炳忠似笑非笑，眼神像毒蛇一样在鑫副官脸上逡巡。

"唔……"

鑫副官拈着兰花指，托起大烟枪深吸一口，迷醉地笑起来："剿共副总指挥倒戈，屈司令前去平叛，焉知不是你二位调虎离山的毒计呢？"

"血口喷人！"舒云聪禁不起激，顿时指着鑫副官的鼻子申辩，"就因为你们说不会要我大爹的性命，劝服我大爹之后让他也跟我们一样过好日子，我跟我爹才样样依着你们行事，不敢有半点忤逆。调虎离山，对我们有什么好处？"

"好处？"鑫副官享受地闭起眼睛，身处梨园那般摇头晃脑，好不惬意，"大抵是见不得李代办受苦，要在今日了结了他吧。"

话音刚落，舒炳忠倏地抬头，阴恻恻盯着鑫副官。

"怎么，不小心说出你的心里话了？"

鑫副官抿嘴一笑，摸着腰间的枪，有恃无恐。

舒炳忠咬碎一口银牙，在心里把鑫副官凌迟了无数遍。可他现在，早已是卸了爪牙的老虎，受制于人，除了忍，又能如何？

无端地，李保忽然想起：自己被抓的第二天，企图救他的佤族小男孩被擒，鑫副官负责审问。自己为了保住佤族小男孩还倒打一把，给鑫副官甩了一口黑锅。

"我要是找哨探，怎会找这么个嘴上没毛的小子？撒个尿还能撒出个好歹，鑫副官，你可真是屈司令的得力干将。我倒是想问问，这小子准备怎么救我？我也好配合配合。"

李保还记得自己讲这话时的语气和神态，当时屈洪斋虽未相信，却也有半刻的迟疑。那么，一直以屈洪斋宠臣自居的鑫副官，又是什么反应呢？李保的脑海里仍留存着一幅清晰的画面：鑫副官拎着小仔鸡似的佤族小男孩，眸色赤红，露出嗜血的阴狠。可就在屈洪斋转头的一瞬，鑫副官立马变成一泓平静的湖水，波澜不兴地展露出对上司的全然信任："司令明察秋毫。"

不得不说，鑫副官能被屈洪斋看重，确实是有两把刷子的。看似阴柔，实则狠辣，又擅蛰伏，当真是把屈洪斋的佛口蛇心学了个十成十。

屈洪斋不在营中，鑫副官便无所忌惮，大剌剌躺在椅子上，另找来两个小女人打扇捶腿。两个小女人身柔似水，藤缠枝绕地一左一右攀在鑫副官肩上，只差拿一对大胸脯子去贴他。鑫副官分别捉起两个小女人的手，包在掌心轻轻揉搓，美滋滋地开口——

小姐小姐多风采，

君瑞君瑞你大雅才。

风流不用千金买，

月移花影玉人来。

今宵勾却了相思债，

无限的春风抱满怀。

花心拆，游蜂采，

柳腰摆，露滴牡丹开。

一个是半推半就惊又爱，

好一似襄王神女赴阳台。

…………

鑫副官一边唱，一边怜爱地左顾右盼，沉浸在戏中不能自拔，仿若眼前两个小女人，一个是张珙，一个是崔莺莺，马上就要在他这个红娘的牵引下情定终身。两个小女人越听，脸色越发怪异，但碍于鑫副官的积威，又不敢太过显露。幸而鑫副官耽于唱词，并不在意小女人的反应。

唱到"襄王神女赴阳台"时，鑫副官眉头紧蹙，眼睫剧烈颤抖，指甲抠进了女人的皮肉里，接着蓦地一松，深深呵出一口气。两个小女人痛得眼泪花子转却不敢吱声，瑟瑟缩缩接受了鑫副官临别的爱抚。

"下去吧。"

鑫副官瘫回椅子上，声色带着餍足的慵懒。

小女人得了令，连忙低头小跑着退下。

舒炳忠早在鑫副官唱曲儿的时候，就参透了他不堪入目的淫思，急急拉着舒云聪躲回了营帐。

"我们走了，大爹怎么办？"

舒云聪一心记挂李保。

舒炳忠微微叹息，他这儿子什么都好，就是心软了些，于是安抚道：

"随时注意着就是，屈司令去不久的。他一回来，你大爹就安全了。"

见父亲沉着而笃定，舒云聪点点头。他至今仍未看清的是，他们父子二人早在交出李保的那一刻，就已经泯灭了良知，回不了头了。

鑫副官唱罢，偌大的空地只剩下他与李保两个人。

"李代办，人生苦短，你怎么就是想不明白呢？"

鑫副官缓缓走向李保。

土埋到了李保胸口，远远看去，李保就像半截风干的泥人雕塑。

一铲土，又一铲土，鑫副官有意把铲子高高举起，将土从李保头上淋下。噼里啪啦，噼里啪啦，那叫一个舒爽！很快，土就没过了李保的脖子。

"当然，如果你求我，说不定我会发发善心，让你走个痛快。"鑫副官居高临下，摆出睥睨一切的姿态。

"呵……"

李保呆愣愣地看了鑫副官好一会儿，忽而咧嘴笑起来。他干枯的嘴皮撕裂，三四条血虫顺着下巴一直往下爬，犹如张牙舞爪的地底冤魂。

饶是鑫副官作孽不少，也被眼前的一幕骇得打了个冷噤。

"你笑什么？"

鑫副官故作镇静地大声问。

"呵呵呵……"

李保没有回答，反而笑得整个身子都开始发抖，头发上的泥灰簌簌下落。他的嗓子太哑了，因此一副仰天大笑的架势，发出的却是蛇吐信子般的气息声。

刺耳的笑声让鑫副官焦躁不已，一旁躺着的死蛇血口豁开，竟像一朵绚烂诡异的红花。灵魂深处，有一道魅惑的耳语窃窃响起："是曼殊沙华①啊……"

---

① 曼殊沙华：音译，最早出自《妙法莲华经》，表示死亡的前兆、地狱的召唤。

雾时，冷汗打湿了鑫副官的后背。风一吹，刺骨的寒意袭向全身，使他忍不住失声大叫，连滚带爬地跑走："鬼，鬼啊——"

李保再度醒来时，天已擦黑，一道人影映照在火光中，与他正对而坐。

"醒了？"

是屈洪斋。

"醒了就喝两盅。"

屈洪斋一手提着酒壶，一手端着酒杯，摇摇晃晃地又挪近些，带着醉态。

李保不知道屈洪斋又演的哪出戏，本就体力不支的他，自然是选择默不作声。

"李代办，我这一生啊，很少佩服谁，你一把年纪能撑这么久，不为权势所惑，不为女色所动，心硬如铁，真叫我刮目相看！"

说着，屈洪斋倒了一杯酒，粗鲁地塞到李保唇边。酒液洒在李保嘴皮的伤口上，辣得他"嘶"地躲开。

屈洪斋浑不在意，自顾自满上一杯，仰头饮尽，然后指着旁边的一桌好菜说道："肥肉厚酒，想吃什么尽管说，兄弟今晚一定好好招待你。"

近六日没有进食，兴许是饿到极致，早已过了劲，现下闻着羊羔子的浓汤、烤小猪的焦香，李保竟也毫无食欲。

"一个个没长骨头的稗子草，东边风吹往西倒，西边风吹又往东倒，世态炎凉啊……我屈某人现在才知代办的好，失敬失敬，自罚一杯，哈哈！"

话落，屈洪斋仰头又饮一杯。

"可惜你我道不相谋，各从其志，否则，哪有我们干不成的大事。这杯敬你！"

屈洪斋这回放轻了动作，用杯壁撬开李保的口唇，将酒液尽数灌入。

"咳咳——"

李保猝不及防，被呛得一阵猛咳，但他的胸腔被土地禁锢，又将这股向外迸发的力量倒逼回来，几乎把他的脏腑撕裂。酒水带着热烘烘的暖流顺食道而下，使得他久埋土中的躯壳感到了熟悉又陌生的知觉。

意识随酒香飘远，成为天上的一缕云，成为地上的一株草，成为原野上奔跑的一头猎豹，成为河流中穿行的一条红尾巴鱼。

"儿子啊……"

李保听到父亲扎拉八在叫他。

扎拉八坐在火塘边，被亮晃晃的火光照着，手里握一只酒壶。不同于记忆中父亲的冷硬中年男人形象，眼前的扎拉八是如此年轻，又如此慈爱，眼神里燃着似乎永不会熄灭的光彩。

"父亲。"李保举起一杯酒，如常地回答，"敬今晚垂落的月亮。"

扎拉八闷声低笑："敬明天照常升起的太阳。"

"父亲。"

李保听到娜朵的声音，转头一看，娜朵果然与他跪坐在一起，身上穿着拉祜族女人结婚的盛装。

扎拉八给李保和娜朵分别递上一杯酒道："双木合抱，夫妻同心。"

"谢谢父亲。"

娜朵娇羞俯首，脸上的红霞飞入鬓间。

李保却激动得抓住娜朵的手："我的好娜朵，你的病终于好了！"

"父亲在呢……"

娜朵慌乱地直躲，抽出手推了李保肩膀一把。李保朝后一仰，从高空垂直跌落，坠入云流雾霭中。

砰！

李保缓过神，发现自己躺在餐桌上，正被严春、枝花扒、拉勐、布拉等人围观。

严春愣了愣，连忙招呼道："李代办，快来喝酒啊！"

"严队长，你不是不会喝酒吗？"李保十分诧异。

拉勐揽过严春，勾肩搭背地指着李保："今天我们两个寨子争地的事，看在严队长这杯酒上，就此揭过！"

枝花扒和布拉也像好兄弟一样有说有笑，走到李保面前。

"我收到枝花扒兄弟送来的草烟和槟榔，从此以后就是朋友了。"布拉拍拍胸脯。

"严队长也带来了布拉兄弟送的牛肋骨，说是让长刀砍出一条友好往来之路。从此我们不记前仇，世代友好！"枝花扒点点头。

"好，好，好！"严春拊掌大笑。

"嗷呜——"

严春脚边，还有一只黄黑斑点狗，前爪缠着绷带，一瘸一拐地跟着蹦跶。

这不是他第一次见严春时，被女共产党绑在案板上的狗吗？李保大吃一惊。所以当时这狗，是在被医治，而不是被杀害！

李保又被猛灌了一口酒，一桌子谈笑风生的熟悉面孔，渐渐飘散在淅淅沥沥的雨中。

> 一个人是独竹筷，
> 筷子成双能夹菜。
> 双双鸟儿树上歇，
> 阿哥阿妹结成对。
> 生时定了命，
> 死后送阴间。
> 阴阳要分居，
> 去往先祖地。
> 冷魂山上走，
> 热魂请进家。
> 各有各的路，
> 各有各的家。
> …………

魔巴[1]的声音低沉绵长，那是从李保出生就种在他骨头里的印迹。每个音节都在李保空荡荡的体内来回滚动，将他所有的心愿和挂碍悉数磨灭了。

口中的酒味愈来愈淡，前尘淡去，往事淡去，屈洪斋的脸又变得清晰起来。

李保向鬼神奢来最后一点气力，将舌头放到齿间，全力咬下。然而，一切都是徒劳，他甚至不能让自己感到丝毫的疼痛！

呜呼哀哉！连咬舌自尽都无力达成，连主宰自己性命都不能做到，这才是真正的死亡啊！1951年5月19日，今天就是他来年的忌日了吗？

山风深沉，大雨如幕，李保睁着眼睛，像一截枯朽的木头。他的身体早已麻木无觉，但他的灵魂有如挣脱缰绳的马，正在奔向自由。

2

1950年9月30日，北京椅子胡同招待所。

门锁咔嗒咔嗒响起来，左转一圈，小锁被上紧了，右转一圈，再右转一圈，门终于被打开。

屋内黑漆漆的，进门的人窸窸窣窣摸索好半天，才触到墙上开灯的开关，"啪"地点亮了房间。

拉勐捂住胸口，把突突跳个不停的心脏按下，小心翼翼坐到雪白的床褥上，拘谨地夹住大腿，盯着灯泡出神。

从佛房到云南驿，代表团整整步行了十八天。然后，拉勐在云南驿第一次坐上汽车，在昆明第一次见到电灯，在昆明第一次坐上飞机到了北京。今晚，他甚至还接到周恩来总理的邀请，出席了国庆招待会。

"天神啊，天神啊！"

---

[1] 魔巴：拉祜族祭司。

拉勐脑子里一直循环着这些日子的经历，全是他做梦也想象不出来的，尤其刚进昆明城的场景，至今仍像发生在昨天一般历历在目。

那是9月25日晚上7点，代表团正在省政府派的煤炭车里摇摇晃晃。好多代表晕车，吐了一路，搞得拉勐胃里也翻江倒海。

"怕什么，四只脚的铁骡子，不就是眼睛大点？"

李保好笑地看着拉勐，学他在云南驿上车前说的话。

"怕是不怕，就是跑得太快，耐不住咯！"拉勐虚弱地摆手。

"月亮好大，比澜沧的月亮圆多了！"

"还没喝酒就说醉话，明明是一样圆。"

今天是农历八月十四，马上就是中秋，月亮自然是又大又圆地挂在天上。

"快看，好多星星落在地上亮着呢！"

岩火龙伸长脖子，指着远处兴奋大喊。

"什么地上，那是天！昆明地比我们澜沧高，天比我们澜沧矮！"后座一个年纪大些的代表极不赞同岩火龙。

车上还坐着不少护送部队的干部，闻言不禁笑出声来。

"那是路灯，不是星星。通电的，专门用来晚上照亮。"严春解释道。

"意思是……晚上不烧火？"岩火龙满是好奇。

"不烧，都用电。"严春肯定地回答。

"不烧火，睡觉冷怎么办？煮水煮饭怎么办？"拉勐一听没有火，便觉得没了安全感。

"冷了有电烤炉，热了有电风扇，时代的进步发展日新月异，可不是你们在澜沧能见到的。放心吧，冷不着你，也饿不着你。"严春保证道。

拉勐和一众代表都受到了极大的冲击，原来在大城市，他们观念中必不可少的火塘，都变成了可以替代的东西！

汽车越往城里开，代表们的嘴巴就越发合不拢。昆明的楼房比几百年的大树还要高，马路像澜沧江一样宽，行人穿着花花绿绿的衣服，商店里飘出动人的音乐。最神奇的莫过于电灯，昆明的大街小巷，都被这种亮晃晃的东西照得像白天一样，仿佛黑夜与这座城市毫无关系。

就连最处变不惊的李保，也被昆明城的繁华震撼了。他呆呆看着玻璃橱窗里的画报女郎，总觉得下一秒，女郎就会走到他面前，向他兜售身上的时装。

到达谊安大厦时，卢汉、周保中等好几个省政府领导已经在宴客厅设好宴席，为代表们接风洗尘。晚宴结束，大家又被安排到电影院，观看黑白电影《赵一曼》。拉勐早前听说，电影就是把真人映在布上，让他们动起来。可那只是听说，亲眼见到又是另一回事。当电影主角拿起枪指过来，拉勐和一众代表还是吓了一大跳，纷纷把脑袋歪到一边，生怕被流弹击中。

李保坐在黑暗中，拳头紧紧攥着。他不知道人是怎么装到布里的，隐隐担心子弹如果射中他，会不会把他也变成布里的人。看到赵一曼投奔抗日队伍被敌人抓住，他紧张地屏住呼吸。临刑时，赵一曼大义凛然，面无惧色，英勇就义，他忍不住红了眼眶。那个瞬间，他想，究竟是什么力量，让赵一曼能够这般大无畏呢？

9月27日，代表们被送到巫家坝机场，准备飞往重庆，再飞北京。但因天气不好，飞机不能起飞，只好又回到谊安大厦住下。28日天气如此，29日天气也如此。然而国庆在即，再不出发就赶不上观礼了，省政府研究之后，派出了经验最为丰富的飞行员，克服天气困难执行任务。

抗战的时候，大家都已见过飞机了，也见过朝地面扔炸弹的战斗机，小小的铁鸟，比燕子灵活，比老鹰凶残。眼下走到飞机跟前才发现，哪里是什么铁鸟，根本是个庞然巨怪！

"大象皮铺平也没有它翅膀大！"

"麻雀上天要扇翅膀，飞机这么重的铁翅膀，该要扇起多大的龙卷风啊！"

"麻雀少说一天也要吃一把谷子，飞机要吃多少才够？"

"吃谷子怕是顶不住，要吃肉吧！"

严春刚交接完工作，耳朵里就听到了代表们不着边际的对话，哭笑不得，只好站出来解释："飞机烧油就可以了，不吃谷子，也不吃肉。"

　　李保难免也带了几分新奇，同时又有着些许期待，他将要飞到天上了！

　　面对飞机，在场的几十个头人，没有谁能波澜不惊。早在得知此行要坐飞机的时候，就已经有人睡不着觉了。到了真正要登机的这一刻，代表们再也抑制不住内心真实的情状。

　　"登机吧。"

　　严春做了个请的手势。

　　哪曾想，代表们面面相觑，竟是谁也不敢迈出第一步。严春疑惑地望向离他最近的岩火龙。

　　岩火龙尴尬一笑，挠挠头说："严队长，这铁鸟……确定不吃人吧？脾气大不大？"

　　"噗……"严春没忍住笑出了声，无奈道，"罢了，我先走，你们跟来。"说完大步流星上了飞机，在机舱门口冲大家挥手，表示没有危险。

　　"严队长，你不要站在门口，进它肚子里去。"

　　又有代表提出要求，严春照做了，闪身进了机舱，脸贴在一个小窗玻璃上，冲大家招手。

　　"严队长在动，应该是没事。"

　　"有没有可能，严队长已经像电影里的人一样，变成薄片片了！"

　　"啊……"

　　严春一走，代表们又开始了千奇百怪的猜测。

　　"我去电影院问过，电影里的人是从一个大盒子走出来的，这里没有大盒子，严春不会是假的。"

　　李保自觉充当起答疑解惑的角色。

　　"狗吃糖稀，哩哩啦啦，啰唆！严春抱炸弹救人，命都可以不要，现在骗我们干啥？"拉勐可没那么多耐心，两手一摊，带头走上前，"飞机要是吃人，我先把它喂饱。"

"走吧。"李保笑着跟上，神色自如，好似在说吃饭睡觉一般的小事。

有了先锋军，剩下的代表们便陆陆续续有了动作。极少数特别谨慎的，一直等到看见拉勐和李保安全无虞进入机舱，才将信将疑挪动脚步。

其实踏上飞机看清机舱之后，代表们都放下了心。

"就跟房子里面一样嘛，只不过是铁做的墙，铁做的地板。"拉勐舒服地靠在椅背上，跷着二郎腿打晃。

"我以前做梦，梦见自己在天上飞，一眨眼就飞过一座山，一眨眼就飞过一条河，今天居然要变成真的了！"岩火龙声音发颤，脸比猴子屁股还红。

飞机在跑道上疾驰的时候，代表们一个个紧绷着脸皮，死死抓住扶手，没有人敢分心发出动静。等到飞机平稳，不再颠簸，代表们才渐渐恢复松弛。

"怕什么？你们好好向严队长学习，不管飞机上坡下坡，脸色都不变，这种才叫真汉子！"拉勐撇嘴大声开玩笑，一下子就冲淡了紧张的气氛。

"拉勐说得对，严队长连死都不怕，我太佩服了！"岩火龙心思单纯，在他看来，这个世界只有坏人和好人两种分别，而救过他的严春，无疑是最好的人。

"我们比鹰飞得还高了！"

"以前听老人讲，神仙会使一种术法，叫缩地成寸。今天我算是见识了！"

李保座位靠窗，先前他一直闭着眼，现下一看窗外，惊觉自己竟在云中穿行。地面隐约能够看到西山、滇池，以及低矮的建筑群落，几个呼吸的时间，昆明城就隐在云雾中，没有了踪迹。

"严队长，我们要到毛主席大头人的寨子了吗？"岩火龙问道。

"你又忘了，毛主席就是毛主席，不叫大头人。"严春纠正道，"还早得很，我们才刚飞出昆明，去重庆十分之一的路都没走呢，更别说还要到北京。"

代表们似懂非懂，只晓得路途遥远，对所谓的重庆，所谓的北京，一点概念都没有。

又过了一个钟头，拉勐忍不住问："我们走了那么多路，坐了那么多车，现在飞机又飞过了那么多山山水水，怎么还不到？"

"这下你明白中国有多大了吧？"严春从衣服口袋里掏出一把炒的干苞谷，分给拉勐打发时间。

"太大了，太大了，毛主席的地盘比天还宽，简直太大了！"拉勐感叹。

"如果说毛主席领导的中国有公鸡大，这次从昆明到重庆，相当于才走了鸡脚杆的距离呢！"严春给大家打了个非常形象的比方。

"不得了！原先高强武说国民党厉害，我还差点相信了。一个个黑心烂根的尻包蛋，只晓得躲在背后，让我们跟共产党干架，简直是抱石头冲天嘛！"

拉勐心直口快，想到什么说什么，又恰在点子上，可把严春高兴坏了，于是趁热打铁道："新中国地广物又博，共产党人多力又大，上下一心，志气高涨，是打不倒的！说句你们不爱听的，我们伟大领袖毛主席，明明动动手指就能把你们按得不敢出气，却要费尽周折请大家去做客，为的是什么？就是民族团结啊！大家总该相信共产党的真心了吧？"

"相信，我相信，我还要当面感谢毛主席！"岩火龙又是第一个响应的，真挚而热烈。

李保心中豁然。一路走来，他看得到，也听得到，越来越坚定了对共产党的信心。

"毛头小伙，还当面感谢呢，毛主席要管这么大的地盘，哪有时间理会你？"拉勐把岩火龙按回座位，笑着打击他。

"是哦……"岩火龙憨憨地咧嘴，习惯性挠了挠头。

"那可不一定。"严春眨眨眼，神秘兮兮地笑起来。

在大家有一搭没一搭的聊天中，飞机平稳降落到重庆机场。

由于邓小平和贺龙奉命提前去了北京，代表团的接待工作落到了中央西南局常委、西南军政委员会副主席王维舟的头上。

"欢迎来到重庆，各位代表辛苦！明天一早就要赶飞机，又是长途，大家一定要吃饱，休息好。"王维舟同代表们一一握手。

轮到拉勐时，王维舟刚伸出手，就被拉勐双手死死扣住，怎么也挣脱不了。

"拉勐是我们西盟赫赫有名的佤族大头人，手握得越紧，说明他越敬重你！"一旁的李保出言解释。

王维舟听闻，也用力回握拉勐。

"你是我见过……最大的官了！"拉勐察觉手上一紧，方才回神，磕磕巴巴地说。

"什么官不官的，民族兄弟就是兄弟，我们都是中国人，是一家人！"王维舟亲切笑道。

拉勐愣住了，直到王维舟放开他的手，走到前面去了，他还没有从王维舟的话里脱出来。

"一家人"这三个字，敲击的不仅仅是拉勐一个人的心灵。

翌日天还未亮，代表们就起床来到机场。与前一日的客机不同，载他们去北京的是一架运输机。

"今天飞行时间长，饿了拿出来吃。"

登机时，乘务员给每位代表发了个食品袋，里面装着鸡腿、鸡翅和剥了壳的鸡蛋。

果然，大铁鸟一直嗡嗡嗡地飞到下午5点才到达北京郊外的机场。

"中国太大"这四个字拉勐已经说累了，其他代表也都从兴奋好奇转为了见怪不怪。

9月末的北京刮着秋风，寒意刺骨。

李保刚打了个寒战，肩上一沉，严春就已为他披上毛呢外套。

"劳烦。"李保道谢。

严春摇摇头，又去提醒其他代表穿衣裳。

"啊啧啧，澜沧还热得像夏天一样，北京就过冬了！"

"幸好重庆发了衣服，不然真是挨不住。"

拉勐裹紧衣领，感觉暖烘烘的。他心想，王维舟和严春都是真心实意为他们着想的好人，如果其他共产党也这样，那他真是迫不及待要跟共产党成为一家人了！

到达椅子胡同招待所暂作歇息之后，拉勐接到了政务院的通知，周总理设国庆招待会宴请一些代表出席，他和李保都是其中之一。

"总理……"拉勐喃喃重复。接连两天，见到的官一个比一个大，让他头昏脑涨。他从未受过这般礼遇，走路时感觉整个人飘在云彩上。

周总理对他笑了，周总理举起酒杯了，周总理和他握手了。拉勐也不清楚，自己究竟是从哪一刻开始，就再也使不出大头人叱咤风云的劲头了。也许是从第一次登上汽车开始，也许是从王维舟跟他说话开始，也许是现在周总理握着他的手：那双手不软也不硬，力气不重也不轻，让他既渴望说话，又不敢说话。

"毛主席来了！"工作人员通知道。

什么？！新中国的大头人毛主席，居然真的来了！

拉勐、李保和一众被接见的头人连忙起身，大气都不敢喘。

更让他们想不到的是，继周总理之后，毛主席也同他们握手了！

拉勐望着眼前高高大大、满脸笑意的毛主席，脑袋一片空白。

毛主席说了句什么，拉勐也跟听不见似的，只会傻笑。

严春走过来充当翻译，替拉勐回答："他叫拉勐，是来自云南澜沧的阿佤族。"

毛主席点点头，上下打量拉勐一番，笑着走到下一个人面前。

离拉勐不远的李保也好不到哪儿去，整个人失了智、没了魂，只会翻来覆去想一个问题——难怪毛主席要称主席，而不叫大头人，这通身气度，即便土司老爷也完全无法比拟啊！

等拉勐再次踩着云彩回到招待所，坐在了柔软的大床上，他仍旧不自觉地摩挲着手，像初见周总理时一样整衣危坐。

隔壁的李保亦是辗转反侧，迷迷糊糊间，他看见周总理笑着坐在他家火塘边，喝茶谈天，犹如邻家弟兄。不一会儿，毛主席也进来了，跟他说："李保兄弟，握了我的手，以后我们就是一家人了。"

这一夜，无数头人彻夜难眠，他们第一次切切实实体会到，原来他们真的是属于新中国的一分子。毕竟，被国家奉为座上宾，被国家最高领袖接见，是他们千百年来想都不敢想的事，但共产党做到了！

10月1日，代表们乘车来到天安门广场，路过的每条街道，都被密密麻麻的北京市民填满。

"那些人穿得真好看！"

一个穿棉布百褶裙的小姑娘指着代表们乘坐的大巴，兴奋得像只百灵鸟，把周围的目光全都吸引过来。

拉勐扯扯自己的佤族盛装，眨巴眨巴眼睛，不知如何应对。

"这是来自云南的少数民族代表，要去参加国庆观礼呢！"

严春探出头去。

话一出口可不得了，附近的男女老少呼啦啦涌上前，纷纷把手里的鲜花和彩纸从车窗塞进来。

"欢迎你们，北京欢迎你们！"

李保不大听得懂普通话，不过他能感受到，这一张张热情洋溢的笑脸都散发着善意。他礼貌点头，很快，怀里就抱满了鲜花。

"中国人真好，不嫌我脏，不嫌我笨。"岩火龙抹着眼泪，万分感动。

其实岩火龙的话，亦是大多数代表们的心里话。历朝历代的汉人，都将他们视作低贱的蛮夷，从未像今天这样，用鲜花和笑脸迎接他们。

"净说傻话，你也是中国人，一直都是。"严春严肃纠正。

"我以前只是阿佤人。"岩火龙点头如捣蒜，"我喜欢做中国人！"

岩火龙傻里傻气的话逗得代表们哈哈大笑。

上午10点整，典礼正式开始。代表们被安排在左侧观礼台，举目向右，便能清晰地看到天安门城楼，上面站立着毛泽东、刘少奇、周恩来、宋庆龄等党和国家领导人。整个广场人声鼎沸，解放军、工人、学生、各族代表按序就位，不间断挥舞着手中的小红旗和鲜花，形成一波又一波七彩海浪，一派欢欣。

奏完国歌和《东方红》乐曲后，鸣礼炮28响，接着毛主席致辞，宣布游行开始。最前面的是军乐团，随后是雄壮威武的海、陆、空军方队，最后是以行业为单位的游行队伍。

李保早在乐曲奏响的那一刻，就被激昂的鼓号声感染了。雨打芭蕉似的鼓声、象鸣似的号声，让他瞬间回到了西盟大山。明明映入眼帘的是整齐恢宏的武装展示，他脑海中却如走马灯一般，播放着西盟的未来——训练有素的部队握持精良武器，与他们肩并肩，共同守护着西盟！他十分庆幸，共产党的飞机大炮不是对着他们，也不是对着百姓。走出西盟之前，他就像个坐井观天的青蛙，自以为当个土司代办制霸一方，已有着同共产党谈条件的基础，更觉得自己才高识远，看透了共产党的阳谋，顺势而为，理应得到共产党的赏识和抬举，直到今天他才发现，他是多么的寒腹短识！共产党的地盘，像天神创造的天地那样广大，共产党的人民，像西盟山的大树那样枝繁叶茂。别说西盟的头人、土司老爷比不上，就连高强武口中要"反攻大陆"的国民党，又能有几分胜算？他不过一个小小的土司代办，再多的算计，再深的谋划，在绝对的力量面前，又算得上什么呢？然而，在已经掌握绝对力量、拥有绝对优势的情势下，共产党却拿出真心，像对朋友、亲人那样对待他们，这是多么的可贵！

陆海空三军方阵之后，是一队接一队豪放矫健的工人队伍、边歌边舞的文艺大军、激情飞扬的锣鼓大队，以及盛装舞蹈的各民族文工团。队伍过处，"毛主席万岁""中国共产党万岁""中华人民共和国万岁"的嘹亮呼声此起彼伏，毛主席则频频挥手，用洪亮而坚定的声音回答"人民万岁"　"工人阶级万岁"。

渐渐地，李保看不清了。他的双眼被不知何时涌上的泪水蒙住，也不知是何种力量催促他抬起手，像千千万万民众那样，挥舞着鲜花，大声呼喊。

"毛主席万岁！"

"中国共产党万岁！"

"中华人民共和国万岁！"

不仅仅是他，旁边的拉勐、岩火龙、黄窝梭、黄克明、召存信等等少数民族代表，都受到感染，激动地站起来，共同高呼，变成万千人海中的一滴水。

中国各族人民在这一刻空前大团结。中国巨人要改造腐朽、没落的旧社会，创造、建设繁荣富强的社会主义新中国，这一切都使得在场的每一个人充满自豪和坚定的信念。

倘若说国庆观礼的恢宏场面是撕下了旧黄历，那么10月3日的联欢文艺晚会就是开启了新篇章。

这天晚上，代表们被请到中南海怀仁堂，以新中国主人翁的身份参加联欢，等候毛主席的接见。其中一项议程是互赠礼品，用拉勐的话说就是，"我们给毛主席上贡，毛主席给我们赐福"。

按照念到名字的顺序，代表们一一上台，将自己民族最珍贵的礼物敬献给毛主席。新疆维吾尔族的代表十分热情，踮脚给毛主席戴上一顶精致的小花帽。毛主席笑了，惹得主席台上的领导们也都笑了起来，其乐融融。

轮到西南民族代表团献礼时，刘少奇、朱德、周恩来、宋庆龄、李济深、张澜、高岗等中央领导一并登台，与毛主席一道接受献礼。西双版纳的代表召存信、刀世勋、刀承宗和刀卉芳向毛主席献了金伞、贝叶经书、沱茶和一套傣族妇女的服饰。澜沧代表黄窝梭、黄克明父子二人献了哈尼族女人穿的绣花衣裳一件、筒裙一条、套脚筒一对、弩一张。还有人想给毛主席敬献佤族的梭镖，却因为武器不能带上台，被工作人员收取了。

李保举着一面红底金边的锦旗，上写"毛主席：您是灯塔"，落款"云南傈僳族全体人民敬献",比起其他代表来说,显得过于朴素,这让他忐忑不已。到了毛主席跟前,李保双手奉上,用全身的恭谨掩饰内心的滔天巨浪。

毛主席接过锦旗,将准备好的礼物递给李保,有细料毛呢一套、帽子一顶、皮鞋一双、丝被一床、药品一袋、花布样品一本,还有口缸、牙刷、香皂,渡江战役、淮海战役纪念章等等。

"年纪大了,在山里还是要穿好鞋子,注意身体。"

鬼使神差地,李保竟听懂了毛主席说的话。

"谢……谢谢主席!"李保结结巴巴,用学了好几天的普通话勉强答道。然后,他的双脚就好像真的穿上毛靴子那般,立马暖和起来。

拉勐紧随李保脚步,奉上了佤族男女服饰各一套、银制烟斗一对、木碗一对。他天生胆大,经过几天的"磨炼",上台的短短几步路,倒是走得格外潇洒。

毛主席也对拉勐印象很深,立刻认出了这个特别的佤族头人。

"听说你们有一个习俗,播种的时候,要砍一个人头来祭谷。有这回事儿吗?"毛主席握着拉勐的手问道。

拉勐诚实地点头:"有啊。"

毛主席也点头,继续说:"你们这个习俗,能不能改一改呢?"

拉勐连连摆手:"不能改,不能改。主席,这个不能改。如果改了,庄稼就不好了。"

毛主席认真提议:"那能不能找一个替代的东西呢?"

拉勐摇摇头,语气很坚定:"不行。老辈子传下来的,不能改。"

毛泽东没有丝毫不耐,再次问他:"用猴子如何?猴子与人是很像的。"

拉勐迟疑了片刻,仍旧回答:"不行啊。"

"那用老虎吧,老虎威猛啊,还是百兽之王。"毛主席想了想,换了个建议。

"老虎可以。"拉勐终于点了头,却很苦恼地说,"但老虎不容易捕到呢。"

听到这里，毛主席拍了拍拉勐的肩，诚恳地说："你们回去，好好跟群众商量商量，跟阿佤弟兄商量商量，用什么办法把它替代掉。"

"好好好，我一定回去把它改掉！"

拉勐感动不已，他从来没有听过哪个朝代的"皇帝"会对少数民族说"商量"二字。毛主席不仅跟他说"商量"，还称他们阿佤人是"阿佤弟兄"！拉勐打心底里感受到了毛主席对他的尊重，听出了共产党平等、团结、共同繁荣发展的决心。于是他拍着胸脯，真心实意想要回去把"毛主席兄弟"交代的事情办好。

在拉勐和毛主席"辩嘴"的过程中，澜沧各族代表和一路随行的严春都暗暗捏了把汗，生怕拉勐说话不知轻重，惹得领导人不高兴。好在拉勐难得乖顺，一点没有掉链子，反而真情流露，显得大巧若拙。

"老辈子讲过，人是从葫芦里走出来的①，共产党能把这么多葫芦串在一起，实在是太伟大了！"

岩火龙泪光闪闪，他似乎觉得，怀仁堂的灯火比以往任何地方都要明亮，光明照着毛主席，照着共产党，也照着每一个边疆同胞。

当晚，毛主席还对身边的著名民主人士、诗人柳亚子先生说："先生，能为纪大团结之盛况填上一阕？"

柳亚子先生当即领命，即席赋词一阕：

浣溪沙

十月三日之夕，于怀仁堂观西南各族文工团、新疆文工团、吉林省延边文工团、内蒙古文工团联合演出歌舞晚会，毛主席命填是阕，用纪大团结之盛况云尔！

火树银花不夜天，

弟兄姊妹舞翩跹，

---

① 此说法来源于沧源佤族创世神话。

歌声唱彻月儿圆。
不是一人能领导，
那容百族共骈阗？
良宵盛会喜空前！

次日，毛泽东主席步韵和词一阕赠与柳亚子。

浣溪沙·和柳亚子先生
一九五〇年国庆观剧，柳亚子先生即席赋浣溪沙，因步其韵
奉和。

长夜难明赤县天，
百年魔怪舞翩跹，
人民五亿不团圆。
一唱雄鸡天下白，
万方乐奏有于阗，
诗人兴会更无前。

接下来，代表们在北京待了近一个月，参观了故宫、颐和园、中山公园，见到了清朝皇帝的龙椅、太后的寝宫、皇家的园林；参观了长城，见到了盘亘延绵大山的建筑奇迹；参观了动物园，见到了许多千奇百怪的动物。

"原来皇帝也要吃饭睡觉啊。"

"皇帝的花园可真够大的！"

"要是西盟也有长城，当年英军怎么进得来！"

"哦哟，这是什么东西？脖子比大象鼻子还长。"

"说叫长颈鹿。"

严春到北京之后，导游的事他干不了，彻底沦为了随行翻译，跟着这群好奇宝宝一样的代表，被迫吸收了不少知识。

　　游玩之余，代表团还参观了以清华大学为代表的著名学府，以石景山钢铁厂为代表的大型工厂，出席了国家各部委的招待宴会。期间，负责接待代表团的工作人员听说云南同胞爱吃辣，还专门申请专机从四川运来辣椒，把饭菜做得贴近代表们惯常的口味。

　　有一天，中央民族事务委员会特邀澜沧阿佤代表拉勐几人开座谈会，李维汉主任关切地询问了拉勐和阿佤的生产生活情况。临别时，拉勐将盘子里的两个大苹果拿起来放进衣袋里，在佤族的观念里，两个民族对等交谈之后取得对方的苹果是胜利的标志，就好像取得了对方的首级一样。经此一会，拉勐越发把自己摆到了"中国人"的位置上，深深记住了自己的身份。

　　中央原计划要让代表团到东北参观一些工业建设，但因美国侵略朝鲜的战争局势日愈紧张，中国人民志愿军准备出国抗美援朝，参观计划只能取消。10月28日，代表团乘火车去天津，参观了塘沽新港，并坐海军炮舰出海25海里，饱览海上风光。在这里，代表们第一次乘坐进口的豪华型大客车，车门是自动开关的，拉勐对这种新奇的自动开关感到万分诧异，直说这是"人使鬼做的"。早在昆明第一次看到云南省人民政府那高大雄伟的钢筋水泥建筑时，拉勐就说过"这是鬼盖的"。在他眼中，一切人办不到的事，都是鬼神的手笔。经过多番解释，他才慢慢信服，"人的智慧技巧胜过天工"。

　　在天津住了5天，代表团乘火车南下，直抵南京，游览了中山陵、明孝陵、雨花台烈士陵园、总统府、玄武湖等多处名胜古迹。在南京住了5天，又乘火车前往上海，被安排住在上海最高的建筑——"百老汇"。百老汇高21层，是当时中国最高最大的建筑。拉勐刚想感叹这是"鬼的神工"，又想起这段时间的见闻，把话咽了回去，只夸了一句"共产党厉害"。是夜，陈毅市长过来看望他们，他说："各民族团结起来，打倒反动派，建设祖国，巩固边疆。"各族代表深受鼓舞。

　　百老汇的床是钢丝弹簧床，代表们都是第一次见。李保睡惯了硬木板床，一下子躺到弹簧床上，差点把腰给扭伤了。和其他代表交流时才晓得，原来不少人都有这样的遭遇。

"托共产党的福，司徒雷登睡过的床我也睡过了，哈哈！"

代表中不知谁说了一句，引得大家发笑。

离开上海，代表们一路参观了苏州、杭州、武汉等地，饱览祖国江山的广大和壮丽，才乘夔门轮沿长江回到重庆。夔门轮由加拿大制造，是当时最好的客轮之一。在重庆，代表团听取了邓小平同志的报告，他语重心长地告诫代表们，"回去后要做好民族平等、团结、社会主义革命和建设的各项工作"。

转眼，就到了分别的前夜，1950年11月29日。

文工团的节目演了什么，已无人在意了。尤其当邓小平同志、王维舟将军说完告别的话之后，气氛更是沉重。

又见到王维舟，拉勐心中五味杂陈。第一次到重庆的时候，他是怀揣着怎样的心情呢？不安，甚至是怀疑。他原是一头丛林里的老熊，乍然步入城市，自然担心再也回不到家乡，再也见不到他的亲人和朋友。可是现在呢？两个月的时间一晃而过，让他毫无察觉。他习惯了城市的灯光，习惯了走在平坦的柏油路上，习惯了去到哪里大家都对他笑脸相迎，习惯了与人打交道时双手交握，习惯了新中国的强盛与发展。突然叫他回到贫瘠纷乱的西盟山，回到蒙昧的旧世界去，他反而心里发慌。

"这两个月，是我这辈子最漫长的两个月，也是最短的两个月。一直待在深山老林，我可以活一辈子，可是走出来，我就像活了两辈子。答应去北京，是我做过的最正确的决定。这杯酒，我敬大家，敬我的汉族兄弟姐妹，也敬我们少数民族同胞。即便回到各自的家乡，我们也永远亲如一家，做新中国忠实的拥护者。为民族团结，为共同繁荣，干杯！"

几杯酒下肚，李保再也压抑不住自己的情感，站起来高举酒杯，说话时每一条经脉都在沸腾，每一根骨头都在用力。

"我们傈僳拉祜人，祖祖辈辈不被看作人，没见过大官，没上过大桌子吃饭。现在我们能到北京拜见各族人民的救星毛主席，还参观了北京、天津、南京、上海等大城市，祖祖辈辈没见过的东西我们见过了，没吃过的东西我们吃过了。我们回去一定要把亲身经历告诉家乡的老百姓，让大家听共产党的话，永远跟党走，把家乡建设好。到时候，请邓副主席、各位首长到家里做客！"

邓小平频频点头，和蔼地拉着李保的手说："共产党为各族人民谋利益责无旁贷，搞好经济建设是新中国成立后的重要任务。让我们共同努力把西南建设好，把你的家乡建设好。我提议，我们共同为各位代表的健康、为各民族大团结和祖国的繁荣富强干杯！"说完也高举酒杯。

"干杯！"

代表团纷纷举杯响应，不少人湿了眼眶。

"我舍不得共产党，也舍不得大家，呜呜呜……"

代表团中，就数岩火龙哭得最伤心。他一直穿着毛主席送给他的毛呢大衣，每天睡前都要把灰尘掸掉，保持衣服的崭新和整洁，每时每刻都记挂着他未能见到的木香阿姐。对他而言，共产党不单单是引领西盟未来的决策者、保卫西盟同胞的守护者，更是木香阿姐、严春队长这一个个鲜活可触的至亲至爱。他们为之奋斗、为之流血，他又怎能拖后腿呢？

拉勐也动容地抹着眼泪："以前住在山上，不晓得中国有多大、人有多少，这次去北京，实在是大长了见识。我们祖辈当年就打过英国人，因为英国人总是想把界碑往里面挪，但我们从没有一个怕字。今天就请毛主席放心，我们阿佤山各族人民，会用生命来捍卫边疆的每一寸土地！"

各民族兄弟姐妹敞开心扉，如同真正的一家人那样依依惜别的情景，深深烙在每一个代表的心中。

咽下最后一口离别的酒，受洗的灵魂睁开了眼睛，新的太阳升起来了。

第七日
丰碑

"呖呖——呖呖——"

"兆东阿弟！"

每日，只要小雀叫过两声，妮轰就会准时出现在门口。

"起了起了。"

木门"吱呀"一声开了，一个头顶鸡窝乱发的脑袋伸了出来，竟是龚兆东。

"快点快点，今天阿妈把我哥哥嫂子都喊回来了，说要宰只鸡煮烂饭！"

妮轰迫不及待拽住龚兆东的手，狗撵似的急匆匆往家里走。

"是什么好日子？"

龚兆东在佤寨生活了将近三个月，对妮轰一家的生活习惯了如指掌。平日里除非猎手有了收获，否则难得见一餐肉，今天要煮鸡肉烂饭，定是碰上什么重要的事了。

"管他什么好日子呢，吃肉要紧。"

龚兆东无奈叹气，是了，天大地大吃饭最大，这才是妮轰的本色。

"阿姐，我什么时候才能去洗澡啊？"

"阿弟，你怎么天天都要问？我耳朵的老茧都起了一拃长！"妮轰不耐烦地一跺脚，回头上上下下、左左右右、仔仔细细打量了龚兆东一番，接着道，"你又不下地干活，不沾灰，不沾土，洗澡做什么？上个月才带你去洗，现在又要去，皮都洗掉了！"

龚兆东瘪瘪嘴，一双眼睛湿漉漉的，透着委屈。

妮轰最受不了龚兆东这副表情，伸手扒开龚兆东垂到鼻梁的头发，语气放软："不是我不带你去，现在外面乱得很，我爹又一直不回来，大家都在说我阿爹出事了。寨子里里外外的人见了你，个个恨不得砍你的头，喝你的血，拿你给我阿爹赔命。你说说，到底是洗澡要紧，还是小命要紧？"

见龚兆东不再说话，妮轰才又拉起他，继续往前走。

刚到门口，就听到屋里闹嚷嚷的。

"不行，我今天就要杀了他，给爹报仇！"一个男人说。

"岩耿，你听到什么了？"娜菡很着急。

"说好只去一两个月，现在都一月份了，我爹肯定……肯定是死了！"岩耿带着哭腔。

"兆东阿弟还押这里，龚区长没理由不管。"叶哼温柔的细嗓子也传出声音，"前几天还不见你着急，今天究竟怎么回事？"

"昨天……昨天我听高强武的手下说，不只是我爹，还有这次去北京的其他头人，全部被哄在半路杀死了，一个都回不来了！共产党红汉人不可能真心实意为我们阿佤做事，龚兆东一条命，换西盟几十个头人，这笔账谁不会算？可怜我阿爹，信了严春的鬼话，命丢在哪片荒郊野外也不知……"岩耿越说越激动，一阵丁零当啷，似乎拿了武器，"龚兆东在哪？我现在就砍了他的脑袋，送他去路上给我阿爹做伴！"

"岩耿，不要激动。"

"人家说了，就是因为我们阿佤软弱，共产党才觉得我们好欺负，敢骑在我们头上拉屎屙尿。只有杀了龚兆东，才能震慑他们，免得更多人遭殃！"

岩耿的话龚兆东听得一清二楚。他怕极了，身体不可自控地发抖，脚被抽了筋似的发软。逃？往哪里逃？他身在佤寨，本就是只卸了爪牙的困兽，除了任人宰割，他又能如何呢？

眼见岩耿就要冲上来，妮轰上前一步，挡在龚兆东前面，抽出随身的长刀，像个护崽的母鸡。

"别怕，有我在，定不让我哥伤你。"

妮轰一改往日的嬉皮笑脸，面上是难得的肃容。龚兆东觉得，此刻的妮轰又高又大，散发着令他安心的动人柔光。

咚——咚咚！咚——咚咚！

忽然，佤寨里响起了熟悉的木鼓声，引得全寨子的人都跑出来张望。

"谁在敲？"

"不知，莫不是要猎人头了？"

"难说难说。"

"希望不是灾祸啊！"

昨夜是三木俄负责带队警戒佤寨。最近风声杂乱，大多数寨子的头人又去了北京，西盟山比任何时候都脆弱。三木俄摸不清周围有些什么势力在窜，但他一向谨慎，自拉勐离开，便特意增加了巡逻强度，连带寨外的小树林，也囊括到了巡逻范围。正因为他清楚，昨夜寨子内外并没有任何异常，所以此刻他尤其不安，到底是什么人，为的是什么事，居然趁他不注意的时候敲响了神圣的木鼓！

"全体集合！"

三木俄一声令下，整个护院队全副武装，匆匆赶往木鼓房。

混在人群中的妮轰紧紧拉住龚兆东的手，生怕被冲散。

"阿姐……是不是我要被砍头了？"

龚兆东头皮发麻，额上大汗淋漓。虽然自从被押做人质的那一天起，他就已经做好了心理准备，可是，当死亡离他仅一步之遥的此时此刻，他在想什么呢？他在想父亲的白发，在想母亲的笑容，在想未曾吃到的鸡肉烂饭，在想妮轰灼热的眼神。父亲无数次讲起尹溯涛，赞他英勇无畏，将永远被党和人民怀念，龚兆东耳濡目染，也曾暗下决心，要像尹溯涛那样做个真正的勇士，敢于直面死亡与淋漓的鲜血。人固有一死，或重于泰山，或轻于鸿毛，倘若他死于佤族的刀下，是否也算为新中国的民族工作出了力，也算死得比鸿毛重了几分呢？……

妮轰没有回答，眼中闪过一抹痛惜，握着龚兆东的手心亦被热汗濡湿了。

三木俄带人跑在最前头，转过屋舍，木鼓房就要到了。远远地，他看到木鼓边站了一个高大的男人，男人穿着干净笔挺的毛呢制服，正垂着头，认真地敲击木鼓。

"什么人？"

三木俄用汉话吼道。

男人缓缓抬头，嘴唇上一排是修剪得整整齐齐的胡子，黑亮的瞳孔映照着日光，衬得一对剑眉熠熠生辉。

"三木俄，连我都不认得了？"

男人操着佤话，朝三木俄扔来一记闷雷。三木俄不敢相信耳朵听到的声音，也不敢相信眼睛看到的人——是拉勐！

1950年12月1日，赴京代表团分批从重庆返回昆明，受到张冲等省军区、省委领导的热烈欢迎。12月10日，宁洱专区[①]代表离开昆明，乘马返回。由于不通公路，代表团一路风餐露宿，经过半个月的长途跋涉，于26日到达宁洱。

刚进城门，代表团就被飘动的彩旗晃花了眼睛。

"热烈欢迎到北京参加国庆盛典的民族代表胜利归来！"

"各民族团结起来，建设新边疆！"

拉勐头裹红包头，在一众身穿藏青毛呢制服的代表中显得格外扎眼。

---

① 宁洱专区：1950年设立，专署驻宁洱县。辖宁洱、思茅、六顺、车里、佛海、南峤、镇越（驻易武）、澜沧（驻募乃）、景谷（驻威远）、景东（驻锦屏）、镇沅（驻恩乐镇）、墨江（驻玖联镇）、江城（驻勐烈）、宁江（驻勐旺）、沧源（驻勐董）等15县。1951年4月，宁洱专区改为普洱专区，宁洱县改为普洱县，普洱专区行署驻普洱县。该行政区现已撤销。

205

"终于回来了！"

李保也穿着同样的毛呢制服，满面春风地站在拉勐旁边，腰间的银刀荡荡悠悠。

12月27日，来自15个县的26种兄弟民族（含支系）的头人、首领及各族各界的代表人士300余人共聚一堂，召开"普洱专区第一届兄弟民族代表会议"。

"普洱专区第一届兄弟民族代表会议今天开幕了。新中国成立前，各兄弟民族都没有平等幸福，各民族一直是在帝国主义、国民党反动派的压迫下过生活。自中国共产党诞生以来，在毛主席的领导下，对各民族都是主张团结互助、自由平等的，同时，反对大民族主义和狭隘民族主义。"

"现在帝国主义还未消亡，还要疯狂地侵略殖民地，还想死灰复燃。因此我们兄弟民族要紧紧地团结在共产党毛主席旗帜下，把敢于侵略我们的帝国主义和匪帮们，坚决彻底地消灭掉。"

"今天各兄弟民族在此召开代表会议，正值各兄弟民族大团结的时刻。我们不能让帝国主义和匪帮再来侵略我们，破坏我们的团结，我们一定要消灭它。这一次代表会议，就是讨论我们普洱区的大事情。我们要建设新的中国，建设新的思普①，就要肃清匪特、保家卫国，就要团结起来，发展生产，巩固国防。"

"此次到北京参加国庆盛典的各族代表团，带回了毛主席给他们的许多指示，我们希望在这次会上，大家互相交流经验，提出意见，并希望每一个代表好好地研究讨论，多提出些问题来。最后预祝这个大会成功！"②

会议由中共宁洱地委、普洱区行政督察专员公署，中国人民解放军云南军区普洱边防区的党政军领导主持，地委书记张钧同志致开幕辞。

---

① 思普：即思普区，历史地方区划单位。20世纪20—40年代，人们将云南省西南部包括今普洱市、西双版纳傣族自治州全境及临沧市的临翔区、双江县、沧源县等地域泛称为"思普区"。

② 鲁国华：《碑魂》，云南人民出版社2017年版，第29页。

台下坐着的26种兄弟民族代表，分别来自棘族（傣族）、孟获（彝族）、阿佤（佤族）、等各（彝族）、香堂（彝族）、俅黑（拉祜族）、阿卡（哈尼族）、卡多（哈尼族）、麻黑（哈尼族）、回族、老伉（景颇族）、朴满（布朗族）、卡柄（哈尼族）、切地（哈尼族）、空格（基诺族）、布都（哈尼族）、俅保（彝族）、碧约（哈尼族）、西摩洛（哈尼族）、汉族、本人（布朗族）、蒙化子（彝族）、三达（基诺族）、瑶人（瑶族）、布孔（哈尼族）和尼梭（傈僳族）。

随后，赴京代表车里宣慰司议事庭庭长、车里县（今景洪市）副县长召存信回顾了毛主席举行盛大宴会招待代表团时的场景。拉勐和李保也站出来分享了赴京之行的所见所闻，再次表了决心。

轮到岩火龙时，他同手同脚地走到台前，学着在北京见到的礼节，先向毛主席像鞠了个躬，又转身向群众也鞠了个躬，引得台上台下一片笑声。

"这是毛主席送给我的。"他指着自己身上的毛呢制服，憨憨地笑着说道，"毛主席道理好，他关心每一种民族。我给他说我们阿佤的生活习惯，他告诉我，全中国的民族是一个大家庭，都要互相关心，不管砍谁的人头，家人都会伤心。内地民族团结不砍头，一起种粮食、种甘蔗，所以才会有工厂、有商店、有高房子、有大寨子，才能出门坐汽车、坐火车、坐飞机、坐大船。毛主席说他要请阿爸，请所有的阿佤人出去玩，像走亲戚一样到各地去参观。过去的汉人，总说我们是野人，看不起我们。老黄狗来的时候，又杀人又抢牛羊，让我们不得安生。如今好了，毛主席道理好，共产党道理好，让各民族团结搞生产。我们一定要好好向共产党学习，让我们佤山也有汽车、有大房子、有大工厂！"

岩火龙嘴巴笨，说出来的话，就跟他一根筋的脑子似的，直来直去，丝毫不会拐弯。但一席话又把道理讲得那样朴实，直戳到人心窝子里，叫那些没有去过北京、没有见过毛主席、没有见过新中国的人，全都感受到了共产党对民族团结的美好愿景。

拉勐拍着胸脯子说："我的寨子从此以后不砍人头，哪个敢犯，我就先砍哪个的头。"各民族代表向往民族大团结的心思是真，这点无人怀疑。只不过，究竟怎么做才能让各民族真的拧成一股绳，毫无隔阂地放心把后背交给彼此？大家不禁犯了难。

岩火龙挠挠头，看向各位代表："不就是要让我们变成一家人嘛，这有什么难的？"

"说得简单！普洱那么多民族，是你一句话就聚得拢的？"拉勐眼睛一瞪，把岩火龙吓得直朝后缩脖子。

"吓唬孩子干什么？岩火龙说得对。"李保伸手护着岩火龙，认真地肯定道，"民族团结，就是要让不同民族变成一家人。像我们打老庚、拜弟兄那样，让天地鬼神见证，从此芭蕉开花一条心，死生相托，福祸相依。倘若背义忘恩，天打雷劈，死后变成孤魂野鬼！"

"不怕虎生两翼，就怕人起二心。没错，只有真的成了亲兄弟、亲姊妹，才能变成江中石、土中金，冲不散，砸不烂！"

拉勐思虑片刻，也点点头。

李保背着手，来回踱步，突然，他仿佛想到了什么："不如，就用你们阿佤的方式，剽牛盟誓？"

"按我们的方式，你没开玩笑？"

拉勐愣愣望着李保。的确，按他阿佤的法子办事，他满心欢喜，面上有光，可怎么是李保这样一个外族人来提？其他人又作何感想呢？

李保看穿了拉勐的顾虑，笑着说："既然要做一家人，就别说什么你们、我们。佤族的剽牛盟誓，是出了名的庄重，大家意下如何？"

"同意。喝血酒，发毒誓，再立个大石碑，千年万载都做不得假！"召存信第一个站起来赞同。

"同意！"

"我们倮黑（拉祜族）同意！"

"我们老侃（景颇族）也同意！"

"我们汉族结拜兄弟也是喝鸡血酒对天发誓，同意！"

在场的代表们纷纷举手。

张钧和地委第二书记唐登岷相视一笑，剽牛立碑之事志在必行。

1951年元旦，注定是载入史册的一天。

伴随嘹亮激昂的军歌声，中国人民解放军驻普部队的指战员列队来到宁洱城东门红场，周围寨子的几千名群众，也都似潮水一样涌来，聚在广场周围。主席团代表就座于城楼南侧，15个县的其他270余名代表就座于主席台下。每一位代表胸前都佩戴着大会徽章，徽章铁皮底板包边，透明软玻璃蒙面，并绘有国旗、党徽、毛主席头像、孔雀水牛图像。徽章上方横写汉文"普洱专区第一次民族代表会议"，汉文之下横写傣文，右方竖写汉字"云南省普洱区行政督察专员公署赠给民族会议代表""兄弟民族，团结起来"，左方竖写相同内容傣文。

主席台张钧、唐登岷一侧，李保站得笔直。

看到几名战士将一头大水牛拉进场，拴在一棵牛角桩上，李保满意地赞了句："佤族有言，黄牛看色，水牛看角。这头水牛体壮毛光，腿粗角长，好牛，好牛！"

张钧听到李保说话，顿时松了口气。那日开完会，他便立刻托人四处打听上好的公水牛和公鸡，唯恐耽搁大事，现下李保的话，无疑给他吃了一粒定心丸。

"请教您，李代办，佤族剽牛的关键在何处？"张钧虚心求问。

"张书记太客气了。"

经过几天接触，李保对张钧的印象不可谓不好。张钧官做得不小，架子却不大，待谁都是一视同仁的热心肠。

"剽牛的关键，就看牛剽倒后，牛的倒向和剽口的方向。"

"怎样才算好？"

"牛头倒向南，剽口朝上，便是大吉大利。"

"如此严苛！"张钧咋舌，不免担忧道，"万一牛的倒向和剽口不好，又怎么办？"

"可以再剽一头。倘若连剽三头都不行，那没办法。"李保摇摇头，"说明天意难违，只有等三年后再举行了。"

"三年？！"

张钧呼吸一窒，一颗心扑通掉进了冰水里。

"书记，一切就绪。"后勤人员跑来报告。

张钧调整好表情，走到台中央宣布：

"剽牛仪式开始！"

铓锣敲响，头裹红布包头的拉勐手持镖枪，雄赳赳气昂昂，高视阔步走到离水牛六七步远的地方，将镖枪插在地上。在群众洪浪般的欢呼声中，水牛似乎预感到了自己的命运，焦躁地围着牛角桩转来转去，用它秤砣般的蹄子噗噗跺地。

面对比自己还要壮硕高大的水牛，拉勐不但毫无怯意，反而兴奋万分。大领导亲自挑选的牛，真是漂亮极了！

拉勐阖眼振臂，迎接天光，舒展身体后，从挎包里掏出酒壶，倒了满满一碗烈酒。右手端酒，左手放在额头，面朝西方，用佤话念道：

"造万物的利吉神，阿佤第一个窝朗头人克利托，为阿佤寻找幸福的桑木罗。今日剽牛，是为我们阿佤以后不再打冤家，不再砍人头，和司岗中出来的兄弟民族团结一家。前些日子我们去北京，看过皇宫宝地。现在又回到普洱，明白河水改道、地方换主，要听毛主席的话，拥护共产党人民政府，各民族兄弟团结一心，不分你我。角长膘俊的水牛啊，我就要剽杀你，为的是看好卦，预祥兆。请你让我们心满意足，预知前程吧！我尊敬的山神山主哟，请你们在天上看着，让我剽中牛心，让牛倒向南方吧！"

念罢，拉勐含酒喷洒牛身，拔起镖枪，深深吸气，向前猛跑，瞅准时机，一枪刺进水牛前肋。

"哞——"

水牛陡然遭受伤痛，铜铃大眼涌出猩红血光，惊惧地将前蹄高高撬起。

它鼻息粗重，周身充斥着一股无法遏止的怒火。

"倒啊，倒啊！"

张钧现在是屁股坐在针毡子上，揪心得很。水牛身上的镖枪重若千钧，它关系着党中央毛主席的期望，关系着党的民族政策能否在思普地区生根，关系着思普地区26种民族究竟是团结还是分裂！

宁洱红场的数千双眼睛看着拉勐，屏息以待。铓锣高一声、低一声，每一道脆响都紧紧扣在每个人心上。

拉勐灵活闪身，趁水牛不备，拔出镖枪，紧跟水牛绕了几步，再次准确地刺进牛前肋。显然这一次，水牛被刺中了要害，前脚一跪，挣扎半天再也站不起来，鲜血从鼻孔汩汩外淌。

"去吧，去吧。"拉勐轻声对水牛说，既像安抚，又似蛊惑。

水牛眨眨眼，露出一丝茫然，最后晃了晃长角，轰然倒地。

拉勐凑近查看，发现镖枪正中水牛心脏，飘口朝上，牛头正正倒向南方，一切都跟预想的一样顺利！

"共产党勐！毛主席勐！"（佤话：共产党好，毛主席好）

拉勐激动得一连在地上打了好几个滚，然后高高跃起，又唱又跳。

听到他的欢呼，在场的所有人瞬间被点燃了引信，跟着疯狂呐喊。

"勐！勐！"

张钧也忍不住一蹦两丈高。

民族大团结，成了！

一时间，整个红场掌声如鼓擂、如炮响，难以言喻的喜悦在每个人心底漾开。

李保满面红光，脚步轻快如御风，手提一只大公鸡来到水牛旁边，抽出长刀，利落地割了鸡喉，将鸡血滴入早已准备好的一个个酒碗中。备好血酒，李保提着公鸡绕场一周。回到起点后，他第一个捧起酒碗饮下一口，递给拉勐，拉勐饮过，又递给下一位代表，如此依次往下，直到主席团的代表们都喝完。大会主席张钧喝完最后一口鸡血酒，带着大家庄严宣誓：

我们廿六种民族的代表，代表全普洱区各族同胞，慎重地于此举行了剽牛，喝了咒水。从此我们一心一德，团结到底，在中国共产党的领导下，誓为建设平等自由幸福的大家庭而奋斗！此誓。

　　尔后，秘书组的工作人员将准备好的笔墨摆到主席台的桌面上。召存信等傣族头人积极地在上面签了字。

　　"要老命咯！天晓得，地晓得，却不晓得今天要写字，阿佤哪有字可以写啊！"

　　"怎么办……早该在去北京的时候好好学写名字的！"

　　拉勐和李保不识字，急得在旁边直转。

　　"心诚第一，形式不要紧。你们要是不介意，我帮你们写。"

　　西盟区区长、拉勐的老熟人张石庵走过来，晃晃手中的毛笔。

　　瞌睡遇到枕头，拉勐自然是喜笑颜开："不介意，相当不介意。"

　　李保也十分感激地说："自家兄弟帮忙写名字，简直是再好不过了，怎么会介意！"

　　"好！"

　　话落，张石庵大手一挥，"李保"和"拉勐"便用汉字签下了自己的名字。

　　签名纸上，张石庵的字迹横短竖长，"李保"和"拉勐"两个名字，如同一对亲密的兄弟，手牵着手，肩并着肩。

　　签名代表人头攒动，李保和拉勐看着看着，不知不觉湿润了眼眶。

　　48位签名的代表分别是：

　　召景哈：即召存信，傣族，赴京代表，原车里宣慰司议事庭庭长、车里县人民政府副县长，后任西双版纳傣族自治州州长、全国人大代表，全国政协委员。

　　喃巴独玛：即刀卉芳，傣族，赴京代表，原勐海县土司刀良成之女"喃弄"（大小姐），勐海县妇联主席，后任西双版纳傣族自治州政协副主席。

叭浩：即刀承宗，傣族，赴京代表、会议主席团成员，原勐海土司总叭，勐海县人民政府副县长。

召贯：即刀一德，傣族，原南峤县（今勐海县）勐满土司代理、议事庭庭长。

独弄浩：傣族，车里宣慰司总管。

李扎迫：拉祜族，赴京代表，澜沧县木戛区拉祜头人，曾任保长、村长。

左朝兴：族称蒙化子，属彝族，澜沧县代表。

张翰臣：基诺族，思茅县勐旺基诺族总火头，后任西双版纳傣族自治州景洪县政协副主席。

方有富：哈尼族布孔人，景谷县正兴区第七村民兵代表。

李老大：族称老伉，属景颇族，澜沧县代表。

李光保：拉祜族，赴京代表，澜沧县木戛拉祜头人，勐糯村村长。

马朝珍：回族，澜沧县佛房妇女代表。

李保：自报尼梭族，即傈僳族，赴京代表，澜沧县西盟土司代办，西盟乡长。

拉勐：佤族，赴京代表，澜沧县西盟班箐佤族部落头人。

陶小生：布朗族，六顺县（今思茅区六顺乡）布朗族头人。

张石庵：汉族，赴京观礼团随员，原国民党云南省参议员，澜沧县建设局局长，西盟区区长。后任澜沧县人民委员会副主席，县人民政府副县长，云南省人大一、二、三届代表，云南省政协一、二、三届委员。

李扎迫：拉祜族，澜沧县南岭芒弄山拉祜头人，村长。

麻哈允：傣族，赴京代表，澜沧阿佤山莫列王召糯相傣文秘书。

魏文成：汉族，赴京代表，沧源县佤族头人田兴武、田兴文的代表，曾任岩帅乡乡长。

萧子生：佤族，赴京代表，沧源县岩帅区联合乡中队副队长。

赵布金：佤族，沧源县岩帅区岩丙保长。

高寿康：彝族，沧源班洪人，南腊乡民兵分队长。

白开福：哈尼族，江城县嘉禾乡南望乡代表。

朱正福：哈尼族，镇沅县新抚区（现属墨江县）平常乡花椒树村头人。

何德：哈尼族，宁江县（今澜沧县雅口乡）代表。

龙云良：彝族，江城县代表。

阿街：布朗族，车里县（景洪）代表。

李世祥：哈尼族，宁洱县凤阳乡金鸡村农会主席。

罗恒富：彝族，景谷县代表。

李学智：汉族，宁江县（今澜沧县雅口乡）新营盘世袭土官粮目。

王开林：哈尼族，江城县代表。

陶世文：哈尼族，江城县代表。

张玉保：哈尼族，江城县代表。

李万学：瑶族，江城县代表。

张绍兴：白族，澜沧县孟连区政府民政助理，元江县人。

杜阿尼：彝族，车里县（今景洪）三达山头人。

黄阿督：哈尼族，赴京代表，澜沧县酒井大卡竜妇女代表。

的金：傣族，镇越县（今勐腊县）代表。

叭弄诰：即刀应达，傣族，车里县（今景洪县）橄榄坝头人。

刀焕贞：傣族，赴京代表，澜沧县孟连宣抚司内务总管，曾任澜沧县副县长。

昌恩泽：汉族，云南建水人，中共宁洱地委会代表，地委委员、统战部部长。

雷同：即雷必兴、雷诚波，汉族，云南思茅人，曾东渡日本游学，中国左联成员，著名诗人，普洱专署民政科长，专署代表。

唐登岷：汉族，云南保山人，中共宁洱地委第二书记、地委会代表，后任普洱专署专员。

张钧：汉族，山东省人，中国人民解放军十三军三十九师政委兼中共普洱地委书记、地委会代表，后任国家航天工业部部长。

曾从信：彝族，镇越县（今勐腊县）代表。

方仲伯：汉族，四川省人，普洱专署专员，专属代表。

谢芳草：汉族，江西省人，普洱专署副专员，专属代表。

李吉泰：中国人民解放军十三军三十九师政治部主任，中共宁洱地委委员。

后来，民族团结誓词按原样刻在石碑上，立在红场东方城楼旁的墙脚。历次运动中，"民族团结誓词碑"被东挪西搬，直到1985年重新找回，立在普洱市宁洱哈尼族彝族自治县城西北侧的民族团结园内。

立碑后，代表们返回各自山寨，他们犹如燎原火种，燃遍了云南边陲。

"阿爹，阿妈！"

终于回到中课家中，岩火龙宛如归巢乳燕，飞着跑着想要扑进阿爹和阿妈的怀中。可回应他的，只有啁啾的小雀。

"人呢？"

岩火龙推开门，发现火塘里柴烧得正旺，应该有人在家才对。

"好了好了，不要啰唆，你自己想清楚，改日我又来。"

岩枪匆匆忙忙从屋内出来，满脸不耐，看也不看岩火龙一眼，径直离开。

"阿叔，在家里吃饭啊。"

岩火龙礼貌挽留，岩枪依然头也不回。

岩枪和岩火龙的父亲岩顶一样，都是西盟中课部落佤族头人，统管2500余户近万人。岩枪和岩顶以前共同领导过佤族人反抗国民党反动派的压迫统治，打败了以石炳麟父子为首的国民党垦殖团，因此声名鹊起。两人一直是穿同一条裤子的铁杆弟兄，今日怎会闹了个红脸呢？

"回来了？"

岩顶看起来十分疲惫，见到岩火龙也并未提起多少兴致。

"阿爹，你不晓得，这次我去北京……"

岩火龙攒了一肚子话，此时放开闸门，根本刹不住车，稀里哗啦倾泻而出。

当岩顶看到岩火龙拿起木棍，一笔一画写出汉字"岩火龙""中国人民解放军""中央人民政府"的时候，他从一开始的不在意变成讶异，再变成合不拢嘴的震惊。从前只懂放牛的傻娃，去了北京一趟，竟有这般翻天覆地的变化！

岩火龙胸中的烈焰无时无刻不在燃烧，他太想把共产党的好告诉父母族人了，他太想让佤族部落勠力同心，汇成大江大河了！在家里屁股还没坐热，他就自愿成了共产党的宣传员和代言人，跋山涉水到各个佤族村寨。因此他不曾注意到，父亲岩顶虽未公然反对他的行为，但也从未以他拥趸的身份出现。

"从来没有听说过汉人欢迎少数民族，也从来没有听说过官家来欢迎老百姓，但我们这次到哪里都受到了欢迎。"

岩火龙向族人们宣讲他见到毛主席和中央其他首长的感受，讲一路上见到的、听到的新奇事物，滔滔不绝，口水都讲干了，嗓子都讲哑了。但他越讲越沉浸，越讲越兴奋，感觉自己找到了新的人生使命。

岩顶混在人群中，在他看来，周围的人简直跟神经病无异。岩火龙说一句共产党好，下面就欢呼一阵，比天上撒钱还高兴。

"岩顶，你儿子不得了咯，以后变成大官，你都要跟着享福呢。"

旁边另一个佤族头人拍了拍岩顶的肩膀，不无羡慕地感叹。

"享福？我看他是想不清楚，自己说什么话也不知，哼！"

岩顶四肢百骸火烧似的烦躁，他怕自己再听下去，会忍不住变成疯牛冲上去，把岩火龙顶下台来，把起哄的人全部顶翻。于是他左推右搡，在沸腾的人海中辟出一条道，气汹汹地大步离开了。

每次宣传最后，岩火龙都要这样说："最重要的是，我们佤山人民要永远听毛主席的话，听共产党的话，热爱我们伟大祖国，和四万万同胞一起团结进步，过上更好的日子！"

不仅仅是岩火龙，每一个代表回家之后，都亲身投入到了宣传和动员中。很快，"共产党""毛主席"就传遍了云南边疆。

转眼到了2月，为开展西盟佤山的民族工作，澜沧中心县委书记张春雅、副县长李开远、组织部部长赵卓带着部队和一批地方干部来到西盟召开"阿佤山区各民族团结保家卫国大会"。在佛殿山脚的一片空地上，竹木搭起一座简易主席台，中央挂着毛泽东主席和朱德总司令的画像，台子正前方高挂一长布标语——"团结开街剽牛大会"。

西盟各部落头人陆续把族人都汇集到此地。日正中时，张春雅向各部落赠送了盐巴、布匹等生产生活物资，紧接着，便将会场交给了从北京回来的拉勐和李保。李保和拉勐再一次介绍了首都国庆庆典盛况，讲述了他们的赴京观感，热情颂扬了祖国的强大。

"不管是永欧人、永广人、岳宋人、傈僳人、拉祜人、佤族人、比错人（傣族），还是汉人，我们都是一家人，是兄弟。以前的以前，我们的祖先桑木罗说砍头不好，日子难过，他去为我们寻找幸福，他找呀找呀，找到现在还没有回来。我们砍人头祭谷，砍到现在，日子还是照样难过。直到毛主席来了，共产党来了，带我们到北京、到天津、到南京、到上海、到重庆、到昆明，给我们开了会，让我们见到了真正的发展，懂得了好多道理。共产党说得对，我们要团结，力往一处使，谁也不扯谁后腿，日子才能越过越好！"

"我们寨子先前就有成功的先例，不砍人头祭谷，来年照样丰收。这次在北京，我已经答应毛主席，再也不砍人头，再也不做违反民族团结的事，我说到做到，请大家做个见证！"

张石庵翻译之后，台上台下反响热烈。最近，西盟各族同胞在这些如火如荼的宣传中，对大团结的渴望达到了顶峰。

张春雅宣布，西盟区政府改设在西盟，由唐煌同志任区委书记。

在欢庆的木鼓声中，在场的几千人共同按佤族习俗剽了牛，喝了咒水，每人捧起一块石头，垒成长5米、宽4米、高3米的"民族团结盟誓塔"，寓意着拉祜族、佤族、汉族等民族融为一体，海枯石烂，此志不渝。

区政府成立以后，为了开展工作，将人员分成三个组。一组守家，接待来访群众，处理日常工作；一组在附近调查了解情况，做当地土司头人的工作；一个组开展大小马散地区的民族工作。他们走村串寨，找群众促膝谈心，与窝朗头人把酒联欢，了解当地历史、生活、生产及民俗民风，向他们宣传党对边疆民族地区的方针政策。功夫不负有心人，渐渐地，西盟佤山各族人民对共产党有了进一步的认识，民族关系逐步改善，社会秩序也日趋安定。

这一日，李保又从区政府开会回家，还未等马停，他就急不可耐跳下地，像个投林燕似的奔向屋内。

"老爷，慢点，别摔了！"

雅海也跟着跳下地，但两匹马像约好了一样，绕着他嘚嘚转圈，用缰绳紧紧缠住他的脚，得意地直打响鼻。

"哎哟，两个祖宗！"

雅海呵斥一句，捏住拳头朝马屁股上捶了几下，眉毛带着太阳窝上的青筋拧到一处。

李保沉浸在思绪中，哪里顾得上忙乱的雅海，此刻他只想见到娜朵，他胸中积攒了太多太多的话。

"咳咳……咳咳……"

刚到门口，李保就听到了娜朵虚弱的咳嗽声。接着，一个婆子端着药碗，满脸为难地退了出来。

李保伸手探探药碗的温度，还未完全凉透，便询问地看向婆子。婆子没说话，无奈地摇了摇头。

"给我吧。"

李保接过药碗，换上轻快的笑脸，将虚掩的门一推。

"不知是哪个小姑娘又不肯喝药呀？若是叫我逮到，定在她饭碗里加上满满的药渣子，让她吃饭也苦，喝汤也苦，就连做梦也要梦见吃苦药才好……"

倘使换了平日，娜朵听见李保这么说，早就咯咯笑话他"老人皮里装了个毛孩子"，今日却不见娜朵吭声。

李保暗暗奇怪，伸长脖子慢慢朝床帏里凑，发现娜朵背身躺着，把整张脸埋在被子里，肩膀微微耸动。

"躲着哭鼻子的小姑娘啊，她呜呜唱着歌，唱给豺狼听到了。豺狼轻声来，踮脚望一望，啊呜吃掉她——"

李保唱着自己编的歌谣，双掌张开作爪子，用指腹扣住娜朵的双肩，将娜朵翻过身。

娜朵来不及捂脸，泪水还满满填在她皮肤的沟壑里，一翻身溢出来，淌进了李保的心窝。

"我的小姑娘，这是怎么了？"李保软声哄道。

娜朵不说话，伏在李保怀里，像小狼崽那样呜咽。

其实就算娜朵不回答，李保也知道她在闹什么脾气。娜朵常年卧病，汤药不断，当年那个敢同狗熊一战的女人，硬生生被病魔拘在方寸榻上，缠成了小脚妇。可即便如此，娜朵也一直是个合格的代办夫人，替他操持家务、帮衬拉祜寨，甚至隐隐有人传说，娜朵是寨子里"不露面的头人"。世上再不会有比娜朵还好的妻子了。这样好的娜朵，上天竟叫她这样活着，如何不憋屈？

得妻如娜朵，李保欣喜了大半辈子，也因为她的病心痛了许多年。假如娜朵是个小牛犊般健硕的女人，想去哪里吃草都能脚下生风，她该多么快乐！

"是我错了，不该吓唬你。苦药让我的小姑娘难过，不喝便罢。"

李保把药碗摆到一边，双手温柔地抱着娜朵，偶尔拍抚。不一会儿，娜朵平静下来，仰头用一对泪汪汪的眼睛看着他。

"今天我去开会，你知道唐书记说什么吗？"

娜朵眨眨眼，好不容易分开的睫毛，又被泪水黏到一起。

"我们新垦的水田，他让技术指导员去看过，说长势好极了，不出意外的话，今年人人都能吃白米饭吃到撑！"李保摩挲着娜朵脸上的泪痕，手止不住微颤，"娜朵，共产党真是……真是太好了，这样的生活，我从没敢想过。"

　　"我也从没见代办老爷这么激动过。"娜朵捧住李保的脸，揶揄地笑起来。

　　"你知道的，我一直渴望像父亲那样，心胸里装着太阳，去照耀更多的人。"李保深吸口气，强迫自己镇定，"过去历朝历代的皇帝，包括清政府，哪个把我们当人看过？国民党表面上和气，实际也只想利用我们、分裂我们、压迫我们，可共产党不一样。毛主席那样的大皇帝，不嫌我们脏，不嫌我们憨，同我们握手，像一家人一样与我们同吃一席，商量家事一样与我们商讨民族政策，我……我简直不知怎么形容！西盟佤山前所未有地团结，各民族兄弟第一次像一家人那样坐在一起，讨论怎么让西盟更好，让人民更好，我真是太高兴了！"

　　李保说着说着，一滴眼泪顺着鼻梁滑落。

　　"去北京走完一遭我才晓得，中国原来这样强大！人可以坐着飞机比鸟飞得高，坐着汽车比豹子跑得快，顺着高楼一直爬到云彩里。我当一辈子代办，以为自己见多识广，殊不知竟是井底的一只癞蛤蟆，看到井口大的天，就以为世界只有井口大。怎么跟你讲呢？如果说中国是只大公鸡，澜沧恐怕才有公鸡指甲盖大小，更莫说西盟这片小小的佤山。娜朵，北京太遥远了，我不一定能带你去，但是昆明城，我无论如何也要带你去瞧一瞧。你的病在西盟治不好，说不准在昆明能有法子。还有儿子，我也要把他送给共产党培养，让他学学其他民族的先进文化，做个对新中国有用的人。我们的后代，跟我们完全不一样了。我说的不仅仅是我们家，而是所有傈僳寨子、拉祜寨子的族人，是整片西盟山的同胞。大家都会有吃不完的大米和盐巴，人人开汽车，人人住高楼，会跟汉人变成手足弟兄，过上跟汉人一样舒服的日子，再也不是被人看不起的黑骨头。我们的西盟山，当真是翻了天了……"

　　娜朵眼神在李保身上逡巡。自打从北京回来，李保逢人就说共产党好，说新中国好，和旧时沉默寡言的李保代办判若两人。且不说后代翻不翻得了天，李保整个人已经像翻天似的变了。共产党究竟给他施了什么法？

"我们的族人，再不是野蛮的原始人，而是堂堂正正的中国人；我们的寨子，再不是边缘的蛮子窝，而是平平等等的中国地。中国越有力量，民族就越有希望；民族越有希望，人民才越有未来。我的责任，也不再只是让每个人吃得饱、穿得暖，而是让大家团结起来，成为真正的中国人民，不再是以前的一盘散沙。新中国的明天，跟我们每个人都息息相关，以后啊，我们要把命运牢牢掌握在自己手中，成为国家、民族和自己命运的主人……"

"好了，好了，你又开始了，净说大话，也不怕别人编排你。"

娜朵想打断李保的话头，然而李保根本停不下来。

"哪是大话，你了解我，我从来也不是那等胡说八道的人。我现在背靠共产党，有了靠山，才敢挺着腰板说硬话！等你身体好了，我们一起去重庆坐轮船，去北京看长城，去上海看大海。拉勐还说，等他嫁女儿的时候，要请各民族兄弟一起去做客，办得风风光光。到时候你也和我一起，去佤寨里做回客，看看他们不再砍人头的刀，还会不会磨得锃亮……"

李保絮絮叨叨，眼中的每一缕神光，都在昭告旁人他有多么兴奋。娜朵似乎又看到了二十多岁的李保，那个对未来充满无限向往、四肢百骸都积蓄着无限干劲的李保。不过，李保越是沉浸其中，娜朵越是担忧。

"娜朵，你为何又这样看我？你的眼睛在看我，你的心却好像离我很远。"

"天气越热，下起暴雨来就越吓人。我心里不踏实。"娜朵轻轻叹道。

李保显然并不理解娜朵，劝道："你什么都不用想，安心养身体，等着过好日子就行了。"

娜朵摇摇头，说道："国民党的势力还未完全退出西盟，你行事要小心，不可大意。"

"我知道，国民党不死心，到处捣乱，想把水搅浑。但是娜朵，你要相信我，不，是相信共产党。国民党顶多是秋后的蚂蚱，蹦跶不了几天的。"

李保搂住娜朵，将娜朵笼罩在自己强有力的心跳声中。

"前几日，中课的岩顶还派人来找我，让我好好劝劝你，不要掉下悬崖去，说国民党才是正道。百足之虫死而不僵，国民党在西盟经营多年，临死反扑也不是我等小民能承受的。雅海忠心，可双拳难敌四手，遇到急难事分不开身，以后出门多带几个人……"娜朵偎依着李保，也变得絮絮叨叨。

"岩顶，他不是岩火龙的父亲吗？岩火龙天天在外搞宣讲，怎么连自家的工作都没做通？"李保满腹疑团，但转念一想，又放松了，"岩顶本来就是个老顽固，不然也不会差岩火龙替他去北京，自己缩在寨子里。回头我给唐书记反映一下，让人再去中课做做工作。转变需要一个过程，我相信，只要他明白共产党的好，肯定会做出正确的判断和选择。"

"你心里有数就好。"

娜朵终于被说服了，她甚至情不自禁露出笑意来，因为她脑中正澎湃着一片萤蓝的海面，李保与她十指交握，在涌动的浪潮间嬉笑奔跑。李保口中的新中国、新生活，于她而言何尝不是一种向往。

然而好景不长。

5月12日，区政府干部仲克光在群众工作途中，被反动民兵唐明发残忍杀害。而后，唐明发跑到境外营盘向国民党残匪司令屈鸿斋报告。经过策划，屈鸿斋令黄道义和唐明发带路，并在土司代办舒炳忠、中课佤族头人岩枪、岩顶的协助下，出动三个中队共150多匪众连夜向西盟进发，当晚便包围了西盟区政府。

在这生死存亡之际，区长唐煌动员大家："要和敌人斗争到底，要和区政府共存亡，一定要坚持到支援部队的到来。我们是党和上级派来这里工作的，决不能辜负党和上级对我们的希望。党考验我们的时候到了！"

但唐煌不知道的是，屈洪斋为切断进步头人张光明对区政府的支援，早已派黄道义带领一个中队的匪众包围了张光明的家。

5月13日凌晨5时，敌人喊话"缴枪投降"。唐煌以坚定的信念回答："要死可以，要投降办不到，要枪到枪口上拿。"敌人一时攻不进区政府，就玩弄谈判的花招。唐煌为拖延时间，争取支援部队的到来，不得不答应同敌人谈判。可就在唐煌走出大门，准备与敌周旋时，丧心病狂的匪众不顾谈判道义，直接向他开枪射击。唐煌腿部中弹，飞速撤回屋内，和剩余的7位干部一起，坚决还击。敌人无法攻进，改用草拴在弩箭上，点火射向区政府草房。一时间，区政府烈火熊熊，浓烟滚滚。屋内包括唐煌在内的8个同志力不能敌，最后壮烈牺牲。

攻破区政府后，敌人将唐煌区长的头砍下，送给佤族头人祭谷。5月14日，严义全等两位同志外出送信，在返回西盟的路上被敌人杀害。至此，西盟区政府共11位同志为解放西盟山各族人民献出了他们年轻的生命。

同日，不知区政府沦陷的土司代办李保，在家中迎来了好兄弟舒炳忠的儿子舒云聪。舒云聪以"到区政府开会"的名义哄骗李保出门，在舒炳忠的接应下，伙同国民党残匪，一路将李保挟持到勐冒屈洪斋驻地。

5月20日，勐冒，国民党残匪营帐。

不论世间人心变幻几多，到了既定的时间，太阳依旧照常升起。

把酒一夜，屈洪斋头痛欲裂，阳光泼在身上，消弭了他几分醉意。定睛一看，面前的李保整颗脑袋都埋在土中，变成了个坟包。

该死！屈洪斋大惊，跌跌撞撞爬过去，来不及拿铲子，连忙徒手把土刨开。

土埋得松散，他扒拉几下，李保的额头就露了出来，再扒拉两下，李保睁圆的一双眼睛露了出来。

"啊——"

屈洪斋吓得一屁股坐在地上。

李保的眼睛干涸枯朽，像离岸太久的死鱼，没有一丝活气。

"死……死了？"无端地，屈洪斋心中涌上几许哀切。一直同他斗智斗勇，昨夜同他纵酒言欢的李保代办，就这样悄无声息地死了？

罢了，所谓言欢，不过是他一厢情愿。他把心肝都掏出来说了，李保也不曾开口半句，何来相交？可是，他无法抵御心中酸楚：明明死了一个对头，怎么就好像死了一个朋友那般难受？

想着想着，屈洪斋吸了吸鼻子，眼角冒出一滴泪水。

"呵……在为我哭呢？"

听到李保的声音，屈洪斋甩甩头，果真是喝得太醉了，竟出现了幻听。

"莫非打了败仗，夹着尾巴好委屈呢？"

不对！屈洪斋猛地抬头，土埋半截脑袋的李保正一脸揶揄地看他。

"哈，李代办真是好寿数，命大得很！"

察觉方才被李保看了笑话，屈洪斋怒火中烧。他愤然起身，拾起铲子，狠狠朝李保头上浇了一铲土，恨声道："想到要送你去和共产党陪葬，我不知心里多快活！"

谁知李保听完，居然"嗬嗬嗬"笑了起来。

"笑什么？前些天半死不活的，今日倒是精神。"屈洪斋阴阳怪气地讥讽。

"回光返照而已，把你吓着了？"

李保语气满是松快，听起来心情很好。

屈洪斋一拳打在棉花上，顿时也没了折磨李保的心思。

"把我脸上的土拍一拍，风一吹痒得很。"李保又道。

"受不住了？"屈洪斋没好气地瞪了李保一眼，还是伸手拨掉了李保脸上的土。

"是啊。"

李保难得不跟他争辩，温顺得让他很不习惯。

"最后问你一遍，到底从还是不从？"

屈洪斋生出恻隐之心，不死心地又问了一遍。

李保奔下脑袋，不再理他。

"问你话呢。"屈洪斋皱起眉头，"美国要从朝鲜打进来，蒋委员长马上就回到南京了，离云南不过一步之遥。"

李保摇摇头，没有往日的锋锐，平静且认真地看着屈洪斋，说道："假如我不曾去过北京，一辈子窝在西盟山，不知这世界上有高耸入云的楼，不知工厂能造飞机大炮，兴许你说的话我就信了。可惜啊，你们错过了好时机。你看现在，人人都知道国民党寡不敌众，海陆空三军数量远不及共产党，苦傈傈、苦拉祜只有跟着共产党才能过上甜蜜日子。你却叫我背信弃义，在好不容易黏成一团的糯米饭里搅老鼠屎，委实可笑啊。"

"不知好歹！"

屈洪斋暗骂一句。

"嗬嗬嗬……"李保又笑。

"到底有什么好笑的？一个死人还嘲笑我。"屈洪斋被李保笑得发毛。

"不是笑你。"李保轻叹一声，"是笑你的党国。"

"你要是着急想死，大可不必拐弯抹角！"屈洪斋怒道。

"如今的国民党，腐败无能，视人民如无物，你这般效忠，有什么前途？别说让我去台湾当大官，就连你，现在人人称你一句屈司令，以后去了台湾，不知能不能混个副官当当呢？"李保露出一副同情的样子。

"死到临头，还想着策反我。"屈洪斋不怒反笑，开怀不已，"李代办，我的确没看错人。我敬你是条汉子，好心提醒你，你若死了，你的家人、你的寨子、你的族人，我很难保证他们能活下来。"

"你看，你到现在还不明白为什么我选择共产党，而不选择你，嗬嗬嗬……"

李保笑着笑着，忽然开始抽搐似的喘息，眼珠子拼了命地往外鼓，仿佛体内有什么东西要挣脱出来。

不远处，舒云聪端着水碗，着急地想要冲上去，却被舒炳忠一把拽住。

"爹！"

舒炳忠面无表情地扣住舒云聪，眼神冷厉。

"爹……"

舒云聪害怕地又喊了一句，舒炳忠面色不改。

"啪嗒！"水碗掉在地上砸得粉碎，连同他自以为的良心也一并碎了。舒云聪失魂落魄，再没有力气动作。

一记脆响令屈洪斋回了神，李保代办的硬骨头形象，再次回到了他的心中。

"我真是鬼迷心窍，忘记了我们都是一条路走到黑的人，哈哈哈！"屈洪斋放声大笑，笑声里的张狂和悲怆，无比矛盾地交织在一起，"我今日为你哭，也为我的党国大业哭，可惜啊，我已回不了头……"

"最后一程，我亲自送你，走好！"

屈洪斋状若疯魔，用铲子将周围挖得一片狼藉。

"你是一条路走到黑，我不是，我已经看见光明了。"

想不到，死到临头的李保，居然还有心思驳斥屈洪斋，虽然他的话听起来又细又轻，宛如蚊虫絮语。

李保只感到泥土像群豺狼般围上头颅，黑暗盖过了他的脸，寒冷封印了他的血。他的悔恨，并不在于选择了这条付出生命的路，而是他没有听娜朵的话，麻痹大意未能察觉国民党残匪的动向；他的悲怆，并不在于行将就木，而是他再不能带娜朵去看新中国，再不能参加拉勐女儿的婚礼，再不能看人民都过上新生活。

最后一滴眼泪被埋进泥土时，他觉得自己眼睛更亮，看得更清楚了。

"毛主席万岁！中国共产党万岁……民族大团结……万岁！"

夜，无边的黑夜，淹没了整个世界。屈洪斋为李保掘墓，焉知不是在为自己掘墓？

敌匪猖獗，西盟区政府失陷后，澜沧还不知情况。一支从佛海国境线勘测摸底结束的勘测队经澜沧拉巴入西盟境，遭到残匪袭击，一个班的战士被杀害。这些年轻战士大部分是新参军的学生兵，没有实际战斗经验，又不熟悉地形，无一生还。其中，年仅十九岁的苏海寿牺牲三年后，家中才辗转得知消息，悲痛万分。

疯狂的敌人占领西盟后，又向勐梭、爬街进犯。8月17日，爬街进步老师黄定国和革命青年肖子祥因未及时撤离，也被抓获。残匪将肖子祥押到营盘，将黄定国押到西盟。被押到营盘的肖子样，面对敌人的威逼利诱仍坚贞不屈，于9月2日凌晨被活埋。黄定国在西盟受尽各种毒刑拷打，拒不投降，被押上刑场。

境外国民党残部煽动境内少数不明大义的民族上层制造暴乱，其中就有岩火龙的父亲岩顶。岩顶四处组织剽牛大会，甚至指使海空莱头人岩傅爱，到勐梭山上抢劫了澜沧募乃运往西盟的粮食18驮、牛18头。

得知父亲竟是为祸西盟的大反动头子，岩火龙既震惊又伤心，苦口婆心劝说岩顶不要听信国民党残部的虚假宣传，不厌其烦地把他参加国庆观礼，以及在其他大城市看到的祖国强大的国防力量、欣欣向荣的经济建设讲给岩顶听，要岩顶悬崖勒马。但岩顶中毒太深，不但不听劝，反而逼着岩火龙参加国民党残部在西盟、允恩召开的会议。会上，任凭敌人威逼利诱，岩火龙都拒绝代表中课地区在任何文件上签字。

不久后，国民党残部出于不可告人的政治目的，邀请岩顶到台湾参观访问。岩顶向来谨慎，之前共产党邀请他去北京的时候，他就找了许多借口，让岩火龙替他赴京。这次也是，岩顶自己不愿离开西盟，便要岩火龙代表他去台湾。岩火龙哭肿了眼睛，坚定地对岩顶说："我只去北京，决不到台北！"岩顶气急败坏，索性将岩火龙禁锢在家，不准他和外界联络。

"岩顶，你儿子已经赤化，现在就看你的表现了。你儿子要是不跟我们走，你们一家都别想活。吃香的喝辣的？命都没有，我看你能尝出什么酸甜！"

国民党的传信，令岩火龙肝肠寸断。尝过自由的滋味，见过高远的天地，岩火龙面前的这道门，折断了他雄鹰的翅膀。

"连自己父亲的思想工作都没有做通，我还有什么脸面再见毛主席，再见政府的工作同志……可我若一心向党，家人的性命又如何保全？"

9月2日，岩火龙穿上毛主席送给他的藏青色呢子中山装和皮鞋，戴好帽子，把各地赠送给他的纪念章全部戴在胸前，在家里的墙上端端正正挂好毛主席、朱总司令的画像，把观礼全程收到的礼物整齐铺放在显眼位置。做完这一切后，他把寨子里的族人召集起来，拿出带回的香烟散发给大家。

"国民党军匪压迫我们，叫我们分裂、仇恨；毛主席和共产党要我们团结成一家人，亲亲爱爱像兄弟姐妹。国民党军匪挑拨我们部落之间械斗，挑唆我们抢掳其他兄弟民族的财物；共产党则教我们学文化，建设幸福美满的生活。我们不跟毛主席走，还有什么路可走？我父亲投靠残匪，一再逼我去台北参观访问，强迫我同残匪一道走，不准我听毛主席的话、跟共产党走。我还有什么脸再去见毛主席，再去见那么多热爱和关怀我们的工作同志……我对不起毛主席，对不起共产党……"

岩火龙激动地哽咽着，深情地望着他熟悉的同胞，将团结的种子再一次播撒在大家心中。

族人们受到感动，却只能默默无言。他们也向往和平、向往团结，但是挑战大头人的威严，并非一朝一夕之事。

族人们走后，岩火龙躺在毛主席送给他的毛毯上，盖上毛主席送给他的棉被，然后掏出手枪饮弹自尽，用他年轻的生命表达了对毛主席和共产党的无限忠诚，对反动势力的无限愤慨。

得知岩火龙以如此决绝的方式离开，西盟无数群众大受震动。

要和平，要团结！

这个念头在每个人心中疯长！

时隔多年，严春和木香怀抱白花，站在民族团结誓词碑前。他们脸上，多了许多岁月的痕迹；他们身旁，少了许多熟悉的身影。

时间带走了很多人，最终，他们都成了丰碑座下的一块块砖石。